是心跳说谎

完结篇

唧唧的猫 · 著

江苏凤凰文艺出版社
JIANGSU PHOENIX LITERATURE AND
ART PUBLISHING

图书在版编目（CIP）数据

是心跳说谎. 完结篇 / 唧唧的猫著. -- 南京：江
苏凤凰文艺出版社，2022.11
　　ISBN 978-7-5594-6772-0

　Ⅰ. ①是… Ⅱ. ①唧… Ⅲ. ①长篇小说－中国－当代
Ⅳ. ①I247.5

中国版本图书馆CIP数据核字（2022）第062389号

是心跳说谎．完结篇

唧唧的猫 著

责任编辑	张　倩	
特约编辑	席　凤　　红　红	
封面设计	白茫茫	
出版发行	江苏凤凰文艺出版社	
	南京市中央路 165 号，邮编：210009	
网　　址	http://www.jswenyi.com	
印　　刷	嘉业印刷（天津）有限公司	
开　　本	880mm×1230mm　1/32	
印　　张	10.25	
字　　数	276 千字	
版　　次	2022 年 11 月第 1 版	
印　　次	2022 年 11 月第 1 次印刷	
书　　号	ISBN 978-7-5594-6772-0	
定　　价	48.00 元	

江苏凤凰文艺版图书凡印刷、装订错误，可向出版社调换，联系电话 025-83280257

目录 Contents

你醒了要是不舒服
　　就给我发消息，
我给你弄点吃的。

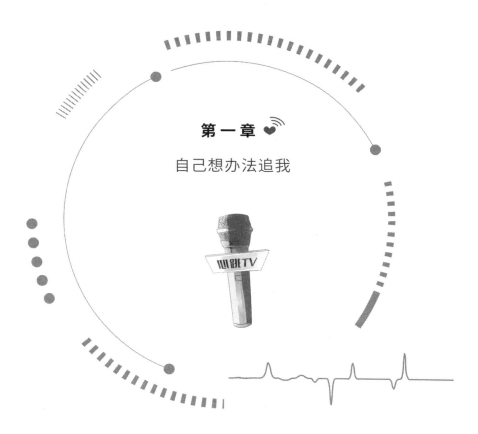

第一章

自己想办法追我

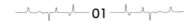

01

陈逾征直播间的粉丝彻底炸了锅。

"解释一下，你的文身为什么是个女孩儿的声音？？？"

"老实交代，你是不是背着我们偷偷谈恋爱了？？"

"什么话什么话？你们都在说什么？"

"给一脸蒙的粉丝解释一下：陈逾征新文身的意思是——Conquer会被所有人记住。"

"陈逾征也太离谱了，把这种话文在身上，是有多自恋？？"

"纵观 LPL①十几家战队的 AD②，我们征不敢说操作是最厉害的，但心态一定是最自信的。"

一盘游戏结束，陈逾征打开了弹幕助手，随意瞟了两眼炸了天的粉丝，他倒是一副风轻云淡的模样："你们还挺牛，这都能扫出来。"

"别转移话题，是谁说的？那个女的是谁？？"

"你谈恋爱了是吗？？？"

"拜托……现在电竞选手都喜欢找网红，毕竟你这么帅，我们也

---

① LPL（League of Legends Pro League），《英雄联盟》职业联赛。

② 游戏术语。在《英雄联盟》游戏中，英雄造成的伤害分为物理伤害、法术伤害等。AD（Attack Damage），意为物理伤害、物理攻击，也常被用来指输出以物理为主的英雄。ADC（Attack Damage Carry/Core），意为普通攻击持续输出核心。

不求你跟 Fish 一样洁身自好了，只希望你找个水平高点的，千万千万别找那些想蹭热度的乱七八糟的网红当我们嫂子……"

直接无视掉弹幕的一万个疑问，陈逾征躺在电竞椅上，拒绝了几个游戏里的好友申请，丢开鼠标，抬起手臂，手指罩着摄像头："再抽根烟。"

摄像头被挡得不是很严实，指尖露出的缝隙，正好能看到他的手臂。

这回，连粉丝都意识到了陈逾征这个行为的做作之处。

"平时也不见他这么频繁抽烟啊？"

"你用手遮得不累吗？站鱼按个 F 键就能切画面挡脸，你何苦用手去挡？秀文身也不用如此。"

晚上吃饭，Killer 拿着饭碗，打好菜，找位置坐下。

Killer 跟 Thomas 聊起了最近发现的新游戏，讲到激动之处，忍不住手舞足蹈了一下，不小心打到了旁边的人。

陈逾征"嘶"了一声。

Killer 含着满口的饭菜，迷茫地问："肿了吗？"

陈逾征皱着眉："你碰到我伤口了。"

Killer 把饭菜吞咽下去："什么伤口？我看看，没事吧？"

陈逾征穿着短袖，把手抬起来，再次露出胳膊上红肿的那一片黑色文身。

Killer 果然惊讶了一下，放下饭碗，凑上去研究："欸，你什么时候去文的啊？"

陈逾征配合地转了一下手臂，让他看得更清楚："哥们儿前两天去文的，怎么样？"

"看着还挺酷的，这文的什么玩意儿？"

奥特曼实在是没眼看："求求你了，陈逾征，停一停可以吗？你昨晚已经让我强制欣赏你的破文身八百遍了，能不能别再去折磨杀哥了？"

Thomas 吃着饭，劝奥特曼："你就让他炫耀吧，别理他。"

ORG 那边也放了几天假，余诺跟余戈两人在家里住了几天。

余诺一觉睡到自然醒，躺在床上缓了一会儿，爬到床边拉开窗帘，今天是晴天。

等会儿还要去菜场买菜，余诺换掉睡衣，趿着拖鞋下床。去浴室刷牙的时候，拿起手机看到徐依童刚刚发了一条消息过来："诺诺，你醒了吗？"

余诺："刚刚醒，怎么啦？"

徐依童："你今天有安排吗？我来找你玩呗。"

余诺："没安排，不过我哥这两天放假在家，我要帮他做饭……"

徐依童："啊！那我能去蹭饭不？"

徐依童："我保证不会打扰你哥的！！！我就是想试试你的手艺！！！"

她连发了好几个流泪的表情，余诺把家里的地址发给徐依童："我等会儿要去买菜，你到了小区门口给我发消息，我去接你。"

鉴于余戈这个男人刀枪不入、油盐不进，十分之难搞，徐依童吸取了上次的教训，这次到了余诺家里，没有吵吵闹闹。

客厅的挂钟已经转到了十二点。

徐依童穿好拖鞋进去，好奇地打量了一下他们的家，有教养地没有东转西转，而是跟着余诺进了厨房。

看着她熟悉麻利地理菜洗菜，拿起刀，把鱼放在案板上剖开，徐依童移开眼："你们家怎么只有你和你哥，你爸爸妈妈呢？"

余诺正在清理鱼内脏，跟她说："我爸妈很早就离婚了。"

她语气虽然平静，但徐依童还是闭嘴了，识相地不再多问。

又看了一会儿，她有些无聊："你哥怎么还没醒？都这么晚了。"

"他在基地的时候一般是早上睡、晚上起，这两天不用直播也不用训练，应该会早一点。"余诺洗了洗手，"我都是做完饭了才去喊他起床。"

徐依童了然地点点头，看着余诺在厨房忙碌，她也不好意思当个闲人，跃跃欲试地说："要不我帮你呗？你看看我有没有能帮你的。"

余诺笑："不用了，你是客人，怎么还让你做饭？"

徐依童举手："我可以帮你切土豆片！"

余诺让开，让她试了试。

徐依童绾起头发，穿上围裙，拿起圆润的土豆研究了一会儿，然后弯腰，开始认真地切起来。

半块土豆切完，薄一片，厚一片，形状歪七扭八的。徐依童拈起一片欣赏了一下，顺便还拍了几张照片，兴冲冲地问余诺："你觉得如何？"

余诺"哦"了一声："还可以，不过还是我来吧，你去客厅坐一会儿？"

徐依童噘嘴："真的不用我帮你吗？你一个人待在厨房多寂寞呀。"

"不用，我自己来就行了。"

"好，那你有要帮忙的喊我哦。"

余诺答应她："行。"

徐依童盘腿坐在沙发上，把刚刚的照片找出来，发了一条朋友圈。

"噔噔噔噔！纪念第一次下厨！"

一发出去，就收到了几十个点赞。徐依童随手回复了一下捧她臭脚的狐朋狗友们，忽然听到门被拉开的动静，她猛地抬起头。

余戈身上随便套了一件白色棉 T 恤，短发凌乱着，睡眼蒙眬地走出来。

早上余诺怕吵到他睡觉，只在微信上告诉了他一声，等会儿有朋友要来家里。余戈起床没看手机，根本没发现家里多了一个不速之客。

他拿起桌上的水喝了一口。

徐依童的眼睛发光，从沙发上蹿下来："你醒啦！"

听到这个声音，余戈喝水的动作一顿，眼睛瞟向声源："你谁？"

他刚睡醒的嗓音有些哑，徐依童又听酥了，扭捏地自报家门："我是徐依童呀，你不记得我啦？"

余戈："……"

无言半晌，余戈神志清醒了大半，放下水杯，皱起眉："你怎么在我家？"

徐依童欢快地回答："我是来找余诺玩的！"

余诺把菜炒好，放在盘子里端出去，看到余戈已经起来了。他坐在沙发上，手里拿着遥控器，电视机里播放着围棋比赛。

徐依童乖乖地坐在餐桌边，双手支着下巴颊，就这么目不转睛地看着余戈。

余诺有点好笑，喊了他一声："吃饭了，哥。"

布置碗筷的时候，徐依童悄悄跟余诺说："你哥好像个老年人，居然还看围棋，我家里我爸都不看，只有我爷爷喜欢看。"

余诺也压低声音回她："是的，他爱好很奇怪，还喜欢去公园看别人钓鱼。"

徐依童"啊"了一声，满眼星星："你哥也太特别了，跟我见过的男孩子都不一样……"

吃饭的时候，余诺和余戈的话很少，徐依童也比上次矜持了一点，没有说个不停。

不过余诺的厨艺确实很对徐依童的胃口，红烧鱼还有清炒土豆、西红柿鸡蛋汤，很家常的几个菜，让她足足吃了一整碗米饭。

饭后，余戈拿起碗筷去厨房，余诺收拾着餐桌，徐依童拿纸巾擦了擦嘴："你哥还会洗碗呀？"

余诺"嗯"了一声："在家里，一般是我做饭，他洗碗。"

徐依童热情又来了："那我也要洗碗。"

她端着饭碗，跟着余戈前后脚跑进厨房。

余戈站在水池边，窗外的阳光将他的身影勾勒出一道金色的边。他垂着头，水声哗哗啦啦地响。那双平时操作电脑的手拿着瓷白的碗筷，水花和洗洁精的泡沫顺着手背流下。

这个温馨的场景让徐依童屏住呼吸。

看着看着，她就呆在了原地，耳边传来清脆的"啪"的一声响。

余戈回头。

徐依童刚刚想得太入神，连手里的碗都忘记了。

脚底瓷片碎开，徐依童一惊，回神，小腿被划到，她"啊"地叫了一声，赶紧蹲下身去捡。

余诺听到动静跑进来，急忙制止："童童，别用手捡，小心划伤。"

话音刚落，徐依童手上就出现了一个口子，红色的血立刻冒出。

余诺走过去，把她拉起来，这才发现徐依童小腿也被划伤了，伤口看着很深。

让徐依童在沙发上坐下，余诺翻出家里的医疗箱，给她的伤口包扎了一下。

余诺耐心地给她划破的手指缠上创可贴。

小腿上的白色纱布还是隐隐渗出血丝，余诺有点担忧："不然我们还是去医院看看吧？感觉伤口有点深，家里没有消毒的东西了。"

徐依童细皮嫩肉，平时小磕小碰都会哭，不过现在在别人家里，为了在余戈面前保持形象，她强忍住眼泪："不用了，这点小伤，没事的。"

"伤口挺严重的，最好还是去医院看看。"

徐依童小声地跟她商量："能不去医院吗？我从小最怕去的地方就是医院了……"

余诺哄道："那我们不去医院了，小区门口就有个小诊所，我送你过去？"

徐依童勉强答应，她小心地碰了碰腿上的伤口，含着泪，可怜巴巴地抬头："能让你哥送我吗？"

余诺："……"

她哭笑不得："我去问问他。"

听到余诺的请求，余戈很是冷漠："她腿划伤了，脚没事，自己不能走去吗？"

余诺:"好歹童童是我朋友,你去帮一下吧?我感觉她伤得挺严重的。"

徐侬童本来还想象了一下,余戈会以哪种公主抱带自己去诊所,谁知道出门后,他事不关己地看着她单腿蹦跳,甚至连上前来扶她的意思都没有,就这么袖手旁观。

站在电梯里,徐侬童眼睛里含着一汪眼泪,想看余戈又不敢看。

两人一路无言地去了小诊所。

医生是个很慈祥的老爷爷,徐侬童看着腿上的纱布被揭下来,忍不住差点哭了,害怕地问:"爷爷,我的腿会留疤吗?要是留疤了,我以后还怎么穿小裙子?"

医生被她的娇气逗笑了,安慰道:"没事的,不会留疤,伤口不深,处理一下就行了。"

徐侬童"哦"了一声,又转头看余戈。

他坐在一旁,拿着手机不知道在看什么。徐侬童看了他半天,余戈都没察觉。

徐侬童伸手碰了碰他:"你在看什么?"

"看比赛。"

徐侬童第一次感觉,余戈似乎真的有点讨厌她,一句话都不肯跟她多说的那种。

她有点失落,正好闺密电话来了,徐侬童接起来,无精打采地"喂"了一声。

闺密:"你怎么了,在哪儿啊?出来玩。"

"我不去了,我在小诊所里看腿呢。"

"什么小诊所,看什么腿?"闺密有点好奇,"哪家医美啊?现在你连腿都美容了吗?"

徐侬童没好气:"我受伤了,美容啥啊?"

"什么?哪儿受伤了?要紧吗,今晚还能出来喝酒蹦迪吗?你别

'鸽^①'我们啊，都等着你呢！"

徐侬童被气到胸闷，一时语塞。

她又腿疼，又心寒，伤口疼还好，重要的是心疼。她深呼吸几下，抽噎地说："我都这样了，也不见你关心一句。你还想着我晚上能不能去喝酒，能不能去蹦迪，你还是个人吗？我以后再也不会跟你们出去玩了。"

她哭腔一出来，闺密吓一跳："童童，你怎么了？得抑郁症了？你别吓我啊！"

小诊所里，正在吊水的大爷大妈都看过来。

余戈也转头。

徐侬童默默地掉着眼泪。

旁边人好奇的目光纷纷投到她身上，余戈放下手机。

有个大妈劝道："哎呀，小伙子，你看你女朋友都哭了，你就哄哄呗。"

余戈刚想开口解释，徐侬童哭的声音更大了，气冲冲地道："我要跟你绝交！"

余戈："你先别哭了。"

徐侬童瘪嘴，挂掉电话："我怎么会有这种朋友，真是三生不幸！"

医生老爷爷呵呵地笑了一下："哎哟，小姑娘哭得我都心疼了，我去给你拿纸擦擦。"

徐侬童哭了一会儿，把委屈发泄完了，跟余戈说："还好有你陪着我，让我没有那么孤单。"

余戈沉默。

徐侬童自言自语，瞥了他一眼："既然如此，不然我们交个朋友吧？"

他被她突然的转折弄得有点想笑。

见余戈还是不说话，徐侬童有点泄气，小声嘀咕："我就想你加

---

① 网络用语，指被对方放鸽子，定下了约定而对方不遵守诺言，没来赴约。

我一个好友，有这么难吗？我保证，我不会骚扰你的。"

余戈把手机拿起来。

徐依童余光瞥到他的动作，立刻停止了抽噎，受宠若惊地问："我真的可以加你吗？"

余戈淡淡地："怎么，你不加了？"

徐依童立刻道："加的加的。"

说完，她想到什么："那你加了我，以后不准删，也不许屏蔽我。我会少发一点朋友圈，尽量不吵到你的眼睛。"

余戈："呃……"

医生过来，把纸递给她，徐依童擦着眼泪，还不忘笑容灿烂地说了声"谢谢"。

从小诊所出来，徐依童喜滋滋地翻了一下微信列表，把余戈给置顶了，总算是迈出了历史性的一步，胜利就在眼前，今天的伤痛就是明日幸福的铺垫。

徐依童觉得今天这个伤也受得值了。

她美完，一抬头，看到余戈双手插兜，走在前面，便喊了一声："你看今天的天气这么好，你陪我在下面散散步呗？我想去买个甜筒，要草莓味的。"

余戈头也不回："你自己去吧。"

洲际赛的狂欢过去，TCG 和陈逾征在论坛、贴吧和微博的热度也降了不少。不过他们的粉丝基数还是有很明显的增加，好几家赞助商甚至主动找上门，跟他们谈代言合作。

微博上为选手打 Call 榜①的 AD 位，TCG.Conquer 一跃到第二名，屈居余戈之下。其余几个位置，Killer 和奥特曼他们也都上升到了前排。

官方打算出一个洲际赛纪录片，最近有几家自媒体的电竞号专门

———————————

① 一种对偶像的应援活动。

上 TCG 基地来采访。

小应一大早就把他们从床上拉起来化妆做造型。

Killer 被脸上扑的粉呛得咳嗽了一下："我们打职业赛为什么还要出卖色相？真实一点不好吗？"

化妆的女孩拿遮瑕液给他点着青春痘："你皮肤但凡有 Conquer 一半好也不用化妆了。"

Killer 很是失望："职场的外貌歧视什么时候才能停止？"

采访的地方稍微布置了一下，几个人都坐在一起，编导先给他们发剧本，让他们准备一下等会儿要问的问题。

准备了一会儿之后，灯光布置好，旁边的摄影机开始录像，编导问陈逾征："最后一场和 PPE 打决赛的时候，你有压力吗？"

陈逾征靠在椅背上："也就那样，没什么压力。"

编导"啊"了一声，好奇地道："真的没有压力吗？"

Van 有点好笑："他怎么可能没压力？装呢，看不出来吗？"

Killer 咳嗽了一声，提醒他："现在搞采访呢，你注意点素质，等会儿后期全给你'哔——'了。"

大家都笑了，气氛一下活跃起来。

采访录制了半个多小时，进入尾声。编导问了个题外话："能分享一下吗？你们都是因为什么来打职业赛呢？有目标和职业偶像吗？"

Thomas 第一个回答："嗯……因为缺钱来打的职业赛，我的偶像……大概就是 WR 的 Aaron 吧，觉得他挺强的。"

Killer 沉思了一下，说："我是 Wan 的粉丝，当初是因为看他MSI[1]的比赛觉得挺激动，那时候想着自己也要这么牛，后来才决定来打职业赛的。"

采访的编导笑了笑："是吗，那你有从他身上学到什么吗？"

Killer 摇摇头："那倒没有，主要是他这个人的天赋太高了，我感

_____

[1]《英雄联盟》季中冠军赛。

觉一般人也没法从他身上学习什么，可能就学习一下技术吧，不过也不一定能在比赛里操作出来。"

轮到下一个，奥特曼立刻说："我之前也是 WR 的粉丝，五个队员都挺喜欢的，不过我的偶像也是周荡，跟 Killer 一样，当初也是因为他才决定来打职业赛。"

圈内很多《英雄联盟》的现役职业选手的偶像都是周荡，编导也习惯了，问他："那你喜欢周荡什么？"

奥特曼掰着手指，认真回答："我喜欢他游戏打得好，长得帅。只可惜我生君已老，我出道，他已经退役了，没机会在比赛里给周荡打一局辅助，应该是我职业生涯的遗憾吧。"

编导看了眼陈逾征："你现在的 AD 也很强呀，你们都未来可期。"

提到陈逾征，编导顺势问坐在最左边的他："Conquer 你呢，有比较欣赏的前辈吗？"

陈逾征回答得很淡然："没有。"

没料到他会这样，编导神情一顿，一时间居然有点接不下去话。

此处的录制中断了一下，旁边的工作人员有些无奈地跟他商量："不然你就随便说一个吧？这个要是播出去，那些黑粉说不定又要找你的碴儿。"

陈逾征反问："说谁？"

奥特曼建议："你也说周荡。"

小插曲过去，重新开始录制，编导保持微笑，重新问了一遍："你有欣赏的选手吗？"

陈逾征配合地回答："周荡。"

编导顺势而问："那你欣赏他什么？"

他想了一分钟，说："没什么欣赏的地方。"

采访的编导无奈，工作人员都气笑了，本来打算掐了这段一了百了，谁知陈逾征忽然想到什么，稍微一顿，"噢"了一声说："有一个吧。"

编导欣慰地问："是什么？"

陈逾征一只脚踩着椅子底下的横杠，偏了偏头，慢悠悠地看向镜头："听说周荡十九岁的时候找了个大他三岁的女朋友？"

几秒过去，全场所有人："……"

陈逾征悠然自得："我挺欣赏的。"

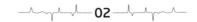

02

付以冬休假，晚上来余诺家里过夜。

余诺两手环抱着腿，下巴抵在膝盖上出神，缩靠在床边。

洗完澡出来，付以冬在床上滚了两圈，抱着余诺前两天在宜家买的鲨鱼蹭了蹭："哎哟喂，你有什么要跟我说的就直接说呗，都欲言又止半个小时了，我看着都着急。"

余诺和付以冬面对面坐着，咬着唇："就是……我之前跟你说，我喜欢上了一个人，还记得吗？"

"是哦。"付以冬也想到了这一茬，追问，"你们现在怎么样啦？"

"我想，要不要挑个日子，去跟他表白……"

付以冬要被余诺这不温不火的性子急死了："你倒是去呀，怎么还不行动？"

"就这两天了，但是在表白之前，我还是要跟你说一下，征求一下你的意见。"

付以冬好奇："说什么？"

余诺有点难于启齿，在心里反复斟酌着措辞。

一直以来，付以冬在她面前，都是毫不掩饰地流露出对陈逾征的喜欢和崇拜，但付以东有男朋友，所以余诺意识到自己喜欢上陈逾征后，并没有太过挣扎，就放任自己沉沦了下去。

但一开始，余诺是因为付以冬才认识了陈逾征，后来才慢慢和他有了些交集。

所以余诺不是很确定，自己追陈逾征的事情，会不会让付以冬心里不舒服。不论表白成功与否，她都要提前跟付以冬说一下才好。

余诺慢慢开口："就是……我喜欢的那个人。"

"嗯。"付以冬等着她说。

"他，你也认识。"

付以冬有点惊讶："我认识？是谁啊？？"

余诺不敢看她表情，垂眼，一狠心，把名字说了出来："陈逾征。"

房间里死寂了足足一分钟，这个名字的冲击力宛如一颗原子弹，炸得付以冬脑子空白了一下。

余诺看她这个样子，立马说："冬冬，如果你介意，或者不理解，接受不了，我可以再等一段时间，等你不生气了我再说。"

付以冬有点无法理解："你怎么现在才跟我说？"

余诺很愧疚，小声道歉："对不起……"

余诺也觉得自己在这件事上确实很自私。因为怕一开始就遭到反对，所以故意在付以冬面前隐瞒了那个弟弟是陈逾征的事情，想着再拖一拖。

只不过，从巴黎回来之后，余诺已经完完全全地确定，自己喜欢上了陈逾征。

不只是喜欢……她还想占有他。

可能是余诺太贪心了，之前觉得，能远远地看着陈逾征，也比跟他表白被拒绝之后，两人形同陌路要好得多。

也不知道从什么时候开始，她对陈逾征的感情渐渐变质了。她想要的远比自己以为的，要多得多。

付以冬趴在鲨鱼抱枕上缓了缓，慢慢消化了刚刚得知的劲爆事情，瞅到余诺低落的小表情，意识到自己刚刚的反应有些过激，忙说："那个，诺诺，我不是怪你的意思，我就是有点震惊，你为什么会喜欢他呀？什么时候开始的？"

余诺摇摇头："我也不知道……"

可能从陈逾征带她看日出那次，或者更早，他在厕所外静静陪着哭泣的自己……余诺意识到的时候，就已经喜欢上了他。

付以冬喃喃："我闺密居然想表白我男神，这个世界太玄幻了……"

余诺小心地说："对不起，我没有早点跟你说清楚。"

"这有啥对不起的？我是喜欢陈逾征，但又不是那种想谈恋爱的喜欢。"付以冬也不知道怎么评价这件事，"不过，你还挺有勇气，陈逾征看着就挺难追的啊，你有把握吗？"

余诺也有点发愁，出神地望着前方："把握……倒是没什么把握……"

"那你们现在还算是半个同事，这要是成不了，你们以后低头不见抬头见的，多尴尬呀！"

"我在 TCG 的试用期就三个月，现在都快两个月了，我当初也是为了帮我室友个忙，其实等正式毕业，我还不确定以后是不是就要在那儿工作，毕竟我哥也不是很支持……"

"是啊，还有你哥。"付以冬忽然想到这茬，"你哥要是知道你把陈逾征追到手了，不得去把 TCG 老巢给炸了？！"

余诺苦笑："哪里有这么夸张？"

付以冬问："所以你喜欢陈逾征的事情，要提前告诉你哥吗？"

前路渺茫，余诺还没考虑到这里，询问道："你觉得我要说吗？"

付以冬拍了一下大腿，一骨碌从床上坐起来："当然不能说，说了你哥能愿意？"

她细细给余诺分析了一番："先不说现在陈逾征是你哥最大的竞争对手，加上他本来就看不惯陈逾征。再说，我估计你谈恋爱这个事，他都不一定会同意。"

余诺觉得有点道理，不过还是很为难："就算我现在不说，他以后也肯定会知道的。"

"你考虑这么远干吗呢？"付以冬敲了敲她的"榆木脑袋"，"你先好好想想，怎么把陈逾征追到手才是正事，等以后稳定了再说也行呀。"

余诺还有一个很担心的地方:"你觉得职业选手交女朋友,会影响他们的状态吗?会不会分心什么的?"

这个问题让付以冬沉思了一会儿。

她认识一些人,所以了解的内幕还算多,跟余诺信誓旦旦保证:"只要陈逾征自己训练的时候专心,平时休息了谈个恋爱,其实也没什么吧?

"那不就成了?再说了,Van 不也有女朋友吗?也不见他发挥失误什么的。"

交流完心事,深夜,付以冬又拉着余诺在被窝里看了部电影。

电影里的女主角,直到结婚那天,突然在婚礼上拿过司仪的话筒,对着全场,向一个暗恋了十年的人表白了。

那个人就是这场婚礼的伴郎。

全场哗然。

付以冬擦了擦泪,跟余诺说:"你看,这个女主角就是太犹豫了,犹豫就会败北。喜欢不早点说,要后悔一生的。"

余诺深有同感,点点头。

第二天,TCG 的美工剪辑好了洲际赛的纪录片。

为了不被人骂,他们只能把陈逾征的采访给剪了个七七八八,但是为了搞点节目效果,还是把关于周荡女朋友那个片段保留在了彩蛋里。

不出意外,TCG 官博发布后的半个小时,陆陆续续有一些电竞号专门剪出了彩蛋里陈逾征提到周荡的那段话。

在此之前,圈里最津津乐道的就是周荡和书佳的一段神仙佳话,当初他们结婚的消息公布后,《英雄联盟》几乎所有解说、选手、主持人,都送上了祝福。

没想到过了这么久,这个梗还能重新被提起来,一时间微博上无比热闹。而让这场盛宴到达一个高潮的,是晚上七点,万年不发微博的周荡本人，居然亲自转发了 TCG 这条官博。

> @WR.Wan：？ //@TCG 电子竞技俱乐部：洲际赛纪录片来啦！最后有采访的彩蛋哦！ ＃撒花＃

随后，书佳还在底下评论了一个捂脸哭的表情。

底下评论全部炸了——

"懂了，LPL 历年 ADC 审美一致。"

"荡：我瞅你好像也行。"

"笑死了，梦幻联动，爷青回①。"

"周荡，你看你开了个什么头！现在 LPL 的 AD 都想着要追姐姐了！"

"Conquer：我也找个大三岁的女朋友，请问这样就能拿世界冠军吗？"

"荡荡居然和书佳互动了！又发糖了啊啊啊，CP②粉今夜狂欢！！"

前一天晚上，付以冬和余诺在家夜聊到天明，一觉睡到下午六点多才醒。

起来之后，两人窝在客厅，叫了一份外卖吃完，玩手机的时候自然也刷到了这些微博。

刚刚熬了一个通宵，余诺神情有些困顿，第一眼看到的时候，还没反应过来，直到付以冬撞了一下她的肩膀："陈逾征这是对你说的吗？"

余诺还在翻周荡微博底下的评论，有点迷茫："什么？"

"你是不是傻啊？陈逾征这明显不是在说胡话啊，他就是在暗示你！！懂不懂？？"

"暗示我？"余诺慢半拍，指了指自己。

"当然！"付以冬强忍着心碎，提醒她，"你自己好好想想，你比他大多少？"

---

① 网络流行语，意为我的青春回来了。

② CP 是 couple 的缩写，多指情侣。

"三岁……"余诺反应过来，忽地瞪大眼睛，还是有点不敢相信，"真的吗？会不会是随口说的……"

付以冬被她的一根筋弄得白眼都要翻上天了，摆了摆手："算了，你让我先自己去角落伤心一会儿，我在这里替你着急，还不如替自己急呢。"

余诺点开陈逾征的采访视频，又听了一遍。

付以冬看了一会儿贴吧，忽然建议她："不然你就趁现在，直接去跟他表白？"

余诺愣了一下："现在？"

她压根儿没做这方面的心理准备。

"那你这么拖着也不是个事儿啊，你昨天不还跟我说，就这两天打算找他告白吗？反正陈逾征都这么说了，你就去呗，早死早超生！"

看余诺还在犹豫，付以冬一伸手："你把手机给我，我来帮你发。"

余诺连忙道："不用不用，这种事，我还是自己来吧。"

"那你倒是快点。"

"你先别急，让我想想。"

又拖沓了一个小时，余诺在脑子里设想了一万种跟陈逾征表白的场景，也想了被拒绝的结果，她捧着手机，迟迟没敢点开他的头像。

付以冬都快被磨死了："有这么难吗？就表个白，多大点事！"

夏天很炎热，家里也没开空调，余诺却觉得手脚冰凉，她思索了半天，又问了付以冬一遍："我真的要现在发吗？"

付以冬肯定地点点头，把手机递给她看："我刚刚找了个姻缘网，给你算了一下八字，上面说今天就是你的良辰吉日，你千万要抓住机会。"

余诺："呃……"

她把姻缘网的批注反复看了几遍，有点被付以冬说动了，一时上头，心一横，就给陈逾征发了条消息。

余诺："在吗？"

Conquer："1。"

余诺纠结了很久："你晚饭吃了吗？"

他回得很快。

Conquer："吃了。"

余诺："那你现在在干什么？"

Conquer："聊天呢。"

余诺："跟谁？"

Conquer："你。"

余诺又蔫了，实在想不到该怎么起头，转头跟付以冬说："要不今天还是算了吧，等我再想几天。"

付以冬打开网易云音乐 APP，播放了一首《好日子》："配着这个背景音乐，给我上！"

见她这边一直没动静，陈逾征又发了一条消息过来。

Conquer："你有事？"

余诺觉得自己可能是疯了，狠下心，就把消息给他发了过去："嗯……就是我看到你那个采访了……"

Conquer："什么采访？"

余诺厚着脸皮，在付以冬再三催促下，跟他说："就是那个，你说你挺欣赏周荡找了个大他三岁的女朋友……"

对方显示输入中，却迟迟没有回复。

胸腔里，心跳剧烈得快要蹦了出来。余诺求助地看向付以冬："完了，我这么说，会不会显得很自作多情？"

付以冬不解："什么自作多情，正常人都会想偏的好吧？尤其你们本来就有点暧昧，我觉得他已经很明显了。"

余诺还是不放心："说不定……是我们想多了呢？"

"呸！"付以冬恨恨道，"大三岁，哪有这么多巧合的事？"

余诺看了眼手机，有点绝望："他还没回我……"

付以冬猜测："说不定在那边偷着乐呢。"

话刚说完，余诺的微信通话界面就弹了出来，付以冬眼尖，急忙道："欬欬，是陈逾征的电话，你快接！！"

余诺一下就从沙发上站起来了，握着手机，无措道："我接吗？"

"快接啊！"

两人这么一说话的工夫，对方就挂了。紧接着，电话响起来，还是陈逾征的号码。

余诺连拖鞋都没穿，急得像热锅上的蚂蚁，光着脚在地上乱转："完了，我等会儿该跟他说什么？"

付以冬抢过她的手机，滑动接听键，递到她耳边。

双方都在沉默。

他不说话，余诺更不知道如何先开这个口。

良久，陈逾征笑了一声，似乎有点好奇："姐姐，你刚刚是在暗示我什么吗？"

"嗯？不是暗示……"

余诺刚刚还手脚冰凉，此刻却浑身发烧，脸红得要滴血了，头顶冒烟。

付以冬跳上沙发，手舞足蹈，跟她做口型："说呀，说，我、喜、欢、你。"

余诺对她比了个嘘的手势。

现在这个情形，也是箭在弦上，不得不发了，余诺酝酿十几秒后，闭上眼，一鼓作气说完："就是……如果你也想找个大你三岁的女朋友，我还有几天才过生日，所以现在还是二十二岁，刚好比你大三岁，要是可以，你能考虑考虑我吗？"

说完之后，整个世界都安静了。

陈逾征估计没料到她这么直接，沉默了。余诺怕被拒绝，立马说："你可以好好想一下，不用现在回复我，你想好了再跟我说也行。"

说完，也不等陈逾征反应，她立马挂掉电话。她手都在发抖，深呼吸一下，平静了一会儿。

付以冬给她竖了个大拇指："你终于捅破这层窗户纸了，怎么样，他什么反应？"

余诺："我不知道，他好像没说话，我就挂电话了。"

就在这时，电话又打了过来，余诺手忙脚乱，就直接按了拒绝接听。

付以冬急了："啧，你怎么又挂了？"

"我、我一紧张就有点结巴。"余诺有点慌，"我怕我等会儿声音太抖了，闹笑话。"

微信上。

Conquer："嗯？"

余诺："对不起，我现在有点不方便……不然你直接发消息跟我说？"

Conquer："噢，我还以为你后悔了呢。"

余诺很慎重地打字："没后悔，我考虑好了才来找你的。"

Conquer："你喜欢我？"

眼看着也没法回头了，余诺看着这四个字，只好坦荡地承认："嗯，我喜欢你。"

Conquer："多喜欢？说来听听。"

这要怎么说？

一时间，余诺有点被难住了。她本来就不擅长花言巧语，现在大脑一片空白，思维都是混乱的。

她转头问付以冬："我怎么回？"

付以冬这情场老手，一眼就看出陈逾征打的什么算盘，只有余诺这个小傻子还在这里干着急。

看在陈逾征是她偶像的分儿上，付以冬发了个善心，不打算去破坏他的情趣了，叹了一声，跟余诺说："你自由发挥吧，加油。"

余诺蹲在角落，苦思冥想了半天，干巴巴地回了他一句——

"就是，很喜欢你……我也不知道怎么说，但是和你在一起，就会很开心。"

这条消息发出去，余诺感觉自己紧张得都快吐了，眼睛紧紧盯着手机，生怕错过了什么。

左上角的时间，数字一分钟一分钟地跳，对面终于慢吞吞地回来一条消息——

Conquer："既然你这么喜欢我，那明天给你点儿时间。"

余诺："什么？"

Conquer："自己想想办法，怎么追我。"

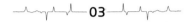

03

余诺看着陈逾征的这条消息，抬手，揉了揉胸口。

心跳失序，让她产生了一种疼痛的错觉。她不自觉地咬着唇，陷入了苦恼之中。

付以冬迫切道："怎么样，他答应了吗？"

余诺摇摇头。

付以冬吃惊："他拒绝了？"

余诺还是摇头。

付以冬"啧"了一声，自己凑上来，伸出食指，在余诺手机屏幕上滑动。看完他们俩的聊天记录，她连连惊叹，止不住地笑起来："陈逾征挺会撩人啊。"

短短半个小时发生的一系列事情，直接拍晕了余诺的脑子，她坐在地上，虚脱地靠在沙发边沿，半晌没有动弹，甚至有点分不清是在梦里还是在现实，喃喃道："我该怎么办？"

"什么怎么办？"

余诺乖乖地回答："我没有追人的经验。"

付以冬无言。

她觉得余诺有时候是真的有点憨，尤其对男女感情方面的事，真是白白大了陈逾征三岁。

付以冬点了点她的脑袋，恨声道："还追个什么呀，你明天只需要美美地打扮一下，然后跟陈逾征好好地约个会，这不就有了吗！"

因为陈逾征的一句话，余诺提心吊胆，一夜无眠，咨询了付以冬许多约会的注意事项。

凌晨五六点，连鸡都要起来打鸣了，付以冬困得眼皮都快睁不开了，余诺还在耳旁唠唠叨叨。

余诺停了一下，问："你觉得我明天跟他去网吧怎么样？"

"什么？？"付以冬用食指把眼皮往上撑了一下，嫌弃道，"你还能更愚一点吗，去网吧干什么？全是烟味，熏死个人了。"

余诺神情认真："我刚刚用手机查了很多地方，但是我怕他都不感兴趣，感觉去网吧打游戏，他应该会喜欢。"

付以冬都无语了，打了个哈欠："不知道去哪儿玩就去看电影呗，电影院是最能滋生暧昧的地方，你想一下，昏暗的光线、私密的座椅、躁动的一对年轻人……"

说着说着，付以冬的声音逐渐变小，然后消失。

余诺转头看了看，付以冬躺在床上，已经抱着抱枕陷入昏睡，甚至轻微地打起了鼾。

余诺不忍喊醒她，心里默默地叹了口气。

关掉台灯，余诺也躺下来，侧着身，继续在一片漆黑里翻着手机上各种软件，查找追男生的一百零八种小妙招。

看到最后，不知道时间到了几点，困意来袭，余诺支撑不住，两眼一闭，也陷入了梦乡。

等再次清醒过来，外头已经天光大亮。

身边付以冬还在沉睡中，余诺头昏昏沉沉的，等短暂的眩晕过去，她迟钝地摸起手机，眯着眼看了下时间。

脑子开始慢慢转动，回忆了一下昨晚的事情，余诺的思绪忽然停住，她一骨碌从床上爬起来。

陈逾征！

她忙打开和陈逾征的微信对话框。

早上七点的时候，他给她发了一条消息："。"

八点又是一条。

Conquer："不回？"

九点半。

Conquer："还没醒？"

十一点。

Conquer："不理我？"

下午两点。

Conquer："你把我屏蔽了？"

一路看下来，余诺有点懊恼，拍了拍自己的脑门。今天这么重要的日子，她居然睡到了下午三点。

余诺急急忙忙地掀开被子下床，边刷牙边给陈逾征发消息——

"对不起，我刚刚醒，昨天晚上睡得有点晚，忘记定闹钟了。你吃了吗？"

等着他回消息的间隙，余诺把手机放在洗浴台边上，弯着腰，洗了把脸。

刷牙洗脸完，拿毛巾擦干净脸，余诺看了眼手机。

Conquer："没吃。"

隔了一会儿。

Conquer："姐姐，你这追人追的，好像有点儿敷衍啊？"

余诺顿了顿。

隔着屏幕，她都能想象到陈逾征此刻不耐烦的表情，有些内疚地回复："对不起……"

余诺："不然你先吃一点东西垫垫肚子，我收拾一下，然后去找你？"

Conquer："不用了，我在外面，你发个位置过来。"

余诺去备忘录翻了翻，给他分享了一个昨天晚上找到的美食城。

她不敢再耽搁，放下手机，迅速洗了个头发，冲了一下澡。

付以冬翻了个身，丢开抱枕，被外头丁零当啷的动静吵醒了，她缓了缓，也跟着起床。

走出卧室，付以冬看到余诺跪在客厅抽屉前，着急忙慌地翻找吹风机的样子，不禁有点好笑："你这是干什么，出去约会还是打仗啊？"

余诺满脸焦急，抬头回她："冬冬，来不及了，你去帮我挑一身衣服。"

付以冬抄起手，叹了口气："行吧，你也不用着急，到嘴的鸭子还能飞了不成？"

余诺坐在化妆镜前化妆的时候，付以冬就站在后面帮她编头发。

付以冬之前特地去找手艺好的师傅学过，加上手指灵活，十分钟就把余诺的长发编成了松垮辫子，侧扎着，扭转之后，用一个小清新的发卡固定。

余诺是鹅蛋脸，眼睛大，嘴巴小，五官秀美，脸颊两边垂下的几缕碎发显得轮廓更加柔和。

付以冬撑着下巴沉思一会儿，拿起旁边的卷发棒把垂下来的碎发稍微夹成内卷。

一个小时后，大功告成。

付以冬拿起香水往余诺身边喷了一圈，拍了拍手："行了，美美的。"

余诺在全身镜前，低下头，从头到尾检查自己的装扮，再三确认："真的可以了吗？"

她头发绾起，脖子修长，耳朵上嵌着一对细细的碎钻耳钉，被阳光折射出若隐若现的光。一袭小红裙，长度在膝盖上一点点，露出的细胳膊细腿，肌肤胜过白雪。

"有什么不可以的？"付以冬自信地拍了拍胸脯，"保证把我偶像迷得神魂颠倒。"

打了个车到约定地点，余诺张望了一下，没发现陈逾征的身影。

她正准备发个消息，肩膀被人拍了拍。

余诺后背一僵，转过头。

陈逾征双手插在口袋里。

他今天穿得也不太正式，一件没图案的黑色短袖，整个人修长挺拔。才半个月没见，他的头发似乎长了点，柔软的黑发垂在额前，一双漆黑的眼盯着她。

余诺还没做好心理准备，有点不敢跟他对视，紧张地咽了一下口水，脱口而出一句："你……你好。"

陈逾征停了一下，回了她一句："你好。"

往里走的时候，陈逾征随口问："我们今天干什么？"

余诺回忆了一下昨晚付以冬教给她的东西，在脑子里过了一遍："嗯……先去吃饭，吃完饭，可以走走，附近有个电影院，可以看电影。"

说完，她观察了一下他的表情："你觉得怎么样？"

陈逾征懒懒地点头："可以啊。"

两人坐电梯到三楼。

余诺口味偏清淡，征求了一下陈逾征的意见，带他去了一家之前和室友去过的味道还行的私房菜馆。

店里放着舒缓的音乐，下午这个点基本没客人，环境幽雅，连服务生都轻声细语的。

两人面对面地坐着。

陈逾征高高瘦瘦一个人，就这么懒洋洋地、没什么形象地窝在软皮椅里。

计高卓："怎么样？"

Conquer："吃饭。"

计高卓："人在你旁边？"

Conquer："对面。"

计高卓急切发来几条消息："速速，搞张照片，我倒要看看，哪个小姑娘能把我们陈花草紧张成这样？"

Conquer："你是不是有病，我什么时候紧张了？"

计高卓："是谁早上八点就跑来老子家里，让我陪他等了七八个小时？坐立难安那个样啊，饭都吃不下去就一直看手机！不是你？不是你？？"

计高卓："说真的，陈逾征，跟你认识这么久，没想到你居然是这样的人，长得帅有什么用呢？"

陈逾征冷笑一声，把计高卓拉黑了。

吃完饭，外面的天已经黑了。

余诺去前台结账，准备扫码的时候，被人从后面拉了一下，她眼睁睁地看着陈逾征把自己的手机递给服务员。

出门后，她小声问了一句："不是我请你吗？"

陈逾征："你是追人，还是打算养我？"

余诺被他噎了一下。

隔了一会儿，她又问："你觉得这家店的味道怎么样……好吃吗？"

"凑合。"

今天睡过了头，导致很多行程都没法进行。她查电影院的最近场次，跟陈逾征商量了一下："你喜欢什么样的电影？"

陈逾征无所谓："都可以。"

感觉他也给不出什么建议，余诺只好自己挑。

她纠结了一下，翻了翻影评，怀着点刻意的小心思，选了一部动画片，《嘻哈英雄》。

电影是八点半的场次。

他们到的时候，还差几分钟就开场。

陈逾征环视了一周，发现整个电影院里空荡荡的，居然空无一人，他停步，问站在旁边的余诺："你挑的这什么电影？"

"啊？"余诺一脸被拆穿的心虚表情，嗫嚅道，"我也不知道是什么电影，就随便挑了一个。"

陈逾征："嗯……"

这种基本没人的上座率，用脚想也知道是个史诗级烂片。余诺看了半个小时，实在坚持不下去了，连嘴里的爆米花都没了味道。

她偷偷转头，看了一眼陈逾征。

他早就歪着头，睡着了。

忽亮忽暗的光线在他脸上掠过，掠过睫毛、高挺的鼻梁、偏薄的嘴唇、喉结、锁骨……

大荧幕里，熊猫说着不知所云的台词。余诺不敢弄出动静，就这么悄悄看着他，隔着一点距离，用手指偷偷描摹他的轮廓。

直到电影散场，灯光全部亮起，打扫卫生的保洁进来，吆喝了两声，陈逾征才从睡梦中醒过来。

他皱了一下眉，睁开眼睛，往旁边瞥了瞥。

余诺腿上放着包，乖乖坐着："你醒了？"

陈逾征抬手，摸了摸鼻梁："我睡了多久？"

余诺有些无奈："你睡了一整场电影。"

"电影好看吗？"

余诺摇摇头："不好看。"

其实她也没看。

电影放完，已经接近十一点，陈逾征开车送她回家。

余诺看着窗外的夜景，忍不住有点挫败感。

今天她选的私房菜，他好像不太喜欢吃，后来刻意选没人看的电影，他全程都在睡觉……

余诺发了一会儿呆，车在一个红绿灯前停住，她转过头："陈逾征，有件事，我骗了你。"

他握着方向盘，看过来："什么？"

"其实，今天是我的生日。"余诺低下头，玩着包包的带子，"十二点一过，我就不是二十二岁了。"

陈逾征反应两秒，理解了她的意思："你还挺会抓住机会。"

绿灯亮起，车子重新启动。余诺看了看他的侧脸，本来想说的话，又憋了回去。

她觉得自己今天没能让陈逾征高兴，所以拿不准他的意思，连开口问他的勇气都没了……

车停在小区门口，两人一路无话，陈逾征把她送到楼下。

"你家住几楼？"

"五楼。"

陈逾征大概辨认了一下位置："指给我看看。"

夜色里，其实景物都不太明晰，但余诺还是耐心地说："就是那个阳台有盆栽的地方，看到了吗？"

陈逾征看清了："噢，知道了。"

余诺心底装着事，踌躇了一会儿，试探地说："那我……走了？"

陈逾征好像也没有再说什么的意思，点头："走吧。"

她原地站了一会儿，嘱咐他："那你回去的时候开车记得小心点，到了给我发个消息。"

陈逾征敷衍地"嗯"了几声。

余诺三步两回头。

明明只和他待了半天，此刻分别的不舍却格外强烈。她都走进了楼道，等电梯的时候，一回头，发现陈逾征还在原地目送她。

余诺头脑一热，不知道哪儿来的勇气，转过身，推开楼道的门，又跑过去。

陈逾征明显有些诧异，挑了挑眉："你还有事？"

余诺摇了摇头，有点不好意思，问他："你，要不要上去坐坐？"

他似笑非笑地瞅着她："你家里有人吗？"

"嗯？"

余诺沉默了一会儿，回答："没有……"

"那……"陈逾征拖腔拉调，"你确定要我现在上去？"

深夜这个点，孤男寡女共处一室，确实会让人想歪。余诺意识到邀请陈逾征去家里的行为不太妥，她说："……那算了吧，你早点回去。"

幸好这里的路灯坏了，一片漆黑，陈逾征也没能察觉余诺脸红了。

这次，她连道别的时候都不敢看他，急匆匆地折返。

回到家，余诺拆掉头发，第一件事就是摘掉隐形眼镜。眨了眨酸涩的眼睛，她坐在沙发上，翻找出眼药水滴了几滴。

去冰箱里拿出一瓶矿泉水，余诺靠在流理台边缘，又走了神。

微信响了一下，付以冬发消息过来："怎么样？你和陈逾征在一起了吗？"

余诺无精打采，拿起冰水，赤脚走回客厅，在沙发上坐下："没有……"

付以冬："你们还在外面？"

余诺："我已经回来了。"

付以冬："啊？"

余诺："约会好像失败了……"

付以冬的电话打过来，急吼吼道："你表白失败了？不可能啊！！！"

余诺情绪不高，一会儿之后才说："我没表白……当面，我有点开不了口。"

付以冬松了口气："那也不算失败呀，谈恋爱这个事，细水长流，慢慢来，不要急。"

余诺很慢地说："他跟我待在一起，应该觉得挺无聊的。"

付以冬知道她老毛病又犯了："你别这样。你这么好，我要不是个女的，一定要追你。再说了，你昨天跟他说得这么明显了，他都没拒绝你。可能是想跟你相处一段时间看看？"

付以冬在电话里安慰了她一会儿。余诺挂电话之后，发现陈逾征几分钟前给她发了一条消息。

Conquer："拍个你小区的夜景给我看看。"

余诺："现在吗？"

Conquer："现在。"

余诺一头雾水，觉得他这个要求有些莫名其妙，不过还是回他："好的，你等一下。"

她从沙发上站起来，拉开客厅阳台的玻璃门。

小区隐没在浓稠的夜色之中，她有点近视，再远的地方，全都化成几团黑影。余诺举起手机，打开闪光灯，拍了两张，给陈逾征发过去。

阳台的栏杆很高，余诺两条胳膊抬起来，刚好能趴在上面。徐徐的微风吹来，她心情总算放松了一些，舒适地叹了口气。

几分钟之后，握在掌心的手机一振，余诺微微抬起手腕，看了一眼。

微信还停留在和陈逾征的聊天界面上，他也发了一张照片过来。

她以为他也给自己拍了一张月亮的照片，点开来看。

仰视的角度，高耸的楼，几户人家的灯光亮着，有两处很明显的白色，黑夜里一弯相似的月亮。看着看着，她忽然发现有点不对劲。

这个地方……怎么这么像自己家楼下？

余诺心一麻，立马问——

"你还没走？"

Conquer："没走。"

余诺："等我一下，我马上就下来。"

余诺："5 分钟。"

余诺也不知道自己怎么就冲动地提了这个要求。

不知道自己为什么要下去，下去要跟他说什么，也不知道为什么不想要陈逾征走。

她只知道，自己现在很想见到他。

很想很想。

明明分开才半个小时，余诺却感觉这种渴望要把自己淹没了。

她连鞋都忘记换，抓着手机就往门外跑。

这栋楼一共 31 层，只有两部电梯。余诺着急地按着键，旁边显示的数字还是缓慢地跳动着。

时间好像格外漫长。

这里信号不好，余诺的消息也发不出去。

她有些着急，又连着按了几下电梯键，等不下去了，推开旁边消防通道的门，从楼梯一路跑下去。

整个楼道里空无一人，感应灯应声亮起，安安静静，让余诺急促的脚步声和呼吸声都显得格外明显。

一口气跑完五层楼，心都快蹦出来了。

推开楼道的门，余诺眼前一团模糊，站在原地，张望半天，终于看到了他。

陈逾征坐在树下的长椅上。

她过去。

刚刚跑了半天，停在陈逾征面前的时候，余诺的脸还有点充血。额头上的汗唰地滑下来，淌进脖子里。

陈逾征的手机屏幕亮着淡淡的光，视线将她从下往上，扫了一遍。

安静几秒。

耳边只有蝉鸣声，有一搭没一搭的。

余诺用手背抹了一把汗，揪着一颗心，把气喘匀了，慢慢地说："你……怎么还没走？"

陈逾征不出声。

余诺拘谨地在他身边坐下。

离得近，她看见他的手机开着计时器，正在倒数。

余诺有点疑惑："这是什么？"

"你的生日。"

"嗯？"

"还有一分钟，十二点就过去了。"陈逾征笑，"刚刚忘记说了，生日快乐啊姐姐。"

余诺微顿："谢谢。"

两人说了几句话，计时器的数字刚好到 0，时间过了十二点。

陈逾征关掉手机，侧头看她："你现在比我大四岁了。"

听到这句话，余诺僵了一下。

她没忘记之前说的，他想找个大他三岁的女朋友……

今天一天下来，吃完饭，看电影，直到主动送她回家，陈逾征都没主动提昨天的事情，她也没勇气再去问他。

以为等不到他的答案了。

现在……是拒绝的意思吗？

良久，余诺情绪又低落下来，微不可察地"嗯"了一声。

见她沉默，黑暗中，陈逾征笑出来："忘记给你礼物了，怎么办？"

余诺喃喃："没事的。"

陈逾征认真地问她："我把我送给你，要不要？"

余诺彻底愣住，一时间，不确定他是不是在逗她。她想说话，喉咙却像哽住了。

他又问了一遍："要不要我？"

一番大起大落之后，余诺感觉自己眼前都蒙上了一层水雾，她小心翼翼地问："我……能要吗？"

陈逾征笑了："哭什么？"

余诺反应了一下，才意识到自己真的哭了，她觉得有点丢人，转过去一点，擦掉如断线一样的眼泪。

然而手腕却被人拉住，扯了一下。

余诺坐得不稳，半跌在他身上，陈逾征倾身，凑了过来。

热热的气息喷洒在她的耳郭，鼻尖被淡淡的柠檬味萦绕。余诺在他怀里僵住，像一块木头似的，一动都不敢动。

"姐姐……我喜欢你。"

他的喉结稍微滑动一下，表情带着点调笑的意味，声音却字字清晰："不管你大我几岁，三岁，还是四岁，我都喜欢你，知道吗？"

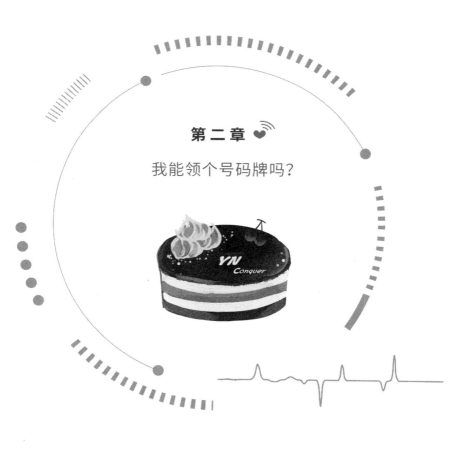

第二章

我能领个号码牌吗？

04

陈逾征把话说开了。

他温柔的低语响在耳边，带着气音和笑。

余诺上半身歪着，肩膀贴上他的胸膛。这是一个对她来说很别扭的姿势，他只是扯了一下她，没有搂抱或固定住，而她战战兢兢，也不敢跟陈逾征太亲近，又舍不得拉开这个距离，手臂虚软，没有力气，只勉强撑在他的腿旁边保持着平衡。

陈逾征微微弓着背，跟她咬耳朵，呼吸沉重："姐姐，你倒是给个回应啊。"

她的心像被泡在软软的云层棉花糖里，又像在起了风的海上，沉沉浮浮，要往下陷，又往上飘。余诺急着想答应他，偏偏眼泪掉得她都管不了。

她睫毛湿漉漉的，点点头，回答得也结结巴巴："我……好。"

可陈逾征还不肯放过她："好什么？"

余诺的眼泪还在掉，带着浓重的鼻音："陈逾征，我也喜欢你。"

顿了一顿，他抬起手，手指蜷缩，屈起的指节暧昧地贴上她的眼角，有一下没一下地，慢慢拭去透明的眼泪。

"姐姐，你哭起来这么可爱，我以后忍不住想欺负你怎么办？"陈逾征眼底是暗的，声音很低，有种微弱的恶劣。

蝉还在乱叫，偶尔有下夜班的人经过，好奇地投过来一瞥。连灌木丛咸涩的气味都变得甜丝丝起来，混合着独属于夏天夜晚的干爽空气，两人无声地在椅子上坐了一小会儿。

盯着脚下的灯影出神，余诺低声问："这么晚了，你要回去了吗？"

陈逾征两条腿耷拉着："不回了吧。"

"嗯？"

"我就一个人在这儿坐一晚上也挺好。"陈逾征慢悠悠地说完，又补了一句，"如果你忍心的话。"

她心甘情愿被道德绑架，眨了下眼："那我陪你……"

其实余诺也不想走，怕上去睡了一觉，醒来会发现这一切都消失不见了。

刚刚出的热汗还沾在衣服上，余诺低头"啪"的一下，拍死腿上的一只蚊子。

这才想起陈逾征，她用余光扫了一眼他裸露在外的皮肤。这里就那么一点亮，她忍不住坐过去一点，凑上去仔细看了看，发现他胳膊上全是大大小小的包，她担忧地抬眼："你怎么这么招蚊子？痒不痒？"

"还好。"

"被咬了怎么都不说？"

陈逾征歪着身子："这不是挺破坏气氛的？"

余诺站起来："你等一下，我去楼上拿一点花露水下来。"

说完这句话，她动作一顿。

陈逾征："怎么了？"

余诺放下手机，摸了摸衣服口袋，半天才说："我……我好像没带钥匙。"

陈逾征眼光一转，往下看。

余诺也跟着低头，才发现自己穿着居家拖鞋。

陈逾征意味深长，忍不住勾起嘴角："下来得这么急？生怕我跑了是不？"

余诺脚趾缩了缩，满脸通红地嘴硬道："就是懒得换鞋了。"

陈逾征很从容："所以，你现在回不去了？"

余诺点点头，解释道："我学校的寝室里还有钥匙，不过要等到早上六点半才会开宿舍门。"

陈逾征带着余诺重新回到车上，把空调打开。一缕缕凉丝丝的冷空气从脚下吹上来，缓解了一下被蚊子咬的痒感。

余诺手机还剩下百分之五十的电，开个省电模式，应该可以支撑到早上。

陈逾征把顶灯关了，跟她说："把安全带系上。"

察觉到车子启动，余诺听话地拉过安全带，低头扣上，询问："这么晚了，我们这是要去哪儿？"

"我朋友店里。"

看他拿起手机，准备打电话的样子，余诺点点头，没有多问。

陈逾征给计高卓打了个电话："你女朋友开的那个店在哪儿？"

计高卓："干吗？"

"我现在要过去。"

计高卓默然片刻："你一个人？"

"还有一个。"

"你的那个'爱吃鱼'啊？哟，你刚刚不是挺牛吗，还拉黑我？现在想到我了？"

陈逾征懒得跟他废话："报地址，快点儿。"

车按照导航开了一个多小时，开进一个停车场。余诺认出远处外滩的标志，她随意猜了一下，难道他这次打算带她来江边看日出？

陈逾征停好车，下来。

从停车场走上去，两人并肩而行，余诺低下眼，悄悄看着他垂在身侧的手，想牵，又不好意思主动。他们刚刚在一起，对她来说，这一切都好像不是真实的。

余诺还在胡思乱想，手突然被人握住。她受惊一样地抬头，撞进他带笑的眼睛里。

心提着，头脑昏昏地走了一段路，她也悄悄勾起手指，穿过虎口边缘，触到他光滑的手背，有点冷。

陈逾征忽然笑了一下，侧过眼："姐姐，牵个手这么激动？"

余诺愣愣的。

他神色自如，提示她："你的手出了好多汗。"

余诺窘迫了一下，下意识就想抽回手，却被人紧紧地反握住。

陈逾征似乎有些困惑她的纯情："你怎么这么容易害羞？改天把身份证给我看看。"

余诺："看我身份证干什么？"

"我怀疑我的女朋友是个未成年。"

余诺："……"

虽然有点气，但心里还是忍不住为他说的"我的女朋友"这个词开心着。

走出停车场，外滩附近早就没了白日的繁华喧嚣，只剩下梧桐树旁的路灯还亮着。

路边有几家 24 小时的便利店还开着，余诺跟着他走："我们这是去哪儿？"

"给你补个蛋糕。"

粉白色的店门被推开，捕梦网上的羽毛飘了飘。听到叮叮当当的风铃声响起，坐在柜台后面的人抬头："欢迎光临。"

橙橙站起来，看到一对养眼的年轻男女，忍不住在心底赞叹了一下，扬起微笑："你好，有什么需要吗？"

"你们这儿还能做蛋糕吗？"

橙橙回答："当然可以呀，我们是 24 小时营业的。"

她忽然想到什么："对了，你们是卓哥的朋友吧？"

陈逾征点头。

橙橙绕过桌子，跑去拿点餐单："你们先找位置坐一下。"

余诺打量了一下店内的装修，像是半猫咖的那种，很温馨的装饰，还有几只猫咪。

余诺抬手，轻轻摸了摸一只布偶猫的头，小声问："这是你朋友开的店吗？"

陈逾征淡淡地道："不是朋友，我已经跟他绝交了。"

余诺："……"

橙橙把他们带到靠窗边的位置，余诺犹豫一下，选择跟陈逾征坐在一侧。

他单手支着下巴，侧头看她："想吃什么口味的？"

"我都可以……"余诺有选择困难症，看着点餐单上精美的蛋糕，询问，"那就提拉米苏吧？"

"可以啊。"

橙橙确定了一下："提拉米苏的款式是吧？那你们要多大的？"

余诺说："最小的就行了。"

陈逾征："来个 24 寸的。"

橙橙和余诺同时："……"

余诺提醒他："24 寸是不是太大了？我们吃不完的。"

陈逾征没觉得有什么不对："蛋糕不就越大越好？这样才有过生日的感觉。"

余诺："我的生日已经过了……"

橙橙憋着笑："好，我知道了。"

蛋糕做得很快，橙橙掀开帘子，朝他们喊了一声："需要在蛋糕上写什么字吗？"

陈逾征站起身："我来写。"

余诺坐在位置上，乖乖地等着他。

她认真地玩着桌上装饰用的晴天娃娃，忽然有点雀跃。

从小到大，好像没人给她很正式地过生日，最多就是余戈放学带她去家旁边的甜品店吃个蛋糕。

那时候余将给他们的零花钱很少，余诺知道余戈一直想攒钱买电脑，所以从来都是点店里最便宜的提拉米苏。

余戈以为她喜欢吃，也没说什么，小小的一块，全都让给她。后来余诺养成习惯，每年过生日都会和余戈去吃提拉米苏。

后来余戈去打职业赛，有时候忙起来连自己的生日都顾不上，余诺也渐渐地不过生日了。

她还在出神想事情，店里的灯光忽然全部灭了。

余诺有点怕黑，吓了一跳，还以为停电了，站起来，准备去看看情况。

黑暗中忽然亮起烛火，陈逾征端着蛋糕出来。

橙橙拍着手，唱起生日歌。

微弱跳跃的火焰映衬着陈逾征秀气的脸，直到他走到跟前，余诺还在发愣。

陈逾征把蛋糕放在桌上。

提拉米苏的黑色可可粉上，有她名字的缩写，旁边还霸道地跟着一个飘逸的"Conquer"。

跟之前他签在她毛衣上的签名如出一辙。

陈逾征抬起手，钩了钩她的下巴："发什么呆？许个愿。"

余诺吹灭蜡烛，切蛋糕的时候，陈逾征回忆起她刚刚那个虔诚的小表情，问："别人许愿几十秒就许完了，你怎么许了快五分钟？你这愿望够多的啊！老天爷他能同意吗？"

余诺以为他在说自己贪心，有点不好意思地笑："我没有许太多，我只是想了几分钟。"

"许的是什么？"

余诺很严肃："这个不能说，说出来就不灵了。"

陈逾征："有没有我？"

余诺迟疑一下，点点头。

他不要脸地说："你是不是偷偷祈求老天，帮你把我这个好不容易追到手的弟弟永远拴在身边？"

余诺："……"

"原话不是这个。"她把切好的蛋糕递给他，笑了笑，"但意思差不多。"

这回轮到陈逾征愣住。

余诺回视他："其实我到现在，还觉得自己是在做梦。"她停了停，语气认真，"所以我偷偷跟老天爷说，如果我真的在做梦，希望，他能让我这个梦做得久一点。"

早上。

陈逾征先把余诺送回学校拿钥匙，拿了钥匙后回到小区。

车停下，余诺解开安全带，看着他明显精神不济，眼圈青黑的样子，有些担忧："你别开车回去了，你拦个车，等睡醒了再来开。"

陈逾征不怎么在意："没事。"

"不行。"余诺倾身，拧了一下车钥匙，强行把车熄火，"我送你去打车，你现在开车太危险了。"

余诺把陈逾征拉到小区门口，打了辆车，看到车开走了，才放心地回家。

洗了个澡后，她整个人就像被抽干了力气。头脑却很清醒，扒拉了一下手腕上的微笑手链，她趴在床上，等着陈逾征的消息。

她等着等着，困意涌上来，不知不觉就睡着了。

通宵过后的睡眠不是很安稳，余诺一觉醒来，发现才下午三四点。

第一件事就是抓起枕边的手机。

最新一条是陈逾征到基地后给她发的消息。

再往上翻，昨晚的月亮都还在。她松了口气，缓了几分钟，现在才莫名有种踏实的感觉，这一切都不是她在做梦。

陈逾征现在，真的是她的男朋友了……

余诺也给他回了一条："我醒了。"

他没回，估计还在睡觉。

余诺仰躺着，对着天花板开心了一会儿，不知道想到什么，又把脸埋在鲨鱼抱枕里。她睡不着了，起身下床。

前两天余戈回家，冰箱里还冻着一些螃蟹没吃完。

余诺沉思一会儿，先给余戈发了消息："哥，我打算把冰箱里的螃蟹吃了，你要不？我做好了给你送一点过去？"

Fish："不用了，你自己吃。"

余诺："你不吃的话，我等会儿送点给朋友。"

Fish："随你。"

余诺哼着歌，把螃蟹稍微清洗了一下，把它们放进高压锅里煮。

这两天她也要回学校，余诺把被子床单全部丢进洗衣机，又打扫了一番。

手机的闹钟响了一下，余诺跑进厨房，把刚刚煮好的螃蟹捞出来，放进保温桶里。

掐着点，她换了身衣服，提着螃蟹出门。坐车去 TCG 基地的路上，余诺喜悦的心情回落了一点，忽然涌起担忧。

他们明明才分开半天，她这样，会不会有点太黏人了……

这个点，TCG 的人也起来得差不多了。她直接去二楼训练室找他们。

见余诺提着保温桶进来，Killer 有些惊喜，一下就摘掉耳机："哇，余诺，你提的啥？"

余诺把盖子打开："前几天去买的螃蟹，吃不完，就想着带点给你们。"

其他人还没来，训练室只有奥特曼和 Killer。

余诺问了一下："陈逾征还没起来吗？"

奥特曼嚼着东西，含混地回："昨天不知道干吗去了，一大早就出门了，今天快中午才回来，这会儿还在补觉呢。"

余诺有些心虚地笑了笑，看他们吃了一会儿，好像也没继续待下去的理由。

她特地跑过来一趟，其实也不是一定要见到陈逾征，只是觉得，能跟他距离近一点，就满足了。

余诺起身："那我先走了，你们慢慢吃。"

奥特曼"啊"了一声，擦了一下油腻的嘴："这就走了？留下来吃个晚饭呗。向佳佳也在呢，你去找她玩呗。"

余诺摇摇头："不用了，我今天要回学校。"

结果一出门就撞上了陈逾征，他正在上楼，穿着条宽松的长裤，似乎刚睡醒的模样。

余诺还没说话，奥特曼从后面追过来："诺姐诺姐，你等等，要不要我送送你？"

陈逾征稍微醒了一下神："你怎么过来了？"

"我来给你们送螃蟹。"

没察觉两人之间的气氛有什么不对，奥特曼说："走走，我送你去打车。"

余诺笑着婉拒："我自己去就行。"

陈逾征皱眉："有你什么事儿？滚。"

奥特曼哪知道他发的什么火，莫名其妙道："你这人，起床气这么大？我送送别人怎么了？这是基本的礼貌懂不？"

"轮得到你送？"

奥特曼觉得有点怪，但他反射弧长，一时间也没品出来这句话哪里不对，眼睁睁地看着陈逾征陪着余诺下楼。

他也跟了上去："我也送，怎么了？"

两人都没发现身后尾随的奥特曼。陈逾征问她："怎么来了又走？故意吊我胃口？"

余诺解释："不是，我就是来送螃蟹，学校还有点事。"

在路边等车的时候，余诺感觉陈逾征在看她。

她有点放不开，犹豫了一会儿，才转头跟他对视。

陈逾征在笑，瞧着她，又不说话。

身边有空车经过，两个人都没伸手拦。余诺心里咕嘟咕嘟冒起甜蜜酸涩的小泡泡，忍不住问："你在想什么？"

陈逾征不动声色："想……要带你去个什么地方。"

她茫然："什么地方？"

陈逾征跟她确认："你要我说吗？"

余诺还是很茫然："没事，你说。"

他凑到她耳边低语，用只有两个人能听见的声音道："一个……能把姐姐欺负哭的地方。"

余诺愣了。

他绝对是故意的，上来就是这么直接的一句调情，余诺感觉自己脸要烧起来了，比刚刚煮熟的螃蟹还要红。

余诺跟陈逾征的关系才刚刚转变，她还没完全适应，这会儿根本接不住他的话。

陈逾征收敛了一下神色，不逗她了："跟你开个玩笑。"

她声音闷闷的："我知道你在开玩笑。"

见她没生气，陈逾征又顺杆子往上爬："或者，姐姐想把我欺负哭，也行。"

余诺嘟囔了一句："我为什么要欺负你？"

他一本正经回答："你欺负我一下，我欺负你一下，不是才能增进感情吗？"

余诺无言。

最开始认识他，陈逾征对谁都一副眼高于顶的模样，余诺连跟他多说两句话都不太敢。

那时候她怎么想得到，他有一天可以这么自然，又这么理所当然地说出这种无耻的话来调戏她？

一磨蹭又是十几分钟，余诺尽管不舍，还是跟他说："你快进去吧，我也要回学校了。对了，这段时间我可能要准备毕业答辩，没时间来找你，你要是有事，可以给我发微信，或者……打电话。"

听她唠叨完，陈逾征问："刚把我骗到手就让我守寡？"

余诺哭笑不得，有点无奈："我哪里骗你了？什么守寡？夏季赛不是快开始了吗？你也好好训练。"

远处又来了一辆空出租车，余诺感觉再拖下去，他们可能又要磨叽半个小时，她挥手拦了拦。

出租车缓缓减速，靠边停下。

余诺上车前，转头看了看陈逾征。她拉开车门准备上车，停了停，快步走到他跟前。

不敢看他的表情，余诺生疏地张开手，把他的腰环抱住，就一两秒，然后快速弹开，掩饰住脸红，急匆匆跟他说："我走了。"

陈逾征还没反应过来，出租车的车门就砰地甩上，只留下一溜儿的尾气。

停了一会儿，他笑了笑，慢悠悠地拿手机，给她发了一条消息。

Conquer："占完我便宜就想跑？"

隔了几分钟，余诺才回："……下次让你占回来。"

陈逾征往基地里走，晃晃荡荡地上了几个台阶，顺便还逗了逗盘旋在脚底的陈托尼。

他拿着手机，看余诺的消息，一抬眼看到奥特曼倚在门边，右手还举着一个苹果，一言难尽地看着他。

陈逾征心情很好地问："你有事儿？"

"你……你把余诺送走了？"

"是啊。"

他准备进门，被奥特曼拉住。

陈逾征甩了一下，没甩开，他懒懒地抬起眼皮："干什么？别对我动手动脚，有点烦。"

奥特曼一脸菜色："我刚刚看见你在门口，对人家余诺动手动脚，说话的时候都快凑到人耳边上了，你怎么回事啊？陈托尼都没发春，你倒是先发上了？"

见陈逾征的表情还是一如既往地漫不经心，奥特曼又重重地加了两句："我知道你暗恋别人，但这已经是性骚扰了吧，还挺不尊重女生的。你可能觉得自己很帅，但妹子只会觉得你猥琐。"

"什么猥琐？"陈逾征不爽了，"我跟我女朋友干的事儿，你能别偷窥吗？"

奥特曼以为自己聋了："你什么朋友？"

陈逾征一个字一个字地跟他说："我、的、女、朋、友。"

手里啃了一半的苹果落地，奥特曼惊掉了下巴，都快破音了："什么？！你的什么？？"

"女朋友，听到了吗？"陈逾征倒是很有耐心，"没听懂再跟你说一遍，她现在是我，陈逾征，的，女朋友，懂？"

"……"

奥特曼被这个突如其来的巨雷劈傻了。

陈逾征也不走了，倚在门的另一边，欣赏着他的表情。

过了一会儿，陈逾征有点不解："奥特曼，你怎么看着这么绝望！难不成你也暗恋我女朋友？"

他刻意在"我女朋友"上咬字很重。

奥特曼呆若木鸡，两眼发直，有些激动地咆哮："我是真的没想到……万万没想到，你还真敢上？？你知道你女朋友的哥哥是谁吗？你知道吗？？？他到时候知道了，生起气来，他的粉丝一人一口唾沫，就能把我们的基地给淹了，你知道吗！！！"

陈逾征不耐烦地掏了掏耳朵，语气依旧欠揍："谁还没点粉丝了？"

"就你那点破粉丝也好意思碰瓷别人？"

"你对我现在的人气有什么误解？"陈逾征笑了，反问，"我这点破粉丝你有吗？"

"……"

他被陈逾征三番五次杠得无话可说，还无形之中被他嘲讽拉踩了一脚。奥特曼气得直说："行，你牛，陈逾征你牛，就你这个心理素质，不愧是打职业赛的。"

奥特曼连着点几下头，从口袋里掏出手机。

陈逾征瞟了一眼，看到他打开微博，还贱兮兮地问了一句："干什么？打算替我官宣恋情？"

奥特曼呵呵冷笑了一声："我现在就去私信Fish，通知一下他这个惊、天、喜、讯。"

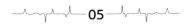

05

陈逾征脸上看不出情绪，也没阻止他的意思，就抄着手等在旁边。

奥特曼在和余戈的私信对话框里打字——

"你好，我是TCG的辅助Ultraman，现在有个很紧急的情况，我不得不来通知你——你妹妹被我们队的AD给Gank①了。"

在"Gank"和"糟蹋"两个词间，奥特曼纠结了一下，怕余戈真的提刀赶来，到底没敢用"糟蹋"。

发出去之前，奥特曼故意看了眼陈逾征，恐吓道："我发了！"

见他还在笑，奥特曼又扬了扬下巴，说："我真的发了！"

陈逾征一脸享受的表情："你发呗。"

"……"

"顺便，"陈逾征思索了一下称呼，提醒他，"帮我跟大舅哥问个好。"

奥特曼恨恨地删掉刚刚的一大段话："真是绝了，人不要脸，天下无敌。"

很快，TCG其他几个人都知道了陈逾征脱单这件事。

---

① 游戏术语。指对对方的游戏角色进行偷袭、包抄、围杀，或者以人数或技能优势有预谋地击杀对手。通常是以多打少，又称"抓人"。

"余诺？陈逾征把余诺追到手了？？"

陈逾征悠然自得："声音能小点儿吗？知道你们羡慕我。"

众人："……"

Killer比奥特曼还震惊，转头跟陈逾征说："你还真敢抱余戈大腿啊！"

"开什么玩笑，我需要抱他大腿？"陈逾征冷笑。

Killer阴阳怪气地闻了一下，疑惑地道："欸？怎么这么浓的一股火药味儿啊，现在就跟你大舅子杠上了？"

陈逾征："……"

贱人自有贱人收，奥特曼看陈逾征总算吃了一回瘪，连忙附和："是吧是吧，你看他现在可跩了，可自信了。杀哥，你是没见过他刚刚那个样子，尾巴要翘天上去了！希望见到大舅子的时候也能这么嚣张。"

Killer想象了一下那个场景，打了个哆嗦："和Fish当亲戚，这他……"

Thomas最为淡然，甚至还建议陈逾征："下次我们和ORG打比赛，你就在公屏给Fish发一句——'在？你妹妹没了。'"

"你搞人心态有一手啊，Thomas。"Van快笑疯了，"多损哪！"

Killer："这还怎么打比赛？鱼神看到这句话，鼠标一丢，直接冲过来找陈逾征真人PK①。"

陈逾征："……"

回到学校，几个室友都在位子上坐着。

余诺在收拾东西，梁西过来问她毕业答辩的事情，顺便跟她讨论了一下流程。

带她们的导师不是同一个，余诺去班级群翻了翻，班长刚刚发了毕业答辩的分组。

梁西看了一下她的分组，拿起手机："我帮你查查你到时候答辩

––––––––––––––––––––

① 源于游戏中的"PlayerKilling"一词，指挑战、对决。

的三个老师，有一个教授我好像认识，还挺好说话的。"

另一个室友转头："有什么好查的呀！余诺的导师是副院长，答辩委员会的那几个老师不会为难她的。"

毕业答辩在即，其实大家心里都知道只是走个流程，只要不是太不靠谱的，答辩老师一般也不会为难谁。但事关能否顺利结业，余诺还是有点焦虑，打开笔记本，反反复复检查着到时候要上台讲的PPT。

她一旦干起什么事情来就特别忘我，坐在电脑前，除了中途吃了个泡面，剩下时间都在专注地修改答辩稿。

忙到半夜，余诺关掉电脑，揉了揉酸痛的脖子，拿起在一旁充电的手机。

Conquer："今天阿姨做的饭好难吃。"

Conquer："你在干什么？"

Conquer："你还挺高冷。"

Conquer："我失恋了？"

看完他发的一堆消息，余诺不知道为什么有点想笑，给他回了过去——

"我刚刚在改毕业论文的稿子，没看到你的消息。"

打完这句话，她想了想，为了让自己语气柔和点，又补了一个常发的表情过去。

几分钟后。

Conquer："你什么时候答辩？"

余诺："下周四。"

Conquer："把你毕业论文发我。"

余诺："嗯？"

Conquer："帮你检查。"

看他一本正经，余诺打开微信的文件传输小助手，把文件给他发了过去。

余诺："那你先检查，我去刷个牙。"

他们和 WR 约了几回训练赛，打完后，Killer 去楼下拿外卖，奥特曼坐在位子上，喝着可乐，瞥到旁边的电脑屏幕。

陈逾征不知道在看什么，反正挺专注的，手指滑动着鼠标。

奥特曼用脚推着滑了一下椅子，伸出脖子凑上去，发现是一大堆密密麻麻的图表和数据、文字。

奥特曼好奇："这大半夜的，你看的这什么玩意儿？催眠啊？"

他凝神，重新看了眼任务栏的标题——

"202106025- 余诺 - 毕业论文终稿"。

奥特曼不禁疑惑："就你这破文化水平，看得懂人家的毕业论文吗？"

陈逾征又翻了一页："初中毕业的人不要在这里指点江山。"

奥特曼："你也别五十步笑百步了，咱们都是文盲。"

下周就是夏季赛开幕式，过两天他们还得去跟其他战队一起拍摄定妆照。思及此，奥特曼止不住忧愁，仰天叹气。

陈逾征不耐烦："你干什么？"

"我现在一想到要跟余戈见面，就害怕！"奥特曼喃喃，"我觉得我甚至不敢直视他。"

陈逾征："傻子。"

奥特曼又问："余戈高还是你高啊？你到时候真人 PK，打得过他吗？"

Thomas 嚷道："行了，有完没完，这个梗过不去了是吧？你就知道人家余戈一定不满意 Conquer 吗？"

"你忘记他被 Fish 粉丝嘲上热搜的事儿了？"

Killer 拆着外卖，不忘记补刀："早知道会喜欢上人家妹妹，陈逾征半年前就算打断自己的手，也不会对 Fish 亮出那个罪恶之标。"

余诺刷完牙出来，看到陈逾征给她发的消息："在干什么？"

余诺："准备再看一会儿论文就睡觉。"

Conquer："视频。"

余诺："嗯？"

Conquer："论文能有我好看？"

余诺拿起桌上的小镜子照了一下，她一回来就在忙论文，头发乱七八糟，随便拿皮筋扎着，穿着睡衣，整个人不修边幅到了极点。

余诺心底挣扎了一下，不想这个样子被他看见，委婉道："现在是不是有点晚了，不然下次？"

Conquer："心情不好。"

余诺："怎么了？发生什么事了吗？"

Conquer："你什么时候把我介绍给你哥？"

余诺愣住，不知道他怎么突然提起这茬。不过她倒是没想过这件事，思索了一会儿："我们才在一起，以后变数还很多，你们毕竟都打职业赛，低头不见抬头见的，要是到时候出什么事了，我怕你跟他都会尴尬。"

Conquer："能出什么事？你还想跟我分手？"

余诺连忙道："不是不是。"

余诺感觉自己刚刚的话有点伤人了，她有点苦恼，坐在椅子上，咬了一会儿手指。

"等我们稍微稳定一点了，我就跟我哥说，可以不？"

Conquer："他要是揍我，你帮谁？"

余诺"扑哧"笑了一下，觉得他有些杞人忧天，不过还是耐心地安抚他："我哥没有这么暴力，他不会动手的。"

过了一会儿。

Conquer："他想揍我就揍吧，别揍脸就行了。挨一顿打，换他一个妹妹，挺值的。"

系里的答辩时长是两天左右，余诺排在第二天下午，组里倒数几个。位置顺序还行，一般到了最后，老师也疲惫了，会自然地给学生放水。

她准备得很充分，讲之前，把论文材料给三个答辩官各发了一份，接下来的过程都很顺利。等她讲完 PPT，说完结束语，台下的老师们问了几个问题就让她走了。

余诺鞠了个躬，把散落的资料装进包里。她从楼梯下去，路过几间教室。

看着里面正在上课的学弟学妹，心里忽然涌出了一股不舍。直到现在，她才有种真的要告别学生生涯的感觉。

到楼下，手机振了一下，余诺打开微信。

Conquer："在哪儿？"

余诺："刚刚答辩完，准备出去。"

Conquer："怎么样？"

余诺："还行，挺顺利的，应该没问题。"

和她同组的一个小姑娘就在门口等她，余诺跟她讨论了一会儿刚刚答辩的细节。

两人走出教学楼，到小礼堂门口，余诺又收到一条陈逾征的消息。

Conquer："转头。"

余诺有点蒙，心里一跳，立刻找了一下，发现他就在不远处站着。她有点惊喜，跟身边的人打了个招呼，立刻跑过去。

"你怎么突然来啦？"

余诺这才注意到他的装扮，心底止不住讶异了一下。

陈逾征双手插在口袋里。他个子高，比例也好，像个行走的衣架子。闷热的夏天，他穿着白衬衫和黑西裤，袖口挽到手肘，手臂上的一行黑色文身若隐若现。

他自然地拿过她手里的包。

她好奇："你怎么知道我在这里？"

"直觉。"

"……"

他不说，余诺也能猜到。他们学校历来大四答辩都在这栋教学楼，随便拉个学生问路就知道了。

第一次看他穿正装，余诺禁不住好奇，视线一直往旁边移，走两步就停一下，上上下下地打量。

陈逾征突然冒出来一句："看什么？"

四目相交，余诺眼里的喜欢丝毫不掩饰："看你。"

"差不多就行了。"陈逾征语气平淡，"再看我脸红了啊。"

余诺："……"

她忍了一下，还是笑出来，小声问了一句："你也会脸红？"

陈逾征看着前方："我脸皮薄着呢。"

余诺直勾勾地打量了他半天，终于确定了一件事，试探道："陈逾征，你是不是害羞了？"

陈逾征："……"

他站在原地。

余诺不知道为什么心情很好，乐呵呵地夸奖他："没事，不用害羞，你这样穿，真的很好看。"

他有些不自然地别过脸："倒不是因为这个。"

她疑惑："嗯？"

"就是被这么如狼似虎地盯着，"陈逾征不紧不慢地说，"确实让我有点，难为情。"

余诺讷讷："好吧……那我克制一下。"

余诺没想到陈逾征会突然来学校找她，为了尽地主之谊，她自发地带他参观了自己度过四年学习生涯的学校。

一路走过去，余诺指给他看："那是我们学校的操场，平时会有很多男生来这边打篮球。"

她兴致勃勃给陈逾征讲着八卦："我有时候下晚课，经过这里，总是看到有女生上去要微信。我有一个室友就是来看篮球赛的时候，遇到了她现在的男朋友。"

陈逾征听着她讲，忽然停下步子，透过绿色的网格，看了一眼正在场地中央吆喝着，尽情挥洒汗水的青春少年们。学生时代的女生，总是会不自觉地被打篮球的男生吸引，看他们穿着球衣奔跑着，总是能让体内荷尔蒙飙升。

余诺以为他喜欢看别人打篮球，就说："不然我们坐下来休息一会儿？"

陈逾征看到旁边的小超市："我去买瓶水。"

余诺也走累了，在椅子上等他。

场中的男生忽然吆喝了一声，一颗橘色的篮球突然"嗖"的一下穿过绿网，朝着她这边飞过来。

余诺下意识地躲了一下，篮球刚好滚落到脚边。

一个男生跑近，冲着她喊了一声："你能把球丢给我们吗？"

余诺弯腰，把球捡起来，抛回去。

那个男生接住球，眼里闪着光，笑容灿烂："谢谢。"

余诺："没事。"

男生运着球，跑了两步，又回头问了一句："你一个人啊？"

余诺摇头。

见到这一幕，其他男生都起哄。

陈逾征买完水，在她身边坐下，一侧眼，见她专心地盯着篮球场。他问："刚刚跟你搭讪的那个是谁？"

余诺解释："他没搭讪，就是要我帮忙扔一下球。"

"谁？指给我看看。"

余诺给他指了一下。

"那个 17 号球衣？白色的？

余诺"嗯"了一声。

看了一会儿，陈逾征出声，淡淡点评："球打得不怎么样，长得也挺一般。"

余诺卡壳了一下："啊？"

"走吧。"

余诺跟着他站起来。

又往前走了一段路，陈逾征忽然说："我高中也是校篮球队的。"

"是吗？"余诺在脑子里幻想了一下他穿球衣的样子，笑笑，"那你打篮球肯定很厉害。"

陈逾征"哼"了一声，不置可否。

她想起一件事，询问："是不是有很多女生会去给你加油？"

"当然。"

陈逾征又趁机补了一句："你要是看过我打球，就知道刚刚那个17号，是什么歪瓜裂枣。"

话题绕来绕去还是这个。

余诺第一次察觉到陈逾征爱吃醋的小性子，觉得有些可爱，面上也不敢露出来，怕刺激他，只能一本正经顺着他的话："嗯，那你改天给我露一手，让我见见世面。"

走在路上，时不时会有擦肩而过的女生多看陈逾征几眼，也不是很刻意，就是走在路上遇见帅哥的正常反应。

余诺问他："你今天怎么穿成这样？"

"庆祝你毕业。"

余诺沉默了一下，心里有些感动。

刚好到了吃晚饭的时间，余诺带他到学校门口的美食街，边走边跟他介绍："这家抄手店我常来，有时候起得早，会跟室友来这边吃早餐。这里一条街都是吃的，味道都很好，我第一个学期就吃胖了好多。"

她心情一好，话就变得比平时多很多，说着说着，忽然感觉自己像个导游一样，聒噪了半天。她怕他觉得无聊，有点不好意思地问："对了，还没问，你想吃什么？"

"我都行。"

他们进了一家烤鱼店，老板娘见余诺见得多了，都已经认识她了，看到陈逾征的时候还愣了一下："哎，这个是你男朋友吗？"

余诺有些拘谨，点点头。

老板娘称赞："小伙子挺帅的。"

两人找位子坐下，余诺把菜单推给他："你看看，想吃什么？"

余诺拿起手机查看消息。

之前学生会同个部门的小学弟给她发消息："学姐，能拜托你一件事吗？今年食品毒理学的老师没画重点，我也不知道怎么复习，你有去年的考试重点吗？能给我看看吗？"

余诺："稍等，我找一下。"

陈逾征勾完菜，问她的意见。饭馆里很吵，挤满了刚下课的大学生，余诺专心回着消息，没听见他的话。

她打开 WPS，搜了一下关键词，发了几个文件过去："这是前几年的考试试卷，附件是答案，你可以先做做。"

小学弟："谢谢人美心善的学姐！！好人一生平安！"

后面还跟着个可爱的表情。

陈逾征指尖夹着铅笔，点了点桌沿，瞟到她手机屏幕，正好看到对面发来的一个噘嘴的颜表情："这人谁？"

余诺抬头："是我一个同专业的学弟。"

"男的？"陈逾征歪靠在椅背上，撇开脸，"你不说，我还以为是学妹呢，说话真啰唆。"

手机里又来了一条消息。

小学弟："学姐，还有一件事，你能帮我看一下期末的大作业吗？"

余诺："你们这次有什么特殊要求吗？"

小学弟："就手写，25 页，应该跟去年是一样的。"

他发过来几张照片，余诺放大了看，发语音跟他讲："你小标题起得太多了，到时候老师可能会分不太清重点。然后数据要单独列出来，最后的结语格式不对，你可以找往年的大作业报告参考一下。"

等她发完语音，陈逾征才开口："爱吃鱼，你对我也上点心，成吗？"

这才发现冷落他太久，余诺稍微有点愧疚，立马收起手机，拿过他手里的笔："你点好了吗？我来看看我吃什么。"

等她点完菜，一转头，发现陈逾征也掏出了手机："我给我爸打个电话。"

余诺把菜单递给老板娘，闻言，表情微怔："给你爸打电话干什么？"

陈逾征语气很平静："我让他给我联系个复读班。"

她没听懂："什么？"

"不想打职业赛了，我要考大学。"

余诺："嗯？"

陈逾征往椅背上一靠："我也要当姐姐的学弟。"

06

余诺一脸为难，老老实实跟他说："但是，我已经毕业了。"

陈逾征拨号码的手一顿。

她又补了一句："而且，我们学校分数线还挺高的。"

言下之意，他复读了也考不上。

陈逾征气笑了："怎么着，瞧不起我？"

余诺憋了一会儿，也跟着笑起来："我知道你跟我开玩笑的，我也在跟你开玩笑，就是逗逗你。"

陈逾征把手机一丢。

余诺以为他不高兴了，连忙坐过去一点，解释："我就开个玩笑，你别生气。"

他悠悠地瞧了她一眼："这么怕我生气啊？"

余诺点头。

"确实有点气。"陈逾征嘴角一勾，"不然你亲我一下，让我消消气？"

余诺："……"

周围都是人，她知道他又在故意逗她。

虽然两人算是确定了关系，私下单独相处时，陈逾征嘴没个把门儿的，总是说些不着边际的话，但是她能感觉到，他的教养都刻在了骨子里，行为上很尊重她，从来不做逾矩的事情，有一个男生该有的风度。

余诺没作声，就看着他笑。

陈逾征穿着正经的白衬衫，笑容却很恶劣，但是又让人忍不住心动。

余诺专心地盯着他，压低声音："陈逾征，你笑起来也好好看。"

陈逾征笑一收。

老板娘把鱼送上桌，招呼了两声。余诺帮他拆碗筷，用热水烫了一遍。

陈逾征问："爱吃鱼，你都是跟谁学的？"

余诺愣了一下："什么？"

陈逾征抬手，转开脸，摸了摸鼻子："算了。"

余诺回想了一下："是夸你的那些话吗？"

她的表情还是一如既往地认真："我不是学的，我是真的这么觉得，你好看。"

"你这不是在夸我，是在撩我，知道吗？"

"撩你什么？"

余诺睁着一双圆圆的眼睛，样子看起来太无辜了。陈逾征跟她说不下去了，拿起筷子："是不是真以为我不敢对你干什么啊？"

余诺偷偷笑着，"嗯"了一声。

吃完饭，余诺把陈逾征送到校门口："我马上就忙完了，过两天毕业典礼结束，就没事了。等你训练不忙的时候，我可以去基地找你。"

陈逾征低着头瞧她："你毕业典礼我要来吗？"

余诺想了一会儿，小心地道："我哥他到时候应该会来……"

"行吧。"

有一辆空着的出租车停在旁边，余诺跟他牵着的手分开。看着陈逾征上车，余诺心底叹了一声，有些不舍，还有点……后悔。

其实她想在陈逾征走之前，偷亲他一下的，犹豫了半天，到底还是没敢付诸行动。

余诺有点出神。

……下次一定要勇敢点。

余诺正式毕业那天，余戈专门来学校，作为家属出席了她的毕业典礼。

她戴着学士帽，走上台，校长替她拨穗，颁发了学士学位证书。惯常的流程走完，在响彻全场的《毕业歌》大合唱里，毕业典礼宣告结束。

随着人流走出礼堂，余诺回首，望了一眼学校，心里涌出一股怅然若失的不舍感觉。

室友和同班的几个女生拉她去操场和教室拍照。

梁西回头看了一眼跟在她们后面的余戈，有些止不住地激动，偷偷跟余诺咬耳朵："你哥真人比照片感觉还要帅欸。我刚刚把你哥的照片发给我男朋友了，他都快疯了，说现在要订机票来找我。"

几个女生在学校的各个景点都打了一遍卡，拍合照的时候，有人上前去要余戈帮个忙，他也没拒绝，很有耐心地接过她们每个人的手机。

路上有男生认出余戈，过来找他合影。

同班的女生见此，有些好奇："余诺的哥哥是个明星吗？怎么在我们学校还有粉丝？"

梁西给她科普："她哥是个电竞选手，最近很火的。就是 ORG，你知道吗？之前他们在 MSI 夺冠，好多男生都发了朋友圈。"

女生若有所思："好像有点印象，当时空间都被 ORG 刷屏了。余诺也太低调了，之前都没听她提过。"

和余诺同寝室的女生之前见过余戈两三面，对他那张冰山脸和生人勿近的气场印象深刻，没想到他也有这么好说话的一面，私下跟余诺感叹："你哥人好像还挺好的，之前我看到他就害怕，总觉得他下一秒就要发火。"

余诺笑了笑："他平时就不怎么爱说话，所以看着会有点凶。"

粉丝终于散开，看到站在一旁的余戈，余诺把手机递给梁西："能帮我和我哥照一张吗？"

梁西欣然同意："当然可以。"

余诺跑到余戈身边，主动地挽起他的胳膊："哥，我们也来照一张。"

远处蓝天白云，余诺站在青色的草地上，怀里抱着一束香槟色的太阳花，对着镜头，笑容灿烂。余戈个高腿长，双手插在口袋里，脸部轮廓依旧清冷，表情却是少见的柔和。

上了余戈的车，余诺还沉浸在刚刚的开心里。她把花放在膝盖上，又找了几个角度，用手机拍下来。

车启动时，她才转头："对了，哥，我们去哪儿？"

"回基地。"

"嗯？"

"阿文他们知道你今天毕业，让我把你带回去庆祝。"

余诺点点头，又兴奋地问："哥，你这花在哪儿买的？自己选的吗？"

"嗯。"

余诺真心实意地夸赞："好好看。"

余戈的表情有点不自然，打了一下方向盘："你喜欢就行。"

去 TCG 基地的路上，余诺把刚刚的照片整理了一下，发了个朋友圈，她和余戈的合照就放在九宫格的最中间。

她这次发的朋友圈所有人可见，没过一会儿，很多人都点了赞。之前合作过的某个策划特地发来消息——

"我没看错吧，跟你合照的那个是 Fish 吗？他是你男朋友？"

余诺平时很少发朋友圈，不论是私下还是微博上，都基本不提余戈，所以大多数人不知道她哥哥是余戈。

余诺回复："不是男朋友，是我哥哥。"

策划："哥哥？？亲哥哥吗？"

余诺："对的！"

策划："嗷嗷嗷，你哥居然是 Fish！！你也太低调了，现在我细细一品，发现你跟你哥还长得挺像的！"

与此同时，贴吧有个叫"狂傲 TT"的人发了一个帖："Fish 今日惊现我们学校，参加他女朋友的毕业典礼！"

楼主放出了几张很清晰的偷拍照片，照片里，余戈和一个穿着学士服的女生姿势很亲密。余戈手被挽着，整个人很放松，脸上甚至还有些笑意。

ORG.Fish 这个 ID 作为贴吧的三大经验书之一，出道以来一直争论不断，但是他向来洁身自好，从来没和哪个网红或者漂亮女粉丝传过绯闻。

夏季赛还没开始，LPL 处于休赛期，各家粉丝正是闲得无聊的时候，余戈谈恋爱这么劲爆的消息一出来，粉丝们八卦的热情立刻就来了。帖子里，黑粉和路人全都蹿了出来。

"我没看错吧？？？ Fish 找了个大学生？？？"

"有一说一，这个女的看上去也不咋样……"

"我的眼睛！我的眼睛！！！有生之年我居然也能看见余戈笑？"

"这个大学妹看着可真清纯，我们鱼神的眼光还是好啊！"

"兄弟们，把般配打在公屏上。别说，他们俩还真的有点夫妻相！"

各家无良电竞营销号察觉到风吹草动，纷纷把贴吧的照片搬运到微博上，顺便还打了个劲爆的话题："Fish 官宣女友"。

电竞圈里骂人很脏，比赛输的时候，连祖坟都恨不得给你刨了。余戈为了保护余诺，很少在公开场合提她。除了一些多年的老粉和圈内人，路人和其他粉丝都不知道余戈还有个亲妹妹。

短短几个小时，余诺的正脸照传遍了整个 LOL 圈。

此时 ORG 基地里，大家还不知道发生了什么，该喝酒的喝酒，一顿饭吃得热热闹闹的。直到晚上十点，助理捧着手机，大惊失色地跑过来："完了完了。"

等他说完这件事，余戈脸都黑了，自己也上微博看了眼情况。

此时事况已经发展到大批路人开始人肉余诺，甚至把她之前混圈的微博都找了出来，投稿给一个叫"说给电竞软妹"的博主。

她之前 COS[①]的照片底下的一条条评论更是不堪入目。

"你们去看，她微博关注列表里居然还有 TCG 的人，还跟 Killer 和奥特曼是互关！这是广撒网啊！天！余戈快跑！！！你上当了！！！"

之前有些特地从陈逾征直播间跑来关注她的粉丝，现在也全懂了。

"一说，我就想起来了，我记得她之前还去陈逾征直播间刷过礼物，还是他的房管，跟他互动，原来真的是广撒网……"

阿文也在看，翻了几条之后，忍不住骂："这些无耻的营销号，为了热度，底线都不要了。

"这些网友也是闲得很。太过分了，看得我火都上来了。"

Will 叹了口气："这群人就是闲的，余戈现在就是树大招风，记得之前那个 YLD 的上单吧？他女朋友的前几任男友的照片都被人扒出来了，网络暴力真的挺可怕的。"

余诺也偷偷上微博看了一下，粉丝增加的速度很快，应该很多是来看热闹的，时不时有新的评论和私信提醒。

她点进私信列表，刚滑了滑，手机就被人抽走。

余戈皱着眉："别看了。"

余诺乖乖地把手机交给他，小心地观察了一下他的表情，反倒还安慰他："没事的，过两天应该就好了。"

余戈把她支开："你去客厅看会儿电视，我来解决这件事，你不用操心了。"

阿文和 Will 商量了一下怎么办，瞥到余戈正在编辑微博，凑上去

---

① 指 cosplay，角色扮演、扮装游戏，一般指利用服装、饰品、道具以及化妆来扮演动漫、游戏及影视作品中的人物角色。玩扮装的人则被称为扮装者（coser）。

看了两眼。

看着他噼里啪啦打字，阿文劝道："你好好解释一下，这种事过去了就没人关注了。"

余戈冷笑："我要把这群发照片的浑蛋全告了。"

Will 也阻止："不行，你现在不能骂人，越骂人，事情闹得越大，余诺是你妹妹，本来就没多大的事，你冷静一下可以不？"

阿文沉默一会儿，忽然开始指责他："Will，你突然在这里当什么烂好人？你看那群人说话多难听！不是你亲妹，你心里不难受？站着说话不腰疼？"

Will："……"

他被阿文撑得语塞了片刻，也有些恼火："什么站着说话不腰疼，这不是要保持理智，免得事情越闹越大吗？"

阿文抠他的字眼："不是你刚刚说没多大事？现在余诺的学校，还有微博，都被扒了。这还叫没多大事？"

Roy 过来劝架："行了行了，你们先别吵了，添什么乱呢！"

阿文和 Will 互瞪了一眼。

最后几个人围在一起给余戈出谋划策，商量了一番，还是建议余戈最好先在微博上解释一下，看看情况，先别喷人。

晚上十一点多，余戈发了一条微博。

@ORG-Fish：她是我亲妹妹，没谈过恋爱。麻烦各位停止造谣，不要在网上传播她的照片，也不要打扰她。谢谢。

余戈的微博发出去之后，很多粉丝涌去营销号底下，要求他们删掉带着余诺照片的微博。不出半个小时，余诺微博底下的评论也出现了两极反转。

之前热评骂她的某个男网友的照片被扒出来。

楼里全是嘲讽——

"有些人真的太恶心了，动不动就骂女孩，对女生恶意真的太大了，心疼她。"

底下是大批赶来战场的余戈女粉丝——

"小姑子别怕，你的嫂子来了。"

"呜呜呜，咱爸咱妈也太会生了，哥哥这么帅，妹妹又这么漂亮！！！"

粉丝们一条条检阅，到底哪个浑蛋刚刚骂过余诺，还有些直接就反驳回去——

"没看到 Fish 微博？人家妹妹还没谈过恋爱！有些人的脸真是一如既往地大！"

除了余戈的女友粉自认嫂子，还有不少男网友排着队开始在余戈微博底下认起了大舅哥——

"有妹妹不早说？以后咱们就是一家人了，大舅子，咱们一家人不说二话，以后我就是你妹夫了。"

"妹妹还没谈恋爱是吧？我的机会这不就来了吗！"

这件事闹了几个小时，TCG 的人也去围观了。

Killer 也觉得这事儿挺闹心的，还专门问了奥特曼："你说我们要不要发条微博帮余诺解释一下啊？"

奥特曼很无语："轮得到你解释吗？再说了，你现在发微博，这不是把人家小姑娘往风口浪尖上推吗？"

Killer 伸长脖子看了看："陈逾征呢？"

奥特曼不怎么在意："他刚刚好像在跟余诺打电话，打了几次都打不通，估计去哪儿自闭了。"

说完，奥特曼忽然叫了一声："欸！余戈发微博了！"

几个人纷纷凑上去看。

陈逾征正好推门进来，烦躁地把打火机和烟盒丢在桌上。

Thomas 拆了一包薯片，站在旁边说风凉话："还挺好笑的，余戈这微博一出来，底下全是征婚的。这么多情敌，Conquer 该咋办呢？"

陈逾征一顿："他发什么了？"

奥特曼念出来："她是我亲妹妹，没、谈、过、恋、爱。麻烦各位停止造谣，不要在网上传播她的照片，也不要打扰她。"

Killer看了一下陈逾征的脸色，忍不住笑起来："完了完了，人家都官宣了妹妹是单身！陈逾征这无名无分的，什么时候才是个头啊？"

就在闹剧差不多平息的时候，ORG所有队员都转发了余戈的微博。这也就算了，让人出乎意料的是，TCG的人居然也转了。

四个人一个不落地保持队形。

@TCG-Killer：小姑娘人真的很好，互关是因为现实认识，粉丝别去攻击她哦。

@TCG-Ultraman：支持，网络暴力不可取。

@TCG-Van：+2。

@TCG-Thomas：+3。

"这是什么情况？？？ORG的人转发就算了，你们转发干什么？"

"我蒙了，余戈的妹妹排面这么大吗？"

"作为ORG的粉丝居然有点感动是怎么回事……"

就连赢下洲际赛都没发过微博的陈逾征居然也破天荒地转发了这条微博，作为他的第一条微博，画风和所有人都不一样。

他直接转发了余戈微博热评第一——

@TCG-Conquer//@睡醒了没：在？我能领个号码牌吗？

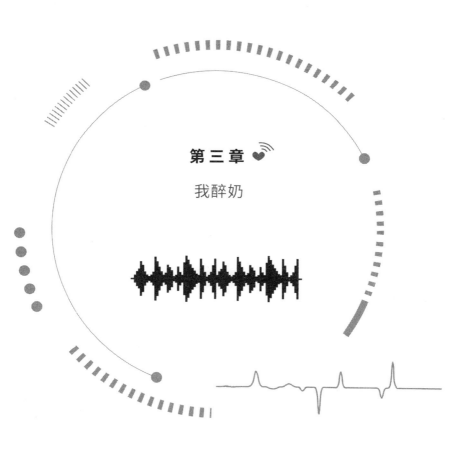

第 三 章

我醉奶

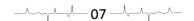

07

陈逾征转发这条热评后，底下回复一片欢声笑语，就连征余超话也在暗搓搓地过年。只不过，这两千多条评论里，竟然没有一个人把他想领号码牌的行为当真。

路人和粉丝都以为他单纯凑个热闹罢了。毕竟，陈逾征和余戈的妹妹能扯上什么关系？

八竿子打不着的两个人。

就连余戈也是一脸"地铁老爷爷看手机"的表情，问旁边的阿文："他要干什么？"

阿文细想了一下，谨慎地回答："莫非，是在主动跟你示好？"

余戈："跟我示好干什么？"

阿文一时间也难住了："这我就不知道了。"

过了半天，阿文说："可能是被你粉丝骂怕了。"

余戈："……"

客厅的电视里放着动漫，余诺和手边的猫玩了一会儿，见到余戈过来，她抬头，观察了一下他的表情。

余戈把手机丢进她怀里："没事了。"

余诺松了一口气，把手机打开，微信上很多人给她发消息安慰。

余诺盘腿坐在沙发上，一条一条地回了。

回完消息后，她又打开微博，去看了一眼情况。顺着余戈那条微博，也看见了 TCG 和 ORG 几个人的转发。

就在这时，付以冬又在微信上狂问："啥情况？陈逾征这是啥情况？！他还能再明显点吗！！"

"你哥有没有问你啥？"

余诺："没有……可能以为他在开玩笑？"

付以冬："打起来！打起来！我好想看他们打起来，想想那个画面就刺激！！！"

余诺："……"

余诺翻了一下手机的几个未接来电，立马从沙发上站起来。

阿文正在和余戈说话，瞥到余诺往外走的动作，喊了一声："妹妹，你干啥去啊？"

余诺顿了顿脚步，举起手机："我出去打个电话。"

她推开基地的玻璃门，走到一个安静的地方，给陈逾征回电话。

嘟嘟几声，那边接起来，她喊了一声："陈逾征？"

"嗯。"

余诺有点愧疚："我手机被我哥收走了，现在才给我。"

"你现在还跟你哥在一起？"

余诺："嗯，我在 ORG 基地。"

对面安静了一会儿，陈逾征忽然说："想见你。"

听到他的声音，余诺心都软了，犹豫一会儿，跟他商量："今天太晚了，你们明天是不是也要去拍定妆照？我明天跟我哥一起去，等结束了就去找你。"

打完电话，余诺又自己在外面溜达了一圈。

她打开陈逾征的微博，又看了几遍那条转发。虽然他什么都没说，余诺还是偷偷地开心了一会儿。

余诺在 ORG 的基地待了一晚上，第二天跟余戈他们一起去了拍摄夏季赛定妆照的场地。

ORG 的人工作，她就坐在旁边观看，看的时候，心神不宁地等着微信。

Conquer："到了。"

她收到这条消息，一转头，看到摄影棚里又进来了几个人。TCG几个人都穿着队服，陈逾征在人群里很打眼，一眼就能看到。

与此同时，Killer 也看到了正在拍摄的余戈。

鬼鬼祟祟地看了几眼，Killer 捏了捏陈逾征的手臂，悄悄地说："改天你去健健身，到时候跟你大舅哥真人对打也不至于吃亏。"

ORG 和 YLD 那边的拍摄差不多结束了，马上轮到 TCG 和 WR 两个队。

奥特曼和 Killer 先上去拍，他们俩还是没习惯这种当焦点的感觉，像个提线木偶一样任人摆弄。

摄影师喊了一声停，招呼他们："你们放松点，这是拍摄，又不是上刑。"

拍摄定妆照会结合个人风格来，比如奥特曼的脸有点婴儿肥，用粉丝的话来说就是乖宝宝长相。平时他接受采访时也很谦逊，容易害羞，所以拍摄时，旁边的工作人员指导他摆了几个卖萌的姿势。

而陈逾征，拍摄团队给他的定位就是不羁。在众多 LPL 选手里，除了余戈，陈逾征长相最有辨识度，脸上就仿佛写着三个字——"欠收拾"。

不管是赛场上还是赛场外，他浑身上下流露出来的就是一副"我很贱，有本事你就别喜欢我，要是喜欢到心碎了可别来找我"的样子。

不需要说话，就有种耍帅感。

摄影师连着拍了几张陈逾征，倒是很满意他的镜头感。不过最后看成片，总觉得哪里怪怪的。

正常人拍照，手都是垂下来，手腕贴着腿，而他每一张照片，右手手腕总是微微向外翻着。

和旁边的助理讨论一番，摄影师问："欸，Conquer，你这个右手怎么看着这么僵硬？骨折了？"

最后沟通了半天，摄影师又替他想了几个姿势，全部被陈逾征否决。

旁边的齐亚男过来，无奈地道："你到底要干什么？后面的人还等着呢。"

和他交流了两句，齐亚男过去，跟摄影说："我们选手有个私人要求。"

"什么？"

齐亚男皱了皱眉，似乎也不太理解陈逾征古怪的执着："他说，他要最后的定妆照，能把他的文身露出来。"

摄影师："……"

旁边助理了然地笑了笑："这个年纪的小男生，都喜欢耍帅，能理解。"

商量一番，工作人员上去给陈逾征描述了一下："不然你试一下，右手抬起来，下巴也扬起来，手插到头发里，这样你的文身就能全部露出来了。"

陈逾征："……"

他问："你们这是拍定妆照还是拍性感写真？"

奥特曼在脑子里想象了一下那个画面，在旁边搔首弄姿，示范这个动作："就这样是不？眼神要迷离一点。"

Killer 做了个要吐的表情，撇过眼，不忍再看："曼曼，你别搞了，这个动作陈逾征做是撩人，你做就是故意恶心人。"

后来又尝试了几个姿势，在陈逾征"露出文身又不能太刻意"的要求下，摄影团队总算敲定夏季赛定妆照。

他一只手插在裤兜里，有文身的手臂扬起，双指并拢，点在额角，行了个礼。

拍摄结束后，余诺跑去和余戈打了个招呼，说自己先跟 TCG 一起走。

他听后，拧眉："你找他们干什么？"

余诺结巴了一下，到底没敢说实话："就是去跟他们吃个饭。"

她指了指等在远处的向佳佳："和她一起，她是我在TCG交的朋友。"

余戈顺着她指的方向，打量了一会儿向佳佳。

余诺跟他保证："我吃完就回家，到时候给你打电话。"

等余戈同意，余诺收拾了一下东西，背起背包，跑过去跟向佳佳会合。

她们跟着TCG的人往大巴车上走。

向佳佳挽着她的胳膊走在后面，陈逾征和奥特曼他们打打闹闹。

虽然不少人都知道了他俩的事，但是目前还没公开，大家都知道余诺性格比较腼腆，几个男的也不好对她口无遮拦地开玩笑，只能私底下调戏陈逾征。

时不时有人转过头来看，然后撞撞陈逾征的肩膀，脸上暧昧的表情显而易见。

向佳佳觉得有些奇怪："他们在干什么？干吗总是看我们？"

余诺摇摇头。

上车后，向佳佳习惯性地拉着余诺在倒数第二排坐下。她还在兴奋地分享最近看上的化妆品："唇釉新出的那个色号，一点都不干，颜色也是绝美，真的特别适合你这种又甜又温柔的妹子，改天我送一支给你。"

说着说着，肩膀被人拍了拍，向佳佳话一停，转头，不耐烦道："干吗？"

Killer摆了摆头："走，过去，跟我坐。"

向佳佳有点无语："我为什么要跟你坐？"

Killer"啧"了一声："你能不能懂点事儿？有人想跟余诺坐知不知道？"

"谁？"

向佳佳说完这句话，往后一瞄，看到陈逾征站在那儿。她这两天没待在基地，还不知道陈逾征和余诺的事，这会儿也是一脸蒙，直接就问了出来："陈逾征为什么要跟诺诺坐在一起？"

奥特曼忍不住"噗"地笑出来。

"还能因为什么？"Killer把她扯起来，终于忍不住了，说，"因为爱情！"

向佳佳："……"

好几天没见，陈逾征就坐在旁边，余诺心跳快了几拍，有点不自在，甚至有点不敢转头跟他对视。

当众被他队友心知肚明地调侃，她后知后觉，有点不好意思，假装看了一会儿窗外，膝盖被人撞了撞。

余诺转头，先看了一眼腿，视线才上移，和他的目光对上。

陈逾征懒懒散散地靠在椅背上："不理我？"

余诺小声地说："没有不理你，我在想要跟你说什么。"

他慢慢地"哦"了一声，问："你刚刚在跟向佳佳聊什么，那么开心？"

余诺回忆了一下："她给我安利了一支口红。"

陈逾征看她半晌。

大巴车摇摇晃晃地往前开着，因为她的一句话，他的目光自然移到她微微开合的唇上。

暗影交错的光线里，陈逾征维持着一个姿势，一动不动地盯着她。

这么近的距离，余诺被看得有点脸红，摸了摸脸："怎么了？我脸上有东西吗？"

陈逾征移开视线，对坐在前面的人说："奥特曼，搞瓶水。"

"干吗？"

"口渴。"

奥特曼举手，往后丢了一瓶水。

陈逾征拿起来，拧开瓶盖，喝了一口。

余诺注意到他手臂上的文身。

过去大半个月，原本红肿的皮肤也恢复了光滑。一条长短不一的黑色线段随着他的动作若隐若现，有种很诡异的神秘感。

余诺："你这个文身的图案是什么？好奇怪。"

"奇怪？"陈逾征瞥了眼自己的手臂，嘴角隐隐往上翘，语气随便，"不挺帅的吗？"

她听奥特曼他们说了今天陈逾征拍摄定妆照的时候为了故意露出文身，折磨了工作人员大半个小时，不禁有点好奇："这个文身对你很重要吗？"

陈逾征想了想，回答她："挺重要的。"

余诺疑惑："是有……什么寓意？"

"秘密。"

"什么秘密？"

他气定神闲："你猜。"

余诺苦思冥想半天，说了几个答案，陈逾征全都摇头。

她苦笑："我猜不到。"

陈逾征摊开手："把你手机给我。"

余诺从包里翻出手机，解锁，递过去。

他垂着头，很熟练地去软件商城调了一个 APP 出来，又交到余诺手里，吩咐她："扫。"

余诺没见识过这个，觉得有些新奇："还能扫出来？"

"嗯。"

他把一只耳机递给她，余诺乖乖戴上。

他戴上另一只。

光线暗淡，摄像头对准他的手臂，出现了蓝色的光条，上上下下扫描之后，"嘀"的一声，显示扫描完成。

缓冲的几秒，余诺不知为何有些紧张。

他按下播放键。

她愣住。

安静的车厢里，轻淡温柔的声音顺着耳机线传到耳朵里，伴随着轻微的电流声，余诺居然听到了自己的声音。

她有点不敢相信，又调大音量，反复听了两遍。

连雨声都那么清晰，仿佛巴黎街头那个下雨的夜晚就在昨天。

陈逾征轻笑："听到我的秘密了吗？"

前排忽然冒出一个头，奥特曼没察觉到自己煞风景，很兴奋地问："什么秘密？我也要听！"

余诺："……"

陈逾征笑容凝固住。

Van偷听也被打断，气得扯了扯奥特曼："你给我坐下，别打扰我们征哥和嫂子调情！没眼力见的玩意儿！"

他这声"嫂子"喊得无比清晰，车厢里大半的人回了头，隐隐约约传出笑声，余诺脸一红。

奥特曼干笑两声："不好意思，你们继续，继续。"

余诺还没来得及有什么反应，陈逾征忽然提醒她："你手机响了。"

她低眼一看，来电显示上跳跃的人名是"余戈"。

她也没多想，就滑动了接听键。

那边有点吵，余戈似乎跟别人说了句话，问她："到了吗？"

余诺还沉浸在陈逾征的文身里，反应有些慢，小声回答："快了，还在路上。"

"别喝酒，知道吗？"

余诺应了一声："嗯。"

又说了几句，余戈忽然道："对了，那个要你号码牌的……"

余诺下意识地抬眼，顺着耳机线，一点一点，看向陈逾征。

他没什么表情。

另一只耳机，陈逾征没摘，此时此刻，就堵在他的耳朵里。

想到这件事，余戈似乎觉得可笑，冷哼一声，交代她："离这种不正经的人远点。"

08

余诺沉默了。

余戈交代完，那边有人喊，他说："行，就这样吧，挂了。"

嘟嘟两声后，耳机里恢复了一片沉默。

余诺抿着唇，看向陈逾征，他表情淡淡的。她试图解释一下："那个……我哥他……"

陈逾征有些狭长的眼梢微微上挑，心不在焉地"嗯"了一声："没事。"

Van 和奥特曼不知道说了什么，又在前排吵了起来。Thomas 赶去正面战场，三个人在座位上扭打成一团。

一时间，场面变得十分热闹。

余诺和余戈的一通电话后，陈逾征什么都没说，把耳机摘了，就这么靠在椅背上，看前面的人打闹。

余诺坐立难安，侧头，观察了一会儿他的表情，伸出手指，杵了杵他。

陈逾征瞥过眼："怎么了？"

余诺稍微坐过去一点，轻轻扯住他衣服下摆："你不高兴了吗？"

陈逾征沉默。

余诺心底愧疚，跟他道歉："对不起……"

说这句话的时候，她自己都没察觉，眼神很可怜，像是失宠的小猫咪。

"这有什么对不起的？"

她讷讷："我没跟我哥说过和你的事情。他现在什么都不知道，对你可能有点偏见。"

虽然网上经常有人调侃余戈和陈逾征两人王不见王，粉丝也经常骂得不可开交，但是实际上，他俩私下并没有交集，也谈不上什么深仇大恨。上次洲际赛后，ORG 的人甚至还来跟 TCG 的人喝了酒。

只是余戈的性格本来就令人难以接近，加上之前种种，觉得陈逾征有些行为比较轻浮，以至于对他观感不太好。

但是说厌恶，应该也没到这个程度。

只不过……如果现在让他知道，她已经跟陈逾征在一起，可能余戈一下子也接受不了，说不定会立马要求她从 TCG 辞职。

余诺拉着他的衣角："你给我一点时间，我肯定会跟我哥说的。"

"没事，不急。"陈逾征伸手，钩了钩她的下巴，"以后再说。"

"嗯？"

"我现在心里还没底呢。"

"什么没底？"

他神色悠悠："这不是怕你哥棒打鸳鸯，把我好不容易追到手的女朋友给折腾没了？"

余诺："……"

她忍不住，小声问："不是我追的你吗？"

陈逾征笑了，轻轻哼了一声，不置可否。

要不是他故意勾引她，估计等个一百年，她都不会行动。

陈逾征顺着她，换了个说辞："我是你好不容易才追到的男朋友，以前多少小姑娘给我表白，我都没理呢。所以，你要珍惜这份来之不易的爱情，知道吗？"

余诺浑然不觉正在被洗脑，乖乖地跟他保证："我会的。"

陈逾征满意地点点头。

"不就是被大舅哥嫌弃吗？"他惆怅地叹了一声，"我早就看开了。"

余诺："……"

"只要姐姐能对我好点儿……"陈逾征又恢复成那副吊儿郎当的样子，拖长了调子，"这点小委屈，忍忍就过去了。"

一周过去，各家战队陆陆续续在微博上公布夏季赛定妆照，刚好撞上热搜话题："喜欢玩游戏的男孩现实长什么样？"

营销号把陈逾征、余戈、周荡三个人的照片列出来——

"统一了 LPL 审美的三个男人。"

付以冬休了几天假，过来找余诺玩。

两人在甜品店坐着，各自玩着手机。付以冬刷了一会儿微博，点开 TCG 后援会的粉丝群。

不少粉丝在里面刷屏。

"SOS！！！陈逾征油王警告。"

"哪里油，我觉得还挺帅的呀……"

"我已经说累了，Conquer 我可以！！！"

"他那个姿势真的把我尬了一下，不过 TCG 几个人的照片就没正常的……"

"话说你们知道他手上那个文身吗？其实是个女孩儿的声音。"

"对对对对，超话里有大神扒出来了！！！"

付以冬最近一段时间工作比较忙，天天加班，所以也错过了陈逾征文身这个八卦。她蹲在群里看了一会儿粉丝讨论文身，八卦地去超话翻之前的帖子。

看了一会儿之后，付以冬像发现了什么秘密一样，跟余诺分享："欸，你知道吗？陈逾征手上那个文身，是个小姑娘的声音！"

余诺正在喝西米露，闻言顿了顿，放下手中的勺子，回答她："我知道。"

付以冬："你知道？？"

"嗯……他给我听过。"

"是谁的声音啊？"付以冬觉得有点奇怪，"是他妈妈还是姐姐妹妹啥的？"

余诺踌躇一下，说："是我。"

"你？！"

付以冬凝固住，呆滞几秒后，她问："你说的？你什么时候说的？"

余诺回忆了一下："就是，洲际赛的时候。"

"……"

付以冬又去 TCG 官博，翻出陈逾征的定妆照，放大，把那个文身翻来覆去地细品了好多遍。

听余诺说完细节，付以冬整个人都被冲击到了，失神地喃喃："所以，你就随口鼓励了他一句话，然后他回国就给文在身上了？"

余诺："……"

"陈逾征反差真的太大了，我一开始以为他就是那种跩跩的，有点小坏，又渣，就算谈恋爱也不会对女生太上心的类型。呜呜呜，谁能想到，他居然把你的声音文在身上！是声音！不是名字！！！"

付以冬这种情场老手都被撩得满脸通红："这个弟弟，他怎么这么会撩人？！"

接下来的时间，付以冬也无心逛街购物了，路上就缠着余诺，要她讲她跟陈逾征谈恋爱的各种细节。

余诺有点无奈，想了一下："……就和正常情侣一样，吃个饭，看个电影什么的。"

付以冬暗示她："这些都可以略过，我要听那种，私密一点的。"

余诺不解："什么私密一点的？"

付以冬揽过余诺的手臂，又凑上去一点，神秘兮兮："就……拥抱接吻吗？这个年纪的弟弟，你懂的。"

余诺："……"

观察了一下余诺的表情，付以冬怕她生气，连忙道："当然，你不想说也可以不说，我很尊重你的隐私，我就是想关心一下闺密。"

外头阳光毒辣，余诺被问出了一身汗。她停在原地，急得有些结巴："你想得太多了，我们这才、这才、这才几天，就牵了个手。"

付以冬抓到重点，似乎有点难以置信："就牵了个手？亲都没亲过？"

余诺点了个头。

"……"

付以冬顿了顿，轻叹了一口气："陈逾征，他是不是不行啊？"

余诺："……"

转眼，到了 6 月的尾巴，这次 LPL 的常规赛是十个星期的周期，十六支队伍分成了两个赛区，东部赛区和西部赛区，小组内采用双循环的赛制，常规赛结束前，东、西部的队伍不会交手。按照春季赛的最终排名，TCG 和 ORG 的旗帜分别位居东、西部的头号。

剩下的队伍的分组情况，需要 ORG 和 TCG 派出代表来抽签。

沉淀了大半年，TCG 从出道起就腥风血雨，一路争论不断。作为年度最强黑马，他们虽然春季赛惜败给 ORG，但在洲际赛上力挽狂澜的表现，令所有人跌破眼镜。短时间内，TCG 成为万众瞩目的焦点，成功圈下了不少粉。

虽然粉丝数还不能和传统豪门抗衡，但热度已经迅速高涨。

闷热的午后，连风都带着燥热。远远地，TCG 的白金大巴车驶入场馆后方，早早等候在这里的一大簇粉丝立刻爆发了尖叫。

奥特曼坐在车上听到动静，悄悄掀开帘子看了眼，有点被镇住。他以为上次机场接机就是人生巅峰了，没想到这次来的人更多。

Van 转头，问 Killer："这些人不会都是男姐请来的吧？今天就抽个签，至于搞这么大阵仗吗？"

"啧，你别这么小家子气行吗？挺直腰杆，我们现在也是有粉丝的人了。"

Killer 嫌弃地看他一眼，整了整自己的衣服，又拨弄了一下头发："怎么样，哥帅吗？等会儿上台抽签，会不会迷倒千万女粉丝？"

奥特曼："……"

大巴车停下，保安已经等在车门口。齐亚男在前面招呼他们："走了，下车了。"

陈逾征躺在最后一排，鸭舌帽还盖在脸上，被人拍了两下，才睡眼惺忪地睁开眼。

身上的队服被他睡得皱巴巴的，陈逾征坐起来，缓了缓神，面无表情地从口袋里摸出一颗糖，拆了包装纸丢进嘴里。

TCG 的五个人一下车，人群中的尖叫声又硬生生拔高了一个度。

奥特曼紧紧地跟在陈逾征身后。

保安手拉着手，把他们围起来，在人海中艰难地维持着秩序，跟热情的粉丝吼："小心点，别靠过来！"

然而根本没人听。

"陈逾征，把你口罩和帽子摘了！！！"

"Conquer！！！啊啊啊！！！Conquer！！！看我！！！"

直到他们走进后台的通道，身后粉丝的声音还是无比热烈。

奥特曼撞了撞他，小声道："你怎么这么淡定？"

陈逾征低头，发着消息，心不在焉地回了一句："没睡醒。"

"又装！"奥特曼凑上去，"你给谁发消息？"

陈逾征继续发着消息，也没拦着，无所谓地任他看。

眼神移到他手机屏幕上，奥特曼哽了一下。

Conquer："姐姐，我粉丝好多哦。"

余诺："嗯？不是挺好的？这么多人喜欢你。"

Conquer："我被吓到了，怎么办？她们好像要冲上来把我吃了。"

余诺："……"

看着这几条消息，奥特曼表情空白了几秒，替人尴尬的毛病又犯了，忍不住道："你……你这发的都是些什么玩意儿，你自己不脸红吗？"

"跟你有关系？"陈逾征嗤笑，仿佛完全不知羞耻为何物，"别窥探我和我女朋友的私生活。"

抽签流程就半个小时，东、西部分完组后，揭幕战也跟着定下来，周六的比赛日第一场，TCG 和 KKL 打。

回到后台休息室，教练和领队又跟他们说了几句话。

"你们都收收心，今晚出去吃顿好的，明天开始就恢复训练了。直播也不用开了，这段时间就专心准备比赛。这次揭幕战是你们打，千万给我上点心，别赢个洲际赛就松懈了。"

奥特曼小声嘀咕："教练怎么像在交代遗言似的……"

聚餐的地方在场馆附近的一个火锅店。

余诺睡了个午觉，睡醒收到陈逾征消息的时候已经下午五六点。她收拾一下，赶过去，到地方的时候菜已经上了。

她随便找了个位置坐下，有点抱歉："不好意思，我来晚了。"

她喘了口气，用余光找了一圈。

向佳佳似乎知道她在想什么，随口道："陈逾征跟奥特曼出去上厕所了。"

她刚把碗筷拆开，后面的门响了一下。

陈逾征走进来，两人目光对上，余诺对他笑了一下。

奥特曼甩了甩手上的水，绕去里面，找了个空位置坐下。

陈逾征挑了挑眉，停在 Van 的旁边。

Van 撅着屁股正在捞菜，被 Killer 撞了撞胳膊："干吗？"

Killer 用眼神示意了一下，让他往后面看。

Van 酒已经喝了不少，大着舌头："陈逾征？站我这儿干啥？当门神？"

陈逾征摆了摆头："你去旁边坐。"

Van 又看向余诺，瞬间悟了。他一句话没说，老老实实起身。

陈逾征连掩饰都懒得掩饰了，倒是坦率得很，等 Van 让出位置后，直接在余诺旁边坐下。

这个光明正大的行为又让桌上哟声一片，屋子里的人都在笑，打趣的目光集中在两人身上。

余诺低着头，假装没事发生。

一顿饭下来，话题中心就围绕着陈逾征和余诺谈恋爱的事情过不去了。

奥特曼好奇："你们啥时候开始的啊？"

陈逾征懒得多言："少八卦，管好你自己。"

奥特曼恨恨道："你这一张贱嘴，也只有余诺脾气这么好的妹子能忍受了。"

Killer 倒了一杯酒给他："你都脱单了，不喝点说不过去吧？"

陈逾征抬手，把递到面前的酒推开，拒绝："不好意思，今天我不喝酒，你们随意。"

他不配合的态度让几个人都不满了，只能转头去"欺负"比较好说话的余诺。

陈逾征开始还拦着，后来被 Killer 骂了几句："你不喝还不让别人喝？这就没意思了啊！"

"没事，我喝一点不会醉的。"

余诺乐呵呵的，心甘情愿地被他的队友灌，只要有人递酒，她就老老实实喝下去。

不过 Killer 他们也不好意思为难一个女生，敬了几杯啤酒意思意思就作罢。

一顿饭吃了两三个小时。过几天还有比赛，大家也不好太放肆。

陈逾征牵着余诺的手："陪我回基地，我等会儿开车送你回去。"

她也想跟他再待一会儿，点点头："没事，我陪你回去，等会儿自己打个车就行了。"

"我送你。"

"嗯？"

陈逾征似笑非笑地看着她："不然你以为我为什么不喝酒？"

上车后，余诺看着陈逾征懒洋洋地摊在椅子上的样子，担忧地问："你怎么了？不舒服？"

"醉了。"

"醉了？"余诺想了想，"但你刚刚不是只喝了点酸奶？"

他眯起眼睛，"嗯"了一声，很不要脸地说："我醉奶。"

她失笑。

大家酒足饭饱，闲聊几句过后，车上恢复了安静。

陈逾征稍微坐起来一点，右手就耷拉在身侧，转头，有一搭没一搭地跟她说着话。

余诺刚刚被灌得有些多，虽然不至于醉，但也动不动就走神，目光总是忍不住频频往下瞄。

看多了，连陈逾征都发现了，眼神也跟着下移，看向自己的手臂："怎么？"

这下，余诺也不用遮掩了。她实在好奇，支支吾吾地问："我能摸一下你的文身吗？"

陈逾征沉默了一会儿："你随意。"

得到首肯，她伸出手，也不太敢，只是轻轻地试探了一下。

陈逾征没吭声。

见他没什么反应，余诺大胆了一点，手指轻轻触碰着文身的轮廓，沿着小臂，慢慢下移。

陈逾征盯着她看了一会儿。被摸得有些痒，他蜷缩了一下手指，忍住了，没有阻止她的动作。

她神色柔软，半垂着头，小声问："你文这个的时候，疼吗？"

"疼啊。"陈逾征笑了，慢慢道，"差点给我疼哭了。"

余诺知道他在开玩笑，但还是心疼了一下。

夜色降临，大巴车里关了大灯，只有街上的霓虹光影照进来。

余诺的头微微凑上去，似乎想要把手臂上的这片图案看得更仔细。

在距离几厘米的地方停住。

她的呼吸都放缓了。

心中微微起了点退意，可不知是不是酒精作祟，她的行为不受大脑控制。

在意识到之前，余诺的嘴唇已经贴上那片文身，在他的皮肤上落下一个轻柔的吻。

像对待一个很贵重的宝贝，她没有什么邪念，就是情不自禁的一个举动。

陈逾征完全没料到她会做出这个行为，愣住了。

反应过来后，几乎是一瞬间，全身血液都逆行了，一股火从喉咙一路往下烧。

很短的时间，亲完之后，余诺也发蒙了几秒。

觉得有些难堪，她胸口起伏一下，眨了眨眼，起身，假装镇定地看向他，又不好意思地别过脸去。

陈逾征眼色暗沉，不声不响地看着她，蕴藏着一些她看不懂的情绪。

余诺脸色涨红，不敢再跟他对视，看向窗外。

一路上，她都在做着心理建设。

那个突然的吻之后，他们俩都安静了。

到了基地，大巴车停住，熄火。后面的人都起身，陆续下车。

余诺坐在里面，等别人都下车后，她看陈逾征迟迟没动静。

默默地等了一会儿，她忍着羞涩，问："不走吗？"

他一副懒得动弹的样子，垂眸："起不来，缓一会儿。"

余诺不禁一愣："你怎么了？"

陈逾征眼神湿漉漉的，勾了勾手，示意她靠近一点。

余诺迟疑地凑过去，弯腰。

他凑在她耳边，轻声说："姐姐刚刚……"

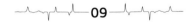

09

脑子轰的一下，余诺呆呆愣愣的，眼睛倏然睁大，整个人定在原地。

她的头微微垂着，脸颊旁边的发丝落下，挡住了一半的侧脸。

陈逾征低声说完这句话，歪头，往她耳郭里吹了口气。

她微不可察地倒吸一口凉气，像触电一样，惊慌地往后退了一步。空间狭小，她被绊了一下腿，跌坐在椅子上。

她剧烈的反应似乎取悦了陈逾征，他喉结动了一下，无声地笑起来。

刚刚的亲吻又浮现在脑子里。

余诺几乎无法思考，感觉一千万个精灵在身体里尖叫着上蹿下跳，心跳快得她有些受不住。跌坐在椅子上后，她像被强行按下定格键，不动，不说话，甚至连抬头看他表情的勇气都没有。

车厢里就剩他们两个，司机大叔回头望了望，吆喝了一声："干吗呢你们俩？快下车。"

余诺终于动了。

她的脑袋像年久失修的机器，卡顿似的，一下一下，无助地抬起来，对上他。似乎难以启齿，余诺每个字，都是从嘴里蹦出来的："你……好了吗？"

陈逾征小声地说了一句话："没有呢。"

余诺艰难道："那，怎么办？"

司机大叔见他们还坐在位置上不动，似乎想走过来看看情况："你们……干吗呢？怎么还不走？"

余诺心一紧。

陈逾征神色如常，应了一声："没事，我们马上就走。"

看陈逾征站起来，余诺也跟着站起来，下车。

幸好这里黑灯瞎火的，奥特曼和 Killer 他们已经打打闹闹地走出去很远。她就像一只鸵鸟一样，低头默默地跟在他身后。

陈逾征开车把她送回家。一路上，任凭他再怎么逗她，余诺硬是一句话都没说。

车停下，看到熟悉的楼，余诺解开安全带，小声跟陈逾征道别："我走了，你好好训练。"

陈逾征点头。

她又坐了一会儿，拿起包，拉开车门，他忽然喊了她一声。

余诺转头。

他暗示她："不付个车费？"

余诺："？"

陈逾征眼神下移，示意了一下自己的文身。

她瞬间明白过来，脸腾的一下红了，连忙下车，站在车外，结结巴巴道："下、下次吧。"

说完也不等他反应，她急忙甩上车门。

直到回了家，她的心还是像融化了的跳跳糖一样，怦怦怦地跳。

余诺去倒了杯水，平复了一下心情。

手机振了一下，她拿起来。

Conquer："下次亲了才准走。"

余诺："……"

临近 7 月，上海的夏天彻底来临。天空炽白，热浪滚滚，虫鸣蝉叫听得人心烦意乱。

从早上起来，余诺的右眼皮就一直跳个不停。

她心神不宁地吃过午饭，手机响了。

是余将的来电。

他已经很久没给她打过电话，余诺心里隐隐有种不好的预感，她接起来，余将声音很平淡，说了两句话。

挂电话后，余诺愣在原地。

在沙发上坐了十几分钟，她拿起手机，给余戈发了一条消息。

"哥，奶奶去世了，爸让我们过去。"

进了卧室，余诺拉开衣柜，准备找一条黑裙子出来。

注意到一个东西，她的手一顿，有些失神，慢慢拿起衣柜角落那个手织的破布娃娃。

时间已经很久远了，布娃娃身上的碎花裙已经褪色，黑色的眼珠也掉了一个，只能隐隐辨认出是在微笑。

这曾经是余诺最心爱的玩具，奶奶亲手给她做的。

下午，余戈开车过来接她。

两人一路沉默，到余将发来的殡仪馆的地址，他们下了车。明明是盛夏，这个地方却透着丝丝阴冷，让人忍不住打了个寒战。

余将、孙尔岚正在和二婶说话，瞥到他们进来，孙尔岚的话停了一下。

二婶主动上前，跟余戈说了句话："小戈，好久没见你了。"

余戈直接无视掉其余两人，对二婶点点头，问："我奶奶呢？"

二婶眼眶红肿，明显也是刚刚哭过。她叹了口气，给他们指了指方向。

奶奶闭着眼，双手交叉摆在身前，已经被梳妆完，换了身寿衣。

他们隔着一层玻璃。

余诺弯腰，轻轻地把怀里的白马蹄莲放在一旁，起身时，居然有些恍惚。

在余诺的记忆里，这么多年，奶奶和二婶是这个家里，很少数的会关心她和余戈的长辈。

当初江丽知道余将出轨，闹去了奶奶面前。奶奶出面劝了很久，最后协商无果，江丽一气之下出国，丢下余戈和余诺不管，原本完整的家一拍两散。也因此，奶奶一直都不待见孙尔岚。

自从余将离婚再娶，奶奶就搬回了乡下。余将再婚后，奶奶偶然过来一次，看到放学回家的余戈和余诺穿着脱线的旧毛衣，心疼得快要落泪，和余将、孙尔岚大吵了一架。

只可惜老人家年纪也大了，有心无力，根本没法独自抚养两个还在上学的孩子。回乡下的前一天晚上，奶奶偷偷给他们塞了几百块钱。

余戈打职业赛赚钱后，带着余诺搬出去，就基本跟余将断绝了往来。他虽然忙，但也会抽空带着余诺去看奶奶，陪老人家聊聊天。

上一次见奶奶还是半年前，她和余戈回乡下探望。

爷爷去世得早，奶奶一个人住。奶奶那时看着身体还好，人也很有精神。他们陪着奶奶聊了一下午天，老人家言语中透露着些许寂寞。

余戈提了几次，让奶奶搬去城里跟他们一起住："我自己买了房子，我和余诺照顾你。"

奶奶摆了摆手，慈祥地看着他们："你天天这么忙，诺诺还要读书，我都一把年纪了，怎么还麻烦你们小孩子？"

晚上吃完饭，送走他们时，在暮色里，余诺回头看了一眼奶奶。她孤身坐在门前的小板凳上，脚边还趴着一只黄色的土狗。

那时余诺怎么也想不到，这居然是最后一眼。

余诺从小就对亲情很渴望，小学时，最羡慕的就是同桌有父母来接。无论是江丽还是余将，她都抱着些许希冀，只不过时间久了，她在这个家里越来越像个外人，也渐渐失望了。

从小到大，只有奶奶给了她和余戈仅有的温暖。

但她什么都没做，还没来得及孝顺奶奶，甚至连一句告别都没有，奶奶就走了。

余诺眼眶发红，低头掩饰了一下，擦掉泪水。

直系亲属要为老人守孝三天，然后火化，余戈跟 ORG 那边请了假。余诺只回家睡了两三个小时，困了就在旁边的椅子上眯一会儿，和余戈两人一直都待在灵堂里。

余将工作忙，只能抽空过来，待一会儿又急匆匆离开。

第三天晚上，孙尔岚带着刚放学的余智江来守灵。

小孩不知道生离死别，被强行带来吊唁，犟着想离开，哭闹不止。旁边坐着小憩的余戈被尖叫声吵醒，皱了皱眉。

孙尔岚安慰了他一会儿："你乖乖的，妈妈等会儿去给你买糖吃。"

有殡仪馆的工作人员过来，跟她商量火化的事宜。

余诺连着熬了很久，已经疲惫不堪。她跪在垫子上点蜡烛，往旁边火盆里烧纸。

听到响动，她一抬头，就看到余智江正爬上灵台，伸手去够奶奶的遗照。

"别动！"

余诺喊了一声，一急，撑着从地上站起来，想去把他拉下来。

跪得太久，她膝盖已经发麻，自己也有些不稳。

余智江被她的吼声吓了一跳，动作停住，转头看。

"你下来。"余诺着急地扯着他的手臂，两人都没稳住，余智江摇晃一下，直接从灵台上摔下来。

余诺吓了一跳，还没来得及反应，下意识地用身体给他挡了一下。

余智江摔到余诺身上，"砰"的一声，头磕上桌角。

几秒之后，他爆发出了尖厉的哭声。

哭叫立即引得孙尔岚回头，她瞳孔一缩，立马冲上来，蹲在地上："宝宝，你怎么了？"

余智江捂着额头。

孙尔岚着急上火，把手足无措的余诺一把推开，急忙拉开余智江的手。

血液顺着余智江的眼角缓缓从脸庞滑过，孙尔岚两眼一黑，差点昏过去。

接着就是一阵兵荒马乱，余戈也起身过来看情况。

孙尔岚搂着余智江哭叫着："快点喊车，喊车，去医院。"

一个小时过后，余将接到消息赶来医院，扯住护士问："我儿子怎么样了？"

护士摘掉口罩，随口回了一句："没多大的事，小朋友磕到的是额头，没伤到眼睛，缝几针就行了。"

余智江在里头哭闹，喊着疼。

余将放下心，皱起眉问："他怎么还弄得来医院缝针了？"

余诺也很疲惫，坐在长椅上，低声道歉："他在爬桌子拿奶奶照片，我把他拽下来，不小心摔倒了。"

余将还没说话，一直沉默的孙尔岚爆发了，吼了出来："不小心？？你不小心？？你看他拿照片，不能跟他好好说话吗？他才几岁？？他懂什么？你就是故意的吧！今天要是磕到眼睛，他一辈子都毁了，你知道吗？你赔得起吗？"

余诺很平静，又说了一遍："对不起，但是他不碰奶奶的照片，我也不会去拉他。"

"说对不起有什么用？"

孙尔岚表情扭曲，指着她说："我儿子要是真的出什么事，你这辈子也别想好过。"

余戈觉得可笑，隔开孙尔岚，把余诺挡在身后，出声嘲讽："你儿子要是出什么事儿，也是被你自己咒的。让我妹妹这辈子别想好过，你有这个本事吗？"

他语气太冷漠，一点情面都不顾。孙尔岚气得发抖，嘴里还骂着，抬手想甩余戈一个巴掌，却被他抓住手腕。

余戈重重甩开孙尔岚的手："我劝你别对我发神经，我脾气也不好。"

余将看不下去，扶住孙尔岚，不满道："你怎么跟你阿姨说话的？她好歹也是你长辈，别动手动脚。"

闻言，余戈冷笑："她也配？"

外面闹得太凶，连医生都出来劝："好了，家属别在这里喧哗，小朋友马上就缝完针了，没多大事，别吵了。"

场面僵持了一会儿。

孙尔岚还在喋喋不休地咒骂，余将不耐烦地吼了她一声："你也闭嘴！"

余智江缝完针出来。他哭累了，被孙尔岚抱在怀里哄。余将也收敛了怒色，安慰他："行了，别哭了，爸爸等会儿带你去吃好吃的。"

一家三口温馨和睦。

余诺站在旁边看了一会儿，准备和余戈离开。

余将喊住他们："你们去哪儿？"

余戈没理，假装没听到。

余将气到了："你们什么态度？还把我这个爸爸放在眼里吗？"

余戈本来都打算走了，听到这句话，又回头，跟余将说："医药费我已经付了，奶奶已经去世了，以后你也不用管我，别来找我，也别去找余诺。"

走前，余戈停了停。他笑着，一字一句地说："我看见你们一家人就恶心。"

从医院出来，余戈开车把余诺送回家。

停在小区门口，余戈侧头看了一下她："我回基地了，你到家好好睡一觉，其他的不用管了。"

余诺动作缓慢地解开安全带，默默地点了下头，推开车门。

余戈还想说什么，动了动唇，又没说。

外面的雨从早下到晚，余诺筋疲力尽。

她之前为了接住摔倒的余智江，手臂和腿也擦伤了一大片。余诺这会儿从心到身地感到疲倦，也没心情处理自己的伤口，随便拿出药棉擦了擦。

可眼睛一闭上，脑子里全是奶奶的遗照、孙尔岚的骂声和余智江的血。

半梦半醒间，余诺做了好几个噩梦，直到彻底惊醒，再也睡不着。她躺在床上发了会儿呆，伸出手，拿起旁边充电的手机看了眼。

这几天她都在灵堂替奶奶守孝，基本没空跟陈逾征聊天，凌晨三四点，不知道他睡了没有。

余诺试探地给他发了一条消息。

陈逾征回得很快。

Conquer："刚刚打完训练赛。你怎么还没睡？"

余诺："醒了。"

Conquer："这才几点就醒了？"

余诺："睡不着了……"

他打来电话。

余诺从床上坐起来，打开床头的灯，接通，把手机放在耳边，低低"喂"了一声。

那边有拉门的声音，陈逾征似乎走到了一个安静的地方，才问：
"你还好吧？"

余诺抠着灯罩上的花纹，片刻之后，才"嗯"了一声。

他似乎察觉到什么，问："怎么了？"

余诺良久才道："没事，就是感觉有点累。"

"没休息好？"

"不是。"

"那为什么累？"

余诺没说话。

他也没挂电话，一时间，两人安静得只听得到彼此的呼吸声。

过了会儿，陈逾征问："你没哭吧？"

虽然情绪低落，但余诺还是笑了声："没有。"

她看了眼时间，柔声道："这么晚了，你先去睡吧，我没事。"

陈逾征："你在家？"

"嗯。"

"那我先睡了，有事给我打电话。"

余诺答应："好。"

挂了电话后，余诺又躺下，抱着怀里的娃娃，盯着空气中某个地方出神。

陈逾征好像有种神奇的魔力。只是听到他的声音，余诺就像被人从深海拽到了水面上，这几天的窒息感退去，让她得以有片刻的喘息。

不知过了多久，手机又振了一下，余诺拿起来看。

Conquer："睡了没？"

余诺："还没有。"

Conquer："我在你家楼下。"

外面一道雷劈响，雨越下越大。余诺随手披了一件外套，换好鞋下去。

楼道的感应灯亮起，她推开玻璃门。

看到陈逾征后，余诺皱了皱眉，小跑上去。

他从头到脚都淋湿了，衣服紧紧贴在身上，水珠顺着下巴往下滑。余诺担忧地问："你怎么来了？"

"想见你啊。"

余诺无言。

他靠在墙上，本来想碰碰她，发现自己身上都湿了，又作罢。

"你怎么来的，没带伞吗？"

"开车来的。"陈逾征不怎么在意，"车上没伞。"

站了一会儿，余诺怕他感冒，去拉他的手："走吧，我们先上去。"

"你一个人在家？"

余诺"嗯"了一声。

陈逾征一本正经："我不打算上去的，看看你就走。"

余诺急道："不行，你都淋成这样了，等会儿要感冒了。"

余诺带着陈逾征往里走，摁电梯的时候，看他淋成落汤鸡的模样，有些心疼："你要是没带伞，给我打个电话，我去接你，干吗淋雨？"

到家之后，余诺跑去余戈房间给陈逾征找了一套衣服出来，把浴室的热水给他打开："你快去洗个澡。"

浴室的水声淅淅沥沥，余诺坐在客厅的沙发上等着。

十几分钟后，门响了一下。

余诺转过头。

陈逾征站在门边，身后浴室柔和的黄光照出来，他手里拿着一条白毛巾，甩了甩黑发上的水珠，见她盯着自己，问："怎么样？"

余诺站起来："嗯？"

"我穿你哥的衣服帅吗？"

余戈的 T 恤穿在他身上，意外地合身。余诺失笑，把吹风机递给他："帅。"

陈逾征又问："那，是你哥穿比较帅，还是我穿比较帅？"

她知道他在故意逗她，沉默了一会儿说："你比较帅。"

陈逾征把头发吹成半干，在余诺身边坐下。

她闻到一股熟悉的沐浴露香味，心底一动。忽然想起一件事，余诺打算起身："我去给你煮点生姜汤。"

陈逾征把她拉住："我不喝这玩意儿。"

两人坐了一会儿，陈逾征开口："跟我说说。"

她有点蒙："说什么？"

"你今天怎么了？还是因为你奶奶？"

余诺摇头。

她不开口，他就耐心地等着。

"我今天……"余诺不知道要不要跟他说，"不小心把我弟弟弄进医院了，他额头摔破了。"

"你还有弟弟？"

"嗯，就是我继母的儿子。"

陈逾征忽然问："你爸和你继母是不是对你不好？"

余诺愣了愣，表情淡下来，笑了笑对他说："是不太好，我也不喜欢他们。不过都是过去的事情了，我已经不在意了。"

陈逾征注意到她胳膊上的伤，扯过来看了眼："你这怎么弄的？"

"不小心摔的。"

"被你那个弟弟搞的？"陈逾征皱眉，"疼不疼？"

看出他的担忧，余诺反过来安慰："没事，已经不疼了。"

就算余诺不愿多说，但陈逾征猜都能猜到，就她这逆来顺受的性格，从小要在这种重组家庭里受多少委屈。他忍了忍，还是说："你这群亲戚，真是够浑蛋的，以后别来往了。"

余诺听他骂脏话，觉得有些可爱，心情轻松了些，应了一声："好，不来往了。"

又安静了一会儿，她转头，看了一会儿他，小心翼翼地问："陈逾征，我能抱抱你吗？"

"抱呗。"

得到首肯，余诺坐过去一点，张开双手，把他整个人抱住。

他体温很高，透着薄薄一层T恤，热量传过来。余诺有些贪恋，忍不住又把他的腰搂紧了一点。

陈逾征似乎僵了一下。

感觉到他动了动，她小声地问："我能多抱一会儿吗？"

他"嗯"了一声，哄着她一样："抱一晚上都行。"

闻言，余诺闭上眼，安心地汲取他的温暖。

再醒来时，余诺有点不知今夕何夕的感觉。床头的加湿器慢慢吐着雾气，她缓了缓神，发现自己躺在床上。

昨晚她抱着陈逾征，可能因为太累了，不知道什么时候就睡了过去，后来应该是陈逾征把她抱进了房里。

想到陈逾征，余诺立刻清醒过来。

不知道他走了没有。

她掀开被子下床，穿上拖鞋，拉开房门。

客厅的窗帘没拉，半夜停的雨又下了起来，还混合些呼啸的风声。屋外，清晨的天是灰蓝色的，光线并不算明亮。

余诺轻手轻脚地走过去，在陈逾征身边蹲下。

陈逾征个高腿长，躺在客厅的沙发上有些拘束，连在睡梦中都是不太安稳的模样。

她摸了摸他耷拉在一旁的手，指尖冰冰凉凉的。

余诺去卧室找了一床毯子出来，给他盖在身上。

她叹了口气，不敢弄出什么声响，就这么蹲在陈逾征的旁边。这个高度刚刚好，余诺双手撑着下巴，认真观察他的睡颜。

他的头微微侧着，呼吸平稳，黑色的睫毛安静地合拢。她视线流连，又看了半响。余诺起身，准备出门去买个早餐。

把茶几上的钥匙装进口袋，走到门口时，她又回头看了一眼陈逾征。

在原地踟蹰了几秒，余诺转身，又走到沙发前。

她稍微弯下腰，悬空打量着他，静止一两分钟后，确定陈逾征还在睡梦中。

余诺忍不住，放轻了呼吸，闭上眼，在他脸颊边上落下一个吻。

亲完之后，她刚想起身，陈逾征的手忽然抬起，钩过余诺的脖子，把她摁住。

余诺吓了一跳，想起来又动弹不得："你醒了？"

陈逾征一点都不像刚睡醒的样子，声音沙哑，带着点儿笑："你这样不行。"

他扯了她一下，余诺毫无防备，趔趄一下就倒在他身上。陈逾征顺势翻了个身，膝盖抵住她，把余诺压在底下，逼问她："怎么，趁我睡觉非礼我？"

毯子乱成一团，余诺躺在上面有点蒙。

眼前一暗，她整个人都被他圈住。

陈逾征单手撑在她耳侧，微微垂下头，用鼻尖蹭了蹭她的脸："姐姐每次亲完就想跑，我怎么受得了？"

他话还没说完，余诺忽然支起身，双手搂着他的脖子，亲了上去。

第四章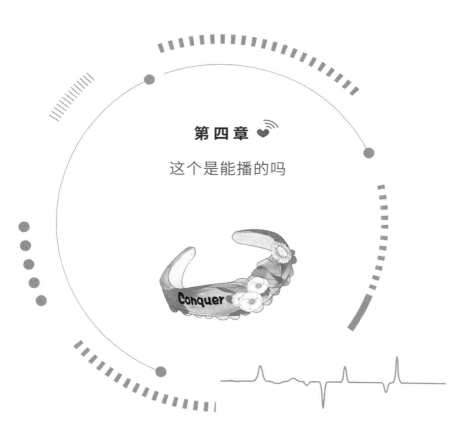

这个是能播的吗

Conquer

10

狭小的空间里，暧昧开始蔓延，雨声都被隔绝。

余诺上半身悬空，搂住他的脖子，胸口紧紧贴上去。她自暴自弃一般紧闭着眼，睫毛剧烈颤抖，显示着内心的不安。

陈逾征定在原地，整个人静止住。

余诺不懂接吻，只是青涩地亲了亲他，整个人都在轻颤，不敢，也不知道怎么进行下一步。

没等到他的回应，她微微退开一点，像是哀求一般地喊了一声："陈逾征……"

陈逾征停顿了一下，回过味来。

他调整了一下姿势，把余诺的手腕拽下来，往自己腰后放："来，抱着我。"

余诺头晕晕的，已经不能思考了，他说什么，她就照着做。

他呼吸压抑了一下，似乎在忍耐，声音低沉："姐姐，张嘴。"

这个吻和刚刚的完全是两种感觉，余诺麻了一下，感觉脑子缺氧。

起先，陈逾征只是温柔地试探，手指捏着她软软的耳骨，用舌尖一点一点撬开她的唇。

他身上的味道，有着少男独有的干净清冽，像冰柚子淡淡的苦香，很好闻。

两人都气息错乱，她被他咬了一下，不小心逸出一点声音。他被她的声音彻底刺激到了，浑身血液都在沸腾，忍无可忍地欺身压上去。

这个姿势很贪婪，余诺完全被禁锢住。

他一点都不给她退缩的余地。

余诺像陷入一团棉花糖里，任由他欺负。不知过了多久，她头脑昏昏沉沉的，悄悄地睁开眼。

陈逾征接吻时候的表情，她想看。

几秒之后，陈逾征似乎察觉到什么，也把眼睛睁开。

余诺头发散开，铺在白色的毛毯上。她眼里都是破碎的水光，直勾勾地看着他，脸颊嫣红，眼睛眨了眨。

两人近在咫尺地对视着，陈逾征的唇还挨着她，微微偏头，含混地笑了一声："看够了吗？"

余诺终于反应过来，重新把眼睛闭上，脸埋在他肩上，不肯抬头。

陈逾征懒懒地躺在沙发上，嘴唇红艳艳的，T恤的领口下滑，锁骨露出来，一副任人蹂躏的模样。

余诺抱着腿蜷缩在沙发上，偷看了他两眼，挪过去一点，一只手撑在沙发上，把衣领给他往上提了提。

他一把拽住她的手："干吗？"

余诺："注意点形象。"

陈逾征嘴角微微上翘："我以为你还想来呢。"

余诺觉得不好意思，把自己的手抽出来，从沙发上起身，自言自语："我去看你衣服干了没有。"

陈逾征也晃晃悠悠地跟上来。

余诺拉开阳台的门，打开烘干机，摸了摸他放在里面的衣服："差不多干了。"

她一转头，脸边又印下一个吻。余诺的语调乱了一下："那个，可以穿了，你去换吧。"

陈逾征心不在焉地"嗯"了一声，又亲了她一下。

从刚刚开始，陈逾征就像被人打开了某个机关，动不动就亲她，行为越发过分。

余诺咬着唇，往左走，他仗着个子高，微微一移步，就挡住她。

余诺又往右走，他还是挡住。

她沉默了几秒，含羞带怯地瞪了他一眼，底气不足地问："你要干吗？"

陈逾征微微低头："你说呢？"

就在这时，客厅的手机响起来。余诺把他撇下，三两步跑过去，接起来："哥？"

余戈像是刚睡醒，窸窸窣窣一阵响动后，"嗯"了一声。

她下意识地看向陈逾征，他慢吞吞地走过来，余诺心虚了一下，低声问："怎么了？"

"你在家？"

"在。"

余戈"哦"了一声："我等会儿回家收拾点衣服，顺便带你出去吃顿饭。"

陈逾征手里拿着刚烘干的衣服，丢在沙发上，当着她的面，反手直接拽着T恤的领口，"唰"的一下脱下来。他裸着上半身，随口问她："谁啊？"

余诺被他这个行为惊呆了，僵了两秒，脸发红，立刻背过身去。

余戈也静了两秒，问："你旁边有人？"

"不是。"余诺急着否认，"是，是送外卖的。"

余戈："……"

她连忙说："哥，你要什么衣服？我替你收拾，给你送过去。然后……我就不跟你吃饭了，我已经点完外卖了。"

余戈也没多想："不用收了，你没事就行。"

"我有什么事？"

"昨天……"说了两个字，余戈停住，"算了，没什么。"

他是话少的性子，平时不善言辞，关心人的方式也很别扭，但余诺还是感受到了，心底淌过一股热流："我没事的。"

余戈："把余将他们的联系方式全都拉黑。"

余诺垂头，应了一声。

"对了。"余戈突然想起一件事，"你工作的事情怎么样了？"

余诺有点忐忑，想了一会儿，试探性地开口："我在 TCG 工作得还挺愉快的，如果没意外，就续约了。"

半晌过去，余戈没多说什么，淡淡道："你自己决定。"

"好。"

挂了电话，余诺长舒了一口气。她也不敢转身，问了一句："陈逾征，你衣服换好了吗？"

"换好了。"

余诺转头，瞄了一眼，他上半身还光着，正在穿裤子。她立刻把头转了回去。

身后，陈逾征似笑非笑的声音传来："想看就直接看呗，干吗偷偷摸摸的，我又不介意。"

她急着解释："我没看。"

"没事，我想给你看。"

余诺："……"

她等在原地。

陈逾征换好衣服，拨了拨短发，走过去，停在余诺面前，微微俯身，凑近她，观察着她的表情。

余诺退后一步："怎么了？"

他看了一会儿，慢腾腾地道："姐姐说谎都不脸红。"

余诺被他突如其来的一句指责搞得蒙了一下："什么？"

陈逾征一脸认真："你看我长得像送外卖的吗？"

余诺："……"

LPL 马上就要开赛，这两天 TCG 的人都在疯狂约训练赛找手感。陈逾征昨晚跑出来找她，也不能多待，马上就要回基地。

就算心底不舍，余诺也不想耽误他的训练进度。

七八点的时候，外面的雨就停了。

怕陈逾征一早起床犯低血糖，余诺把他带去小区附近的馄饨店吃了个早餐。

把他送走后，她在路边又站了一会儿，去附近菜市场买了点新鲜水果，提着大袋小袋回家。

家里静悄悄的，恢复了安静。余诺把手边的东西放在玄关，心情也跟着沉了一下。

虽然情绪还是不高，但是已经比昨天好了很多。

余诺收拾了一下，把昨天陈逾征穿过的衣服丢进洗衣机，转身回到客厅。

沙发上的毛毯还乱成一团，边沿垂在地上。

余诺愣了愣，不知想到什么，原地呆了几秒后，走过去把毯子拿起来。

毛茸茸的触感很温暖，似乎还残余着他的体温。余诺小心地捧起来，嗅了嗅。

半晌后，脸又红了。

周六那天 LPL 揭幕战，付以冬大中午就跑来余诺家里。

余诺昨晚给 TCG 几个人写食谱的忌口和注意事项写到半夜，一觉睡到十一点，门铃声催命一样地响。

她睡眼蒙眬地跑去给付以冬开门。

"让让。"付以冬有些吃力，身后拖着长长的一块灯牌进来。

余诺被她这个阵仗弄得清醒了一下，让出一步，问："这是什么？"

付以冬把东西拽进来，丢在地上，拍了拍手，笑嘻嘻地说："给你老公应援的东西。"

余诺轻轻瞪了她一眼："你说话正经一点。"

她蹲下身，把灯牌翻了一个面，看到上面的话。余诺沉默一下，抬头问："怎么是这句？"

付以冬"啧"了两声："这你就不知道了吧，自从陈逾征的文身被扒出来之后，现在这句话已经是我们的应援口号了，连超话里都置顶了。"

余诺："……"

付以冬把背包里的一堆东西倒出来，捡起一个头箍给她："喏，这个是你的。"

余诺打量了一会儿头箍上的"Conquer"，有些哭笑不得："你给我也带了？"

"当然。"

付以冬催着她去换衣服化妆："快点快点，你赶紧搞完，我等会儿还要去跟我的姐妹们集合呢。"

余诺在衣柜里挑衣服，回头问："什么姐妹？"

"TCG粉丝后援团的姐妹。"

几个月前，余诺跟着工作人员去现场看过几次TCG的比赛。无论是常规赛，还是半决赛或总决赛，对上LPL两大巨头，TCG的粉丝都被WR、ORG的碾轧了个彻底。他们赢下来比赛，无一例外都会冷场。

虽然洲际赛让他们热度涨了不少，但除了机场那次，余诺对"TCG红了"还是没什么概念。她的印象仅仅停留在他们是没什么粉丝基础的新队伍上。

直到付以冬和TCG后援会的众人碰头后，她才真切地有种被震住的感觉。

一群人在场馆的入口处，有组织、有纪律地发着应援棒、横幅，还专门有人清点着大大小小的灯牌。估计有几十个人，他们都戴着TCG的白金手环，就连身上的短袖都是按照TCG队服样式设计的，正面是Q版的陈逾征，背面印着他的ID。

付以冬把余诺拉到她们面前，清了清嗓子，介绍她："大家好，这是……"她停了停，"这是我朋友，她也是陈逾征的粉丝。"

几个小姑娘都很热情，围上来跟她打招呼，余诺站在其中，有些拘谨,也点点头,跟她们说了句"你好"。

有人叹了口气:"陈逾征这个逆子,居然还有这么漂亮的女粉丝。"

其余人都笑起来。

一个短发女孩觉得余诺眼熟,打量了她一会儿,疑问:"我是不是在哪儿见过你?"

付以冬"欸"了一声,挡住余诺,半开玩笑道:"你够了啊,我朋友害羞,你别撩她。"

短发女孩瞪她一眼,话题被岔开,转眼也忘记了。

余诺沉吟了一下,想到可能是她之前微博的照片被人扒出来,这个短发小姑娘也去围观过,所以才会觉得她眼熟。

幸好她发的照片都是一些 COS 照,不多,加上妆比较浓,和她现实的样子差距有点大,一般人不细看也不会联想过多。

付以冬拍了拍胸口,把余诺拉到一边,附在她耳边轻声道:"好险,我刚刚介绍你的时候,差点说成了,这是你们嫂子。"

余诺:"……"

付以冬把包交到她手上:"你在这儿等等我,我去买几杯奶茶就来。"

余诺应了一声,抱好她的包。

她性格比较内向,很慢热,站在一群粉丝旁边,也插不上几句话,只能默默地听她们讨论。

正式的比赛开始前,还有半个多小时的表演,等流程结束后,主持人上台,说了几句惯常的开场语。

音乐响起来,全场的灯光闪烁一下,几个光柱左右扫了扫,最后聚集到 TCG 和 KKL 的旗帜上。

现场隐隐有点骚动。

等队员从舞台两侧上来后,粉丝就全都叫了起来。

感受到现场粉丝的热情,解说也"哇"了一声,跟她们互动:"今天 TCG 粉丝来了好多。"

另一个人接话,开玩笑道:"这个气氛,让我疑惑了一下,这是揭幕战吗？我还以为是 2021 年夏季赛决赛现场呢。"

镜头切到台下，五颜六色的灯牌和应援牌挥舞着，大都是和 TCG 有关的。还有人站起来，举着手机跟导播示意，上面飘过一行弹幕："Conquer 比赛不许亮标。"

这下连解说都笑了："Conquer 粉丝还挺搞笑的，真是为他操碎了心。"

台上。

奥特曼和 Van 不知道在说什么，Killer 拿起水杯喝了口水。

陈逾征戴着耳机，浑然不知外界发生的事。游戏还在加载，他穿着短袖，胳膊撑在桌上，用虎口撑着下巴。

常规赛是 BO3①制，三局两胜。首局比赛，Van 拿出盲僧，野都没怎么打就上线开始 Gank，直接带飞三路。

几拨团战之后，KKL 基本没有还手的余地，就被 TCG 推上了高地。

赛后，连解说都连连感叹："看得出来 KKL 和 TCG 实力有点差距，好像洲际赛过后，TCG 整个队伍实力都提升了，太强了。"

第一局结束，短暂休息十五分钟。

周围粉丝交头接耳，余诺拿出手机，拍了一张照片，给陈逾征发过去。

Conquer："你来现场了？"

余诺："嗯嗯，和我朋友一起来的。"

Conquer："什么朋友？"

余诺："我闺密，她还是你粉丝。"

Conquer："噢，需要我给她签个名吗？"

余诺拍了拍正在跟别人说话的付以冬，把聊天记录递给她看。

就在这时，陈逾征又发了一条消息过来。

Conquer："在台下看比赛的感觉怎么样，你男朋友帅吗？"

---

① BO 是英文 Best Of 的缩写，BOX 表示在 X 局中决出胜者，此处 BO3 意为三局两胜制。BO1 指一局定胜负，BO5 指五局三胜制。

付以冬正好看见，哽了一下："我做错了什么……居然被你当面秀恩爱。"

余诺："……"

付以冬摇摇头，感叹了一声："你也太幸福了吧，你睁眼看看，周围那么多，全是为你男朋友呐喊的粉丝，结果呢，他还在这儿风轻云淡地跟你调情，你要不是我闺密，我也要嫉妒你了！"

Conquer："要上场了，等会儿比赛结束来找我。"

余诺："嗯，比赛加油！"

第二局比赛，刚开始没几分钟，陈逾征抢先升了个二级，忽然说："奥特曼，去河道草丛插个眼。"

奥特曼："你要干啥？"

陈逾征看了眼小地图："我要操作。"

奥特曼："……"

接下来十分钟内，下路交火了三四次，场面异常激烈。陈逾征不是喊打野就是喊中单下来，一度凶残到对面 AD 上线了都不敢独自清兵，只能缩进二塔旁边的自闭草丛里等辅助。

连 Van 都觉得奇怪，切 Tab 键看了一下数据面板："Conquer 今天怎么这么残暴！打鸡血了？"

Killer："那谁知道呢？可能是被女粉丝激励了吧。"

在大龙诞生前，陈逾征直接打崩了对面 AD 加辅助，整局比赛不到二十分钟，TCG 下路出尽了风头，直接通关。

TCG 以 2 : 0 干脆利落地终结比赛，直接拿下揭幕战首胜。他们从位子上起身，和 KKL 握完手后，在台上齐齐鞠躬。

粉丝给的反应格外热烈。

临下台前，奥特曼又回头望了一眼，受宠若惊地问旁边的人："杀哥，我们红到这个地步吗？粉丝也太热情了，比赛的时候，戴着耳机都能听到她们在叫，我被喊得手都在抖。"

Killer 不怎么在意："行了，你别美了，下面一大半是陈逾征的粉丝，有你什么事儿？"

奥特曼："……"

比赛结束后，进行赛后采访。

TCG 的五个人依次入座。比赛刚打完，大家神态都很放松，坐在位子上交头接耳。

准备了一下之后，采访开始。桌上只有两个话筒，一个人说完就递给下一个。

第一个提问的人："你们今天拿下首胜，感觉怎么样？"

Killer 笑："还行，挺开心的。"

"今晚考虑加餐吗？"

"那要看基地阿姨的想法了。"

"那这个赛季，你们对自己有什么期望呢？"

"期望……"Killer 看了眼教练，说，"希望我们队伍能拿个冠军吧，也希望粉丝能多多支持我们。"

第二个人站起来："想问一下 Ultraman，你们第二局比赛打得也非常好，不过下路的战斗欲望好像很强烈，和第一局完全不一样，这是为什么？"

奥特曼想了一会儿，回答："因为我们 AD 说他想操作。"

"哈哈哈，是吗？"采访的人笑了笑，"那你们今天比赛，有什么印象深刻的地方吗？"

奥特曼诚实地道："印象深刻，可能就是比赛结束后粉丝太热情，有点没想到。"

采访进行了十几分钟，有工作人员推门进来，提醒："差不多了，选手要走了。"

大家都收拾了一下，有个自媒体的人站起来，问陈逾征："那最后一个问题，我就问句题外话好了。今天是你们的首战，比赛的时候我们也注意到，今天现场 Conquer 粉丝举的灯牌和横幅好像都是一模一样的话？"

陈逾征明知故问："什么话？"

采访的人低头，对着手机看了一下，说："'Conquer 有一天，会被所有人记住。'网上有说你的文身也是这个，所以这句话，是你跟粉丝的特殊约定吗？"

陈逾征"噢"了一声，拿起桌上的话筒，慢悠悠道："来，全场镜头对着我。"

摄影大哥："……"

采访的人："……"

TCG 其他人："……"

坐在他旁边的 Killer 干笑了一下，忍不住压低声音："你以为开记者发布会呢？给老子正常点。"

陈逾征还跟个没事人一样，环视一圈，问了句："都对准了吗，大家？"

摄像大哥被逗笑了，连连点头，说："对准了，您说。"

"这句话呢，没和谁约定，是我朋友说的。"在全场的注视下，陈逾征顿了顿，补充，"女朋友。"

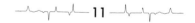

11

全场安静。

所有人都被他这个回答弄蒙了。

面面相觑之后，采访的人问得有些艰难："这个，是能播的吗？"

陈逾征把话筒放回桌上："随意。"

坐在边上的齐亚男瞪了他一眼，站起来，笑着招呼了一声媒体："这是我们选手的个人隐私，大家当个玩笑听听就算了啊，如果可以，与比赛无关的内容别放出去，谢谢大家。"

谷宜今天也来了现场，这会儿和付以冬、余诺坐在 TCG 休息室的沙发上，她们正聊着天，休息室的门被推开。

Killer 和 Thomas 有说有笑地走进来。

谷宜喊了一声："范齐！"

Van 有点惊讶："媳妇，你怎么来了也不说一声？"

谷宜跑上去，踮脚，也不管是不是在公共场合，直接在他脸侧吧唧落下一个吻："想你了呗。"

两人当众秀恩爱，引得 TCG 其余几人啧啧出声。

打趣了两句后，其余人发现沙发上坐着余诺，脸上的表情瞬间变得又奇怪又暧昧，Killer 和奥特曼对视一眼，主动上去跟她打了个招呼。

余诺眼神往后找了一下，没发现陈逾征。

奥特曼似乎知道她在想什么，随口道："Conquer 被男姐拉去单独谈话了，估计等会儿才能来。"

余诺愣了一下，奇怪地道："谈话？他怎么了？"

Killer 弯腰，正在往包里装着键盘和外设："他刚刚采访的时候干了一件……"他停住，抬眼，想了想成语，才继续说，"惊天动地的大事。"

闻言，付以冬也有些好奇："什么惊天动地的大事？"

Thomas 想起刚刚那一幕，鸡皮疙瘩还是掉了一地，表情略有些一言难尽："余诺，原来 Conquer 手上的文身，是你说的话啊？"

余诺："……"

Thomas："还挺浪漫。"

奥特曼简直无法想象，更无法接受，和他日日夜夜相伴睡在一间房的室友，平日里摆着一张臭脸，对别人说得最多的是"滚""别烦我"，就这么一个素质极差的人，有朝一日谈起恋爱，反差居然能大成这样，表面一副"别惹我"的样子，私下里对女朋友有这么柔情的一面。

奥特曼一屁股坐在余诺旁边，绘声绘色地给她和付以冬讲述了一番，连带着动作都比画出来，还原刚刚采访室里，陈逾征是如何要求全场镜头对准他，又是如何风轻云淡地拿起话筒，公开宣布自己有女朋友这件事的。

付以冬都听得呆滞了，消化了两分钟后，才捂脸尖叫："他在拍偶像剧吗？这也太会了！！！"

……

齐亚男和陈逾征推门进来，两人表情看着都很平常。陈逾征一眼就看到坐在沙发上的余诺。

他走过来，余诺正在和付以冬说话，视线不自觉撇开，黏在他身上，要说的话都慢慢停了。

她头顶上发箍灯牌的开关没关，几个英文字母还在一闪一闪的。陈逾征看清上面的东西，嘴角扬起，伸出手碰了碰："这是什么玩意儿？"

余诺反应了一下，一脸做贼心虚的模样，低声说："你的应援物……"

付以冬唰地回头。

陈逾征挑了挑眉，问："这是你朋友？"

付以冬眼睛一亮，站起来，兴奋地介绍自己："对呀对呀，我就是余诺闺密，也是你粉丝。之前我还跟你一起去网吧打过游戏，还记得吗？"

陈逾征："……"

看他明显困惑了一瞬的神情，付以冬眼里的光一黯，瘪了瘪嘴："好吧，看来是不记得了……"

陈逾征："抱歉，我这人有点脸盲。"

在他们说话的间隙，余诺悄悄把头上写着"Conquer"的发箍摘了。

陈逾征随手从旁边的桌上拿起笔："你是我粉丝？"

"何止是粉丝，我是你的老粉了。"付以冬极其自来熟，挤眉弄眼地，悄悄跟他邀功，"你要感谢我，如果不是我给余诺洗脑，她现在还没开窍呢。"

陈逾征特意看了眼余诺，她正低头，偷偷把发箍放进包里。他笑了笑："嗯，那谢谢你了。"

"不用谢不用谢。"付以冬一拍脑袋，想起后援会那群小姐妹的嘱托，拿起沙发上准备好的几件定制队服，"就是要拜托你一下，能多签几个名吗？"

"可以啊。"

陈逾征这次倒是极有耐心，拿着笔，唰唰唰，给付以冬递过来的玩偶、衣服，全部签上自己的大名。

签完后，陈逾征又转头问余诺："你呢？"

余诺："我什么？"

陈逾征指尖夹着笔，晃了晃："给你也签个名儿？"

她困惑地"啊"了一声："你给我签名干什么？"

旁边人多，付以冬也看着，陈逾征没再逗她，把笔帽拔下来，盖上："等会儿跟你说。"

TCG 几个人都收拾好东西，Van 跟 Thomas 商量："今天我女朋友都来了，余诺还带着她闺密，不如我们去吃个饭？"

"可以啊。"

领队皱眉，喊了一声提醒："你们下周还有比赛，吃饭的时候谁都不许喝酒。"

众人走出休息室，余诺和陈逾征落在后面。TCG 的大巴车还没发动，Killer 和奥特曼靠在旁边石磴上抽烟聊着天，陈逾征打量了一会儿她，问："你发箍呢？"

余诺装傻："什么？"

"有我名字那个，怎么不戴了？"

余诺："摘了……"

陈逾征淡淡道："你这个假粉丝，第一次上台给我深情表白，然后一转身，连我的人都没认出来。

"还让我在你衣服上签名。

"我的应援头箍戴了又摘，一点诚意都没有。"

他一件一件地翻起旧账。

余诺招架不住，忍不住给自己辩驳："我后来……"

"后来什么？"陈逾征大言不惭，"后来也被我迷倒了，从假粉丝变成了真粉丝？"

余诺不懂他为何这么执着自己是不是他粉丝这件事，叹了口气，还是顺着他："嗯，我是你粉丝。"

陈逾征施舍一般的姿态："行，改天给你走个后门，单独签个名。"

她忽然想起一件事，问他："对了，听奥特曼说，你刚刚被找去谈话了？"

陈逾征"嗯"了一声。

余诺表情纠结，琢磨了一会儿，小心地问："是不是因为我？"

陈逾征手搭在她肩上，半真半假地凑到她耳边："她说，除非拿冠军，不然不让我告诉别人，我在跟你谈恋爱。"

余诺劝他："那你就先好好打比赛，其实这些我都无所谓的。"

"我有所谓。"

余诺："……"

陈逾征手指勾了勾，心不在焉地揉着她的耳垂："等我拿冠军，你就给我个名分，可以吗？"

她被弄得有些痒，拉下他的手。

陈逾征不依不饶地追问她："给不给？"

余诺面红耳赤，被缠得没办法，妥协道："给。"

LPL 的夏季赛和往常一样，有常规赛和季后赛，这次分成东、西部赛区，每边八支队伍，区内双循环、区外单循环赛制。常规赛大概要进行两个月，每个队伍一共要打 23 场比赛。等常规赛结束，各自赛区积分排名前四的战队可以晋级季后赛。

因为去年是 LCK 夺冠，所以今年能参加 LPL 全球总决赛的只有三个名额，争夺也激烈一点。

自上次采访室的风波过后，齐亚男私下找陈逾征谈话，让他以后别在公开场合乱说话。但是陈逾征又是个什么都不放在眼里的性子，我行我素惯了，齐亚男还是放心不下，抽了一天时间，把余诺喊来基地。

"现在 Conquer19 岁，是他职业生涯的黄金年龄段，这个时间很短暂，也很珍贵，你哥也是职业选手，所以你应该明白这个时期对他有多重要。"

会议室里只有两个人，余诺被这个阵仗弄得有点蒙。她犹豫一会儿，拿不准齐亚男是什么意思，斟酌着字句："我知道的，我不会去影响他训练的。"

齐亚男摆手："你别紧张，我不是这个意思，也不是让你跟他分手，不过职业选手和同战队工作人员谈恋爱这个事，传出去影响确实不太好。加上现在陈逾征是 TCG 比较有名气的选手，盯着他的人多。"

余诺："我知道。"

齐亚男"嗯"了一声："选手的私生活战队没法管，一般情况下不会去干涉。主要是最近他们状态不好，粉丝也不满，你们恋情太高调，对你自己也不好。这种事情我见多了，所以，拿到成绩前，还是尽量防止有什么外界舆论影响到他，你平时注意一点就行。"

说完，齐亚男推了一份合同给她："我今天找你还有另外一件事，你这几个月工作也挺细心的，我们都挺满意你的能力。工资和签约年限都在里面，你看看，要是你这边没问题，我们就续约？"

余诺翻了几页合同，抬头："我回去考虑几天，可以吗？"

齐亚男："行，没问题。"

余诺把合同装进包里，从会议室出来，路上碰见奥特曼。

和他聊了两句后，发现他脸色不太好，余诺问了一句："你怎么了？看着这么累。"

奥特曼叹了口气，揉了揉脖子，轻描淡写道："唉，也没事，就是最近比赛连输，这两天都在熬夜打训练赛。"

抱怨完，奥特曼问："你现在要走吗？"

余诺点点头。

"你去跟陈逾征说两句话再走呗，他现在估计还在训练室一个人Rank①。"奥特曼欲言又止，"他最近压力也挺大的，你安慰安慰他，我一个大老爷们找他谈心，好像也挺奇怪的。"

因为 LPL 这次的赛制改革，每个队伍相当于要多打 7 场比赛，导致赛程安排得非常紧张。

时间到 8 月底，常规赛就要进入收尾阶段。TCG 自从揭幕战后，整个队伍有些浮躁，状态起伏不定，连输了几场后，积分已经跌到中游。

一般来说，这个位置的竞争也是最激烈的。除去东、西部赛区已经差不多稳定的第一、第二，和已经无缘季后赛的队伍，剩下中游的战队都开始抢分。

一个小场次的分都有决定性的作用。

加上昨天的一场比赛 TCG 又输了，季后赛的形势就瞬间严峻了起来。原本第四名的队伍已经在胜场上反超他们，第五名也有了机会。

第五名 PRT 还有两场。TCG 接下来只剩下一场，正好是跟 PRT 打。如果 TCG 再输，PRT 连赢两场，最后按照小分优势，TCG 很有可能连季后赛都进不去。

最近陈逾征和余诺发消息都在早上六七点。刚刚听奥特曼说，余诺才知道，他除了训练外，最近都在通宵打 Rank。

陈逾征和余戈是很相似的人，好胜心很强，一旦队伍出问题了，他们一定会加倍苛求自己。

余诺走到二楼，训练室里面空荡荡的，靠里面的位子上坐着一个人。

陈逾征戴着耳机，电脑屏幕的光投在他的脸上。

---

① RANK 指《英雄联盟》里的排位赛，每次胜利会为玩家增长 RANK 分数，失败则扣除 RANK 分数，最终根据 RANK 分数的高低进行排名。

余诺怕现在进去会打扰他，就在门口站了一会儿。她靠着墙，拿起手机，上微博搜了搜最近的赛况。

昨天 TCG 输后，官博发了道歉微博，底下全是粉丝在嘲讽——

"这就是东部赛区头号吗？也是有够好笑的。"

"千山万水总是情，你拿个冠军行不行？"

"问一下，你们队员都睡醒了吗？最近是在闭着眼打比赛？赶紧退役吧，真是菜得恶心人。"

"舒服了舒服了舒服了舒服了。"

"你们就气死粉丝算了，气死粉丝算了，气死粉丝算了！"

"不知道最近是怎么了，大优势能浪输，劣势也没办法翻盘，打完洲际赛，我以为你们会一路崛起，谁知道现在连进个季后赛都这么艰难，真的失望。"

"这就是膨胀的后果，要拿冠军的话别说太早，事情也别想太好。"

长长的评论区，一拉下来，全是骂声。

余诺作为旁观的人，都觉得这些话宛如一根刺一样扎眼，TCG 的队员看到，估计心里会更难受。

她默默地关掉手机，抬眼再往训练室里看时，游戏已经结束了。

陈逾征等着排位，抱臂躺在电竞椅里发呆。听到门口传来响动，有人推门进来，他也没什么反应。

余诺走到他身后，轻轻地碰了碰他的肩："陈逾征？"

听到她的声音，他的睫毛才动了一下，回过神，直起身问："你怎么来了？"

余诺把包放在桌上，拉过旁边的椅子，坐下来："我来看看你。"

她双手撑在膝盖上，仔细打量了一下他。陈逾征脸色苍白，眼底青黑，唇也没什么血色，样子很疲倦，一看就是很多天没睡好的样子。

电脑响了一声，游戏界面显示排位成功。陈逾征拿起鼠标，关掉界面。

余诺去旁边饮水机倒了杯温水，递给他。

陈逾征没接，余诺又把手往前伸了伸："喝点水。"

陈逾征懒懒的，声音沙哑："手好酸，拿不动水杯。"

余诺："……"

她有点好笑，还是耐心地把水杯递到他唇边，看着他喝了两口。

察觉到陈逾征情绪不高，余诺想到奥特曼的嘱咐，把水杯放在一边，耐心地安慰他："你最近是不是精神状态很紧绷？我不了解游戏的东西，也没办法给你什么建议。不过比赛有输有赢，你其实没必要给自己这么大压力，也不要管别人骂你或者怎么样，反正比赛赢了，这些声音就会消失的。不过……就算是输掉比赛，以后也还有机会，冠军这么多，也不急这一时。"

陈逾征神情依旧懒散，盯着她。

余诺小脸严肃，绞尽脑汁说了一大段话，口都说干了："而且，你现在看着太累了，听奥特曼说，你这几天都没怎么睡觉。不然你现在先去睡一觉，睡醒了再打起精神，好好训练。别把自己身体熬坏了，不然——"

毫无征兆，陈逾征开口："姐姐，你今天好漂亮。"

余诺的话卡在喉咙里。

陈逾征垂在一边的手抬起来，手指擦上她的唇，带了点缱绻的意味，缓缓摸过，忽然用了点力。

他的嗓音比刚刚还哑："想亲你。"

12

面对这个突如其来的转折，余诺呆住了。她硬着头皮，讷讷道："我跟你说正经的。"

陈逾征"嗯"了一声："我也是正经的。"

他这个样子哪里跟正经沾边，余诺坐立难安："这，有点不好吧，等会儿说不定就有人来。"

陈逾征不以为意:"我去锁个门?"

她左右看了看,确定附近没人来后,迅速起身,在他脸上落下个吻,一触即离:"可、可以了吗?"

陈逾征单手撑着下巴,认真地跟她商量:"不然你去锁?"

余诺:"……"

见陈逾征有起身的打算,余诺制止了一下:"算了,我去吧。"

趁他没反应过来,余诺把自己手机拿起来,走到门口,拧了一下门把手,打算就这么走了,等会儿出去了再跟他发条消息。

心里正盘算着,动作缓了一下,旁边突然伸出一只手。

余诺一愣。

咔嗒一声,训练室的门反锁。她的手机被人抽走,丢到旁边的桌上,陈逾征声音带着点儿笑:"爱吃鱼好坏,骗我锁门,结果要走。"

余诺艰难地转了个身,抗拒地推了推他:"奥特曼等会儿来的。"

他的手撑在门板上,低下头,蹭了蹭她:"管他干什么?"

余诺还没能说出下一句话,嘴唇就被人彻底堵住。

她退无可退,背后压着冰凉的门,面前的人体温滚烫。细密的吻带着灼热的气息,从耳根一路辗转到嘴角。

他一只手固定着她的后脑勺,指尖摩挲着她的发丝,腾出另一只手,沿着墙壁摸索,啪嗒一下,把训练室的灯关了。

黑暗中,感官的一切细节都被放大。

他的吻来势汹汹,余诺招架不住,放弃了抵抗。她的脚发软,无力地揽上他的脖子,支撑身体的平衡。

一片混乱中,门突然被敲响。

没人回应,奥特曼等了等,又使劲地拍了拍:"陈逾征,你人呢,锁门干什么?!我来了!!开门!!!快点!!!"

一门之隔就有个人。门板的震动连带着她的心都震了,余诺手忙脚乱想推开他。

陈逾征有点不满，咬了她一下。

门外，奥特曼意识到什么，停止了敲门。一会儿之后，外面恢复了平静。

余诺急了，转了一下头，低低地喊他："有人，陈逾征……陈逾征……"

她小声地叫他的名字，叫得又那么好听。陈逾征心不在焉地应了声，压着她继续亲。

从休息室出来，余诺整理了一下被弄皱的裙子和上衣。走到楼下，陈托尼"喵呜"一声，跑过来，缠在她脚边。

旁边有人咳嗽了一声，余诺停下脚步，转过头。

奥特曼干笑了一声："要走啦？"

余诺压根不敢看他，仓促地"嗯"了一声。

奥特曼："陈逾征在训练室不？"

余诺耳朵连着脖子都红了，点点头。

两人都觉得尴尬，奥特曼也挠了挠头："行，那我上去了。"

推开训练室的门，陈逾征还窝在电竞椅里，双腿架在桌沿。

奥特曼在自己位子上坐下。

开电脑的时候，奥特曼又忍不住转头看了几次旁边的人。

陈逾征声音懒洋洋的："看什么呢？"

奥特曼骂了一声："你刚刚锁门干什么？"

"锁门还能干什么？"

奥特曼恨恨地捶了一下桌子："我不纯洁了，你真是太没节操了。"

他咬牙切齿吐出两个字："禽、兽。"

陈逾征故作惊讶："我瞧着你不是挺纯洁的吗？"

奥特曼："……我纯洁？"

陈逾征哼笑一声："不然呢？"

后知后觉品出他表情的嘲讽后，奥特曼咬牙切齿："大哥，别五十步笑百步了，你也挺纯、洁的。"

陈逾征慢悠悠道："行，等我不纯洁了，会来通知你的。"

一转眼，LPL 夏季赛的常规赛已经进入最后一个比赛周，PRT 和 TCG 的比赛定在周五下午。因为是 TCG 常规赛的收官之战，也关系到他们能否顺利晋级季后赛，来看比赛的粉丝依旧很多。

余诺也跟着他们来了现场。

比赛即将开始，TCG 的五个队员已经去前台准备。后台休息室里，领队和齐亚男聊天，副教练坐在椅子上，看着电视机转播的游戏界面。

领队看了一会儿，跟齐亚男低声讨论："他们最近状态不行，打训练赛也是一直输。这个样子，别说今年夺冠了，就算能侥幸进季后赛，估计也是一轮游。"

最近几周，TCG 连输几场后，确实让人对他们的能力感到迷惑，就感觉遇上强队也能打，随便一支弱队却能轻松击败他们。

齐亚男："是出什么问题了吗？按理说春季赛他们已经磨合好了。"

领队摇摇头："我找他们都谈过，应该是心态不好。洲际赛之后突然一下粉丝多起来，各方的关注都集中在他们身上，压力也大了。打比赛最忌讳心态放不平，技术都是其次的。"

休息室里气氛有些沉重，两人低声聊着天，余诺坐在旁边听了几句，心也跟着沉了沉。

解说已经开始热场："上次 TCG 输了之后，季后赛形式又乱成了一锅粥。今天这场比赛的胜负对两支队伍都很重要，上场比赛的十个人谁都不能掉以轻心。"

男解说："第一局 PRT 也拿到了他们自己比较喜欢的前中期打架阵容，看看能不能打出效果来吧。不过有一点就是，PRT 这个阵容的容错率很低，前期必须建立比较大的优势，不然这个到后期是没法操作的。"

女解说："是的，TCG 和 PRT 都要加油啊，如果 PRT 今天输了，应该和季后赛无缘了，不过赢下来，那也保留了最后的希望。话不多说，比赛要开始了。"

现场响起为 TCG 加油的声音。

游戏正式开始。

这场比赛的重要性所有人心里都有数，一开始就打得非常激烈，一级团下来，双方互换两个人头。

局势一直很焦灼，PRT 此前专门研究过 TCG 的套路，连续几拨针对下路后，等到六级，对面 AD 直接大招逼团。

上路两个 TP[①]同时亮起，PRT 直接一拨四越二，把 TCG 打出 0 换二。

PRT 在春季赛的常规赛里还是排行榜倒数，夏季赛换了教练后，整个队伍也像进化了一样，风格很顽强。

尤其是今天打 TCG，所有人都来劲了一样，个个化身为战神。

三十分钟左右，两个队伍在大龙坑处混战。TCG 处于微弱优势，陈逾征收下对方 AD 和中单的人头。

导播切出数据面板，陈逾征的卡莎打出了高达 7000 的伤害。

权衡之后，Killer 指挥拿大龙，结果剩 400 滴血的时候，大龙被对方残血打野一个惩戒拿下。

解说遗憾地叫了一声："TCG 被抢龙了，这拨血炸。"

PRT 上单是单带英雄，拿下龙 buff[②]直接开启速推模式。幸好 TCG 都是大后期英雄，守了几拨，把经济反超。

四十多分钟，TCG 众人整理装备，把家里的兵线清完，去打远古龙，打到最后，又被对面横空跳出来的打野抢下。

Van 心态直接爆炸。

---

① 游戏术语，英文单词 Teleport 的缩写，本意为（被）远距离传送，在游戏中指传送技能。

② 游戏术语，指增益。

第一局输给 PRT 后，Van 明显也没能调整过来，第二局甚至一条龙都没控下来。

比赛结束，TCG 0：2败给PRT。

直播镜头从裂开的水晶切到十个队员的身上。PRT 的人拥抱在一起，交谈一番后，走过去和 TCG 的人握手。

从左到右，Thomas、Killer……每个人都脸色灰暗，默默摘下耳机，从位子上站起来。

奥特曼勉强笑了一下。

和 PRT 的人握完手，陈逾征沉默不语，低头，收拾着桌上的外设。

女解说："今天 PRT 状态太好了，每个人发挥得也很出色，赢下今天这场后，TCG 的季后赛名额一下子就危险了起来。"

另一个解说分析了目前的形式："加上今天这场，TCG 已经四连败了，能不能进季后赛也要看明天 WR 的脸色了，如果 WR 赢下PRT，那他们可以直接按照大分优势晋级，如果输了，PRT 的胜场数和 TCG 是一样的，那他们就要比小分胜率。所以其实两个队伍的命运还没定下来。"

现场来的粉丝大半都是 TCG 的，两场比赛打完，观众席一片沉默，现场安静得仿佛图书馆。

到 PRT 的赛后采访环节，观众就走了个七七八八。

比赛结束后，有专门守候的粉丝等在附近，看到 TCG 的几个人从后台通道里出来，纷纷围了上去。

大家都低着头，没什么招呼粉丝的心思，所有人都沉默着，被保安一路护送上大巴车。

大巴车的车门响了一声，关闭，几个人走到自己位子上坐下。隔着一层玻璃，粉丝的声音还是传进来。

"TCG 加油啊，别灰心，还有机会！"

"回去好好复盘，加紧训练。"

"Conquer 加油！ Van 加油！！"

粉丝的加油声中，还夹杂着几个大哥粗狂的骂声——

"太菜了，早点退役吧！"

"打的什么玩意儿，迟早被你们这群傻子气出脑出血。"

车厢里没人说话，安安静静的，车外面有人喊着要他们解散退役，气愤的骂声在寂静里显得格外明显，钻进了每一个人的耳朵里。

大巴车周围堵了人，保安在艰难地疏散人群。外面的粉丝似乎吵了起来，场面很混乱。余诺转头，看了一眼陈逾征的表情。

他靠在椅背上，垂着眼睫，不知道在想什么。

"陈逾征？"她小声叫了他一下。

陈逾征转头："嗯，怎么了？"

余诺抿了一下唇，眼里流露出忐忑，跟他说："你靠过来一点，我跟你说句话。"

陈逾征停了两秒，倾身凑过来："什么话？"

余诺犹豫一下，抬起手，把手掌捂在他两边耳朵上。

陈逾征先是蒙了一下，才反应过来她这个行为是在干什么。一瞬间，外界的声音全部被隔绝，他低着头，眼前只有她微微有些紧张起伏的胸口。

余诺怕捂得不严实，拇指弯了弯，叠在食指上。

他扯了扯嘴角，就维持着这个别扭的姿势，让她把自己的耳朵捂住。

过了一会儿，人群疏散开，大巴车启动。余诺把手放下来，低声说："好了。"

她若无其事地看向窗外。

陈逾征："你捂我耳朵干什么？"

"没什么。"

陈逾征笑了："我没你想的这么脆弱。"

"我知道。"余诺忍了忍，还是说，"我就是不想听那些人骂你。"

她没法管别人说什么，只能用简单又幼稚的方法，让陈逾征暂时逃避这些骂声。

大巴车行驶在路上，教练在车上说着他们今天比赛的问题。

奥特曼苦笑了一声："我们要是连季后赛都进不去，赞助商会不会全都跑了啊？"

教练："早知道这样，前几场比赛怎么不好好打？"

Van 主动道："今天是我的锅，我打得太离谱了。"

"现在不是分锅的时候。"教练语气略重，"你们还有没有机会，就看明天了。就算靠着别人进季后赛，就你们今天这个水平，别说去世界赛，季后赛第一轮就要被送走。"

第二天，余诺特地定了个闹钟，等着看 WR 和 PRT 的直播。

这场比赛直接关系到 TCG 能否进入季后赛。

ORG 上周已经结束了常规赛的所有比赛，稳居西部第一。战队给他们放了几天假调整，余戈昨晚就回了家，这会房门紧闭，估计还在睡觉。

余诺冲了杯麦片，坐在沙发上，特地把客厅电视的声音调低了，怕吵醒还在睡觉的余戈。

WR 的积分已经足够拿下季后赛的名额，所以今天这场比赛对他们来说其实已经不重要。但输赢，也直接关系到 TCG 和 PRT 的生死。

余诺也跟着提心吊胆，明明不太懂《英雄联盟》，但是直播里一旦两个队伍打起团战来，她就屏住呼吸，心里默默为 WR 加油。

她怀里抱着枕头，看得太入神。一拨激烈的交火后，WR 取得团战的小胜利。余诺攥紧了拳头，叫了一声好，差点从沙发上跳下来。

身边沙发微陷，余诺这才发觉有人，她转头："哥，你醒了？"

余戈莫名其妙，好笑道："你这么激动干什么，看得懂比赛吗？"

余诺顿了顿，她哪敢跟他说实话，摇了摇头，有些不好意思："看不懂，就是听解说在讲。"

ORG 是西部赛区的，余戈最近也没怎么关注过东部赛区的季后赛形式。他坐在沙发上，听解说讲了两句，才反应过来："噢，WR 今天是在替 TCG 打工吗？"

WR 刚刚已经赢下一个小场，这一场也建立起了很明显的优势，只要拿下，TCG 就稳了。余诺心情放松不少，忍不住跟余戈分享喜悦："WR 今天好厉害，要是他们赢了，TCG 就能进季后赛了。"

余戈眼睛盯着电视机，语气听不出喜怒："你倒是对 TCG 挺上心的。"

她心虚地撇开眼，控制了一下脸部的表情，让自己看上去显得平静一点。

不过，第一次见余诺这么感兴趣，余戈倒是破天荒地来了点兴致给她解说战况。

他就像能预知未来一样，总是能提前预判出 WR 和 PRT 两支队伍接下来的行动。

余戈说几句，就停下来，等结果应验。

见余诺止不住讶异的神情，望向他时崇拜的表情，余戈满意了，继续往下说。

只不过身为 LPL 现役的顶尖职业选手，余戈水准太高，嘴又刻薄，说的一些术语，余诺偶尔听得也是一头雾水。

比赛进行到第二十分钟，余戈就下了判断，懒得继续看："PRT 已经没了。"

"真的吗？"

余诺心里一喜，看着他起身，还是有点疑问："但是解说好像说，PRT 后期还有机会。"

余戈脚步停了停："他们能有我懂？"

后续发展果然如余戈所预测的那样，不到十分钟，WR 拿下龙，直接平推 PRT，比赛结束。

这场比赛结束后，也意味着 LPL 夏季赛的常规赛全都结束，东、西部赛区的季后赛名额也确定了。

WR 的采访流程结束之后，主持人在台上宣布了进入季后赛八支战队的名字。

耐心地等了一会儿，听到 TCG，余诺彻底放心了，甚至还开心地叫了一声："哥！WR 的比赛赢了，你好厉害！"

家里一片安静，无人回应。

余诺关掉电视直播，又张望了一下，试探性地喊了一声："哥，你在哪儿？比赛结束了。"

没等到回应，她也没放在心上，拿起旁边的手机，给陈逾征发消息——

"你们进季后赛了！"

刚发完消息，身后就传来一道声音："余诺。"

余诺快速关掉手机，回头："怎么了，哥？"

从阳台进来，余戈表情平静，随手丢了个东西过来，问："这是什么？"

余诺低下头，定了定神，看清沙发上的应援 T 恤，表情顿时僵住。

——这是前两天付以冬留给她的纪念品。

余戈奇怪："家里怎么有这个？你的？"

余诺不敢和他对上视线，安静一下，声音蚊鸣一般："这个，嗯，我的……"

他像没听明白，又似乎觉得不可思议，气笑了，又问了一遍："你的？"

余诺慢慢地点头。

"这上面印的是什么？"

她的声音越来越低："Love……"

余戈阴着脸，也沉默了，良久才问："Love 什么玩意儿？"

一片死寂里，余诺视死如归般开口："Conquer。"

13

余诺不擅长说谎，尤其是在余戈面前。

她眼神飘忽，攥着手边的抱枕，紧张地解释了一句："这就是件应援 T 恤，没别的。"

余戈目不转睛地看着她，语气冷漠："所以，他的，应援 T 恤，为什么会出现在我们家？"

伸头一刀，缩头也是一刀。她和陈逾征在一起的事情，余戈迟早要知道，还不如现在先给他做一点心理准备。但也不能直接告诉他，现在季后赛马上要开始，余戈要是知道这件事，一时半会儿肯定无法接受，说不定还要去找陈逾征的麻烦。

余诺心里纠结半天，假装平静地回答了这个问题："因为，因为我、我其实是他粉丝。"

余戈："……"

他太阳穴突突直跳："再说一遍，你是谁粉丝？"

她垂着脑袋，弱弱地回："陈逾征。"

鼓足了勇气，余诺又加了一句："其实……我不只是他粉丝，我还……喜欢他。"

她匆忙道："不过，现在还只是暗恋……"

她交代完，余戈平日里没什么表情的脸也彻底绷不住了，表情变了又变，像是觉得荒唐至极，竟然一个字都说不出来。

客厅过于安静，余诺悄悄抬头，看了眼余戈。

他还站在原地。

有那么一瞬间，余诺甚至觉得，她从余戈眼神里看到了"是你疯了还是我疯了，难道是这个世界疯了，这种鬼话你都能说出口"的丰富情绪。

花了大概五分钟，余戈终于接受了这个现实，他嘴角抽了抽，问："你喜欢他什么？"

余诺磕磕绊绊地说："就是，冬冬之前也是他粉丝，我听她说多了，也觉得陈逾征很厉害。后来看了几场 TCG 的比赛……"

说到这儿，她又小心地观察了一下余戈的神情。

余戈冷漠道："继续。"

她欲言又止："然后，我就……"

"你就成了他粉丝。"余戈停了停，像挤牙膏一样，从牙缝里挤出几个字来，"还、暗、恋、他？"

余诺脸红得厉害，为难地点了点头："嗯。"

几分钟后，余戈回到自己卧室。

门被"砰"的一声带上，发出惊天动地的响声。客厅的吊灯都抖了几下。

余诺担心地望了望紧闭的房门。

她忽然有些愧疚，心里默默想了许久，郁结地拿起手机，给付以冬发消息——

"冬冬，我跟我哥讲了一点我和陈逾征的事情。"

付以冬："？？？"

付以冬："！！！"

付以冬："你哥还好吗？他还活着吗？"

余诺："我想一步一步来，我没敢跟他说我们已经在一起了，我就说了我喜欢陈逾征……还在暗恋阶段。他现在好像生气了。"

发完又加了一个"泪流满面"的表情包。

付以冬："那你那也算是迈出阶段性的一步了，你哥估计现在也被这个事情冲击到了，先让他缓缓，你都这么大了，谈恋爱也是正常的，难不成你要单身一辈子？"

余诺："不是……我就是有点难受，我这样是不是很自私？明知道我哥一开始就不太喜欢陈逾征，我还是背着我哥偷偷跟他在一起了。"

付以冬："金钱诚可贵，亲情价更高，若为爱情故，两者皆可抛！"

付以冬："反正爱情这种事，就是很奇妙。说来就来了，也不是谁能控制的，你别有这么多思想包袱，你哥会理解的！！等他真的知道你们在一起了，不过就是打一架呗！"

余诺："……"

付以冬："啊！LPL两大顶尖AD巅峰对决，想想那个场景就刺激！"

余诺心神不宁地做好晚饭，看了看时间，走到余戈房前，抬手敲了敲。

里面没有动静，她站在门口，深深吸了一口气，轻轻喊了一声："哥，饭做好了，出来吃饭。"

餐桌上，只有碗筷碰撞的声音。

余戈不说话，余诺更不敢说什么，装作无事发生的样子，低头默默往嘴里扒饭。

余戈开口："你怎么打算的？"

她脑袋抬起："嗯？什么？"

余诺停住筷子。

余戈忽然回忆起上次陈逾征转他微博的事情，茅塞顿开："所以你喜欢他，他也知道？"

余诺的愧疚感又涌了上来。

怕余戈到时候真的如付以冬所说要去找陈逾征，她昧着良心，撒了个谎："还不知道吧，我没跟他说。"

余戈是圈内人，清楚职业选手和同战队的工作人员牵扯会产生多大的影响。陈逾征自己本身就是焦点人物，粉丝众多，有人维护。如果真有风声传出去，绝大多数骂声都是对准余诺的。

余戈想起陈逾征那副轻浮又目中无人的样子，一股子无名火就冒了上来。他平日里寡言少语，不是个嘴碎的人，对不怎么熟悉的人，也懒得多评价。但是事关余诺，余戈忍耐一下，语气平静："而且他……你觉他适合你吗？

"你如果还打算在TCG工作，就别跟他说。"

余诺沉默了一下。

其实之前她在 TCG 工作，也只是顺手帮室友一个忙，本来打算试用期过了就辞职，不过后来因为陈逾征，她的想法又变了。

前段时间，她是打算和 TCG 续约的，但是上次陈逾征在媒体面前直截了当承认自己有女朋友，齐亚男特地来找她谈话，余诺心里还是埋下了点疑惑。现在 TCG 已经招到了赞助商，资金足够，营养师这方面也不愁签不到人。

余诺其实这两天已经做好了打算，这会儿余戈问起，她也有了准备。她想了一会儿，做出跟他商量的姿态："前两天 TCG 的人找过我，也谈了续约的事情。但是我不打算续约很久，就这几个月把工作交接好，打算明年 1 月去报个教师资格证的考试。"

见余戈不发表意见，余诺也住了嘴。

半晌，余戈动筷，冷哼一声："你倒是对他挺痴情的。"

"不是因为陈逾征。"余诺看他脸色，慢慢道，"我就是觉得当老师挺适合我的，工作稳定，时间自由，我也喜欢跟小朋友相处。"

话题到此结束，两人继续沉默着吃饭，直到一顿饭结束。

余诺主动收拾碗筷。

余戈看了她一会儿，说："你最好再想想。"

"想什么？"

"陈逾……"不习惯喊他真名，余戈说了两句，皱了皱眉，还是换回原来的称呼，"Conquer 他现在粉丝太多，年纪也小，心性定不下来，根本不适合你。"

余诺知道他在担心她，心底感动，眼眶发热，低头掩饰了一下，应道："我知道的。哥，我会自己看情况的。"

余戈"嗯"了一声。

在家待了两天，余戈返回 ORG 基地。

他周身一股低气压，从早到晚就待在训练室 Rank，谁跟他说话都不理，搞得其他队友都一脸蒙，不知道怎的回了趟家，人就变成了这样。

Will 和阿文轮流去关心了几句，全都碰壁。

季后赛名额确定后，八个战队都开始紧张备战。这次季后赛的赛制还是分成东、西部两个赛区，BO5，五局三胜，各自赛区的第四名和第三名打，胜者再和积分第二的队伍打，决出夏季赛四强，最后抽签。

ORG 的积分是西部第一名，只需要打四分之一决赛，所以这几个星期的时间都很宽松。

经过一周的休息，季后赛正式开始。

一周比两场，东、西部各一场。虽然没 ORG 的比赛，但是几个队员都在关注每一场季后赛，毕竟谁都有可能成为他们未来的对手。

经过几周的比赛，四强名额也确定了。

令人意外的是，本以为 TCG 按照常规赛后半段的状态，已然是半截入土，最多只能坚持一轮。粉丝也早已经放弃，不对他们抱任何期待，只求输的时候别输得太难看。

谁知道他们上周突然揭棺而起，赢完了YLD，这周又3：0带走东部赛区第二名，TCG上、中、下三路的状态堪称神勇，直接一穿二，和WR挤进夏季赛四强。

这个曲折的赛况，让 Will 都忍不住感叹："你别说，TCG 这个队伍真是有点东西。"

半年前的春季赛决赛上，ORG 被活生生追回来两把的阴影还在，阿文心有戚戚："说实话，如果这次能进决赛，我是真不想对上 TCG 了，上次就差点翻车。TCG 那几个人真的太猛了，尤其是他们 AD，Conquer 这人就真的邪门。"

说着说着，阿文胳膊被撞了一下。他被人提醒，去看坐在一旁的余戈。

他瘫着张冰山俊脸，就这么阴森森地看着阿文。

阿文瞬间住嘴。

晚上洗完澡，余戈靠在床头玩手机。

最近不知道发生了什么，余戈心情一直很差，阿文决定当个知心大妈，关心一下余戈。

他一屁股坐在余戈旁边。

余戈察觉到有人，想把手机收起来。

阿文眼尖，发现余戈手机界面显示的是微博，搜索框里正是"Conquer"的名字。

阿文笑起来："我去，Fish 你可真够口是心非的，表面不许我们提人家，结果背地里自己偷窥别人？"

反正都被发现了，也没什么好遮掩的。余戈面无表情，继续滑着手机屏幕。他点进陈逾征的微博，翻了一下他的关注列表。

陈逾征关注的人很少，一滑就到底。除去 TCG 几个队员和官博，"爱吃饭的鱼"赫然在列，余戈眉心抽了抽。

阿文打量着他："你到底怎么了，有什么心事儿啊？说给哥们儿听听呗。"

余戈烦躁地关掉手机："没什么。"

"啧，咱俩都认识这么久了，你有什么事还不能跟我说？"阿文神情严肃，拍了拍胸口，"我绝对不会说出去的。"

见余戈丝毫不为所动，阿文又纠缠了半天："戈哥，哥哥，你就跟人家说嘛。"

余戈被他撒娇的样子恶心到了："你别这样行吗？挺变态的。"

阿文："所以到底什么事？别吊我胃口啊！"

又静了一会儿，余戈勉强吐出两个字："余诺。"

"什么？！"阿文来了精神，急切道，"妹妹她怎么了？"

"她……"

余戈只说了一个字就说不下去，把手机丢开："算了。"

"什么算了！"阿文不干了，掐着他脖子，威胁道，"不行，你今天必须给我说清楚了，余诺怎么了？"

余戈想挥开他的手，奈何阿文借着体重优势，把余戈制服了。两人纠缠着，又被逼问半个小时后，余戈终于被烦得不行，说了出来。

阿文目瞪口呆，半响才难以置信地喃喃："什么？余诺喜欢Conquer？？天啊，天啊，我的老天……怪不得，怪不得。"

余戈："怪不得什么？"

"就洲际赛那次，那天晚上，我看到余诺和Conquer两个人单独出去散步！"阿文提醒他，"我说什么来着？我就说不对劲！你还不当回事，这下好了吧，没有一点点防备，家就被偷了。"

余戈："……"

阿文一时间也没法接受，连连叹息："我的妹妹啊，多水灵一棵白菜，我们Fish辛辛苦苦拉扯大，怎么说没就没了呢！这苍天，太戏弄人了！"

"真不知道余诺喜欢他什么。"余戈冷笑，"长得一般，操作也一般，余诺真是猪油糊了脑子。"

周六，WR和TCG又在半决赛对上。

奇妙的事情发生了，他们十个人，又上演了一次和春季赛一模一样的剧情。TCG用同样的比分，3∶1送WR上了西天，完成季后赛一穿三的壮举，挺进决赛。

微博上，TCG粉丝一片欢天喜地。

周末，轮到ORG和JES打四分之一决赛。

和东部赛区的焦灼不同，ORG在西部赛区的实力一直都一骑绝尘，和其他几支队伍的实力也完全不在一个档次。

基本没什么悬念，几个小时后ORG就干脆利落地拿下JES。这意味着TCG和ORG，LPL两个夺冠热门又要相遇在决赛。

最后一局的MVP[①]是余戈，赛后接受采访的是他和Roy两个人。

采访的主持人站在背景板前，跟镜头打了个招呼，先是问了Roy

---

① MVP（most valuable player），最有价值选手。

和余戈几个关于今天比赛的问题。

他们中规中矩地回答完。

主持人又问："昨天 TCG 赢下 WR，你们今天赢下 JES，这也意味着决赛又要和他们遇上，现在是什么心情？"

Roy 想了想："就感觉，挺有缘的吧。"

主持人笑："昨天 Killer 采访的时候还说，想在夏季赛上向你们复仇。"

Roy 配合主持人搞节目效果："那他们来呗，我们也不怕的。"

远处的粉丝都热情地叫着余戈的名字。

主持人看了眼提示卡，问余戈："今天现场 Fish 的粉丝好像也格外热情呢，听说你有个妹妹，不知道她今天来了没有？"

余戈："没有。"

主持人："那妹妹平时会不会在家里看你比赛呢？"

余戈点头。

主持人随口道："噢，那她一定是我们鱼神最忠实的粉丝了。"

余戈："……"

令人尴尬的一段沉默。

余戈对着摄像机，不说话，脸上出现了一种奇怪的神情，就像每分每秒，都在被凌迟。

赛后采访的主持人笑："怎么？"

余戈不知想到什么，额角跳了跳："她不是我的粉丝。"

听到这个回答，主持人有点惊讶，接着问了一句："是吗，能八卦一下吗？她比较欣赏哪个职业选手？居然把我们 Fish 都比下去了。"

余戈勉强提了提嘴角："不太清楚。"

他最终还是没给出答案。

这个赛后采访倒也没引起多大波澜，不过营销号为了蹭余戈的热度，特地起了个博人眼球的话题。

#LPL 明星选手 Fish 职业生涯惨遭滑铁卢，究竟是为何 #

视频封面就卡在余戈采访时黑锅底一样的表情，倒真是吸引了一群粉丝去看。

余诺收到陈逾征发来的消息时还不知道发生了什么，点进去看了看这个视频，有点哭笑不得。

Conquer："？"

Conquer："你还有欣赏的职业选手？"

余诺："我哥他说的，应该是你……"

Conquer："我？"

余诺："嗯，前段时间我跟他说了，我是你粉丝……不过还在暗恋阶段。给他先做个心理准备。"

陈逾征打了个电话过来："你哥呢，他怎么说？"

余诺犹豫一下，跟他说了实话："他说，你不太适合我，让我再想想。"

"我哪儿不适合你了？"陈逾征给她细数自己优点，"我长得又帅，又专一，还有谁能比我优秀？"

余诺："……"

这次决赛地点就定在上海，TCG 和 ORG 的基地都在这里，不用专门提前准备。

由于 TCG 和 ORG 本来就是春季赛冠亚军，夏季赛又双双挺进决赛，意味着他们今年的积分已经够用，S11[1]的名额被定下来两个。

ORG 领队专门给队员们腾出了一天的时间："今天先不打训练赛

---

[1] "S"即 Season，意为赛季，此处"S11"指英雄联盟全球总决赛第十一赛季。英雄联盟全球总决赛是所有《英雄联盟》赛事中最高荣誉、最高含金量、最高竞技水平、最高知名度的比赛，也被称为"S 赛"。

了，大家伙把站鱼的直播时长补补。这两天播完，就专心准备决赛了。"

余戈直播很少开摄像头，粉丝只能从其他几个人那里看看他的身影。

他话少，直播的时候基本不会和粉丝互动，所以直播间向来安安静静，粉丝也很少打扰他，让他专心玩游戏。

时间到九点，余戈结束了在韩服的几局 Rank，休息一会儿之后，打开弹幕助手。

平时冷清的弹幕此时格外热闹。

"我去，我去，他还在刷！还没停。"

"这是发生了什么？有没有人跟我讲解一下？？这人为什么跑来 Fish 的直播间送礼物？？"

余戈关闭掉屏蔽礼物的按钮，直播间上不停飘着——

"TCG-Conquer 为主播 ORG-Fish 送上超级火箭 ×1。"

"TCG-Conquer 为主播 ORG-Fish 送上超级火箭 ×2。"

……

"TCG-Conquer 为直播 OG-Fish 送上超级火箭 ×33。"

粉丝全都沸腾了，许多人都来围观。

"他们俩不是出了名的死对头？？ Conquer 是失了智还是屎了？来找 Fish 求和了？？"

"好家伙，职业选手都这么有钱吗？？"

"陈逾征赶紧给我回家！！别在 Fish 直播间丢人，是喝多了吗？？"

"Conquer 和 Fish，世纪大复合现场！！！请你们原地和解！！路人表示同意了！！！"

陈逾征毫不手软，直接砸了几十发超级火箭，硬生生刷成了余戈直播间的榜一大哥。

余戈冷声道："这是在干什么？"

"TCG-Conquer：托你的福，知道自己最近多了个粉丝，觉得十分感动，来给你刷几个礼物。"

反应过来他在暗示什么之后，余戈血气冲上脑门。

粉丝则是云里雾里的，不知道他们俩在打什么哑谜。

"TCG-Conquer：真的挺感动的，谢谢你，鱼人。"

"TCG-Conquer：不对，鱼神。"

余戈："……"

陈逾征在公屏发了几句话。

下一秒，直播间的系统提示——

"用户 TCG-Conquer 已经被主播 ORG-Fish 永久禁止发言。"

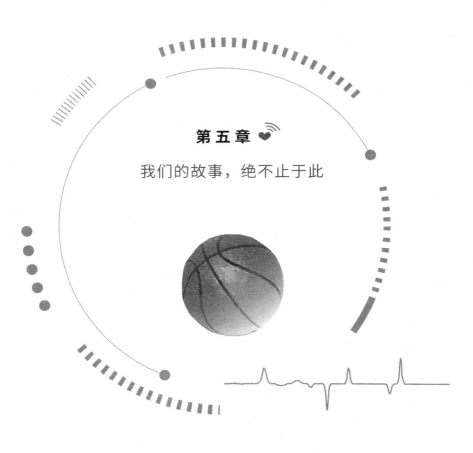

第五章

我们的故事，绝不止于此

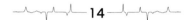

陈逾征开着大号跑去余戈直播间豪掷几十发超级火箭，结果被余戈毫不留情地永久禁言，立马又引发了外界的议论。

自今年出道，TCG 从无名小队一路逆袭到粉丝数量能和几个豪门战队比肩的热门战队，陈逾征作为 TCG 最具有话题度的选手，不知道从什么时候起，就被人习惯性地拿出来跟余戈比较。

加上两人之前的亮标恩怨，粉丝之间经常互相看不上。余戈这边粉丝战斗力不必说，陈逾征的粉丝也是粉随正主，脸皮厚如城墙，逆风输出一点都不带虚的。

原本以为两人面上王不见王，私下肯定水火不容。谁知道陈逾征不知道突然抽什么风，反向操作了一拨，把两家粉丝都搞蒙了。

围观了整个过程的路人则表示："来，兄弟们，把和解给我打在公屏上！"

看热闹不嫌事儿大的其他家粉丝，都点名 TCG 和 ORG 两家的官博，要求他们现在就同意这场世纪和解。

俗话说得好，不是冤家不聚头，经过这一场，官方也顺势搞了一拨噱头。让下周决赛上 Conquer 和 Fish 之间的对决成了 LPL 喜闻乐见的电竞"春晚"。

9 月 7 号，LPL 夏季总决赛在上海梅赛德斯奔驰中心举行。

比赛还没开始，仅仅是热场阶段，转播平台的人气就已经突破了一千万。

"Hello，大家好，这里是 2021 年 LPL 夏季总决赛现场，我是解说均昊。"

"大家好，我是解说小梨。"

"我是解说嘉卫。"

均昊笑了一下："咦，今天这场比赛我怎么好像在哪儿见过呀？"

小梨接过他抛来的包袱："没错，春季总决赛也是这两支队伍，也是我们三个解说的。"

均昊："TCG 这次真是来势汹汹啊，季后赛一路厮杀站上了决赛的舞台，肯定也是抱着想向 ORG 复仇的心来的吧。"

嘉卫和他们说笑两句："今天这场比赛好看了，因为积分足够，TCG 和 ORG 两支队伍已经锁定了全球总决赛的名额，就算今天哪一方输了，粉丝也不至于太伤心。所以今天好好享受这场决赛就行了，看两支强队交锋也是一场视觉的盛宴。"

徐依童带着闺密团的姐妹也来了决赛现场。

除了徐依童，其他几个人平时都不怎么关注《英雄联盟》。她们坐在位子上，虽然不懂，却被现场气氛感染了，粉丝尖叫的时候，徐依童和闺密也跟着叫。

台上的演员表演完开幕式，又到了经典的"垃圾话"环节。

第一个出来的是余戈。

徐依童激动地抓紧闺密 C 的手，手指着大屏幕："快看，我男神！"

采访的人说："这次 ORG 又和 TCG 相遇在决赛，鱼神和 Conquer 的下路对决也是万众瞩目的焦点，对于你今年的老对手 Conquer，可以用几个字评价他吗？"

余戈依旧是那张熟悉的冰山脸，只不过这次眼里的嫌弃溢于言表："人、菜、话、多。"

现场隐隐响起了笑声。

画面一闪，换了个背景。前两天刚拍完夏季总决赛宣传片，临近收工的时候，陈逾征懒懒散散地坐在舞台的边沿上，采访的人又问了同样的问题。

陈逾征扯了扯唇："Fish 这个人，我不太好评价。这个问题先过吧。"

画外音，提问的人笑了："这可是垃圾话环节，不想放放狠话什么的吗？"

陈逾征："之前得罪过 Fish，狠话就不放了，有机会我还挺想跟他交个朋友的。"

闺密 C 望着大屏幕上那张三百六十度无死角的俊脸，感叹："弟弟长大了，可真帅，怪不得有这么多粉丝。"

闺密团其中一员察觉出火药味，好奇："这个 Fish 和小征是什么关系啊？我们征看着好卑微哦。"

徐依童："他能不卑微吗？看上人家妹妹了。"

"什么？！"闺密 C 震惊，"陈逾征喜欢这个 Fish 的妹妹？真的假的啊？"

"你小声点，说八卦呢，给别人听见还得了？？"

闺密 C 没料到还有这出，拉过徐依童："那个妹妹你见过没？"

徐依童点点头："当然见过，我不是给你们拍过视频吗？就是那个小姑娘喝多了，陈逾征抱着人不撒手。"

"妹子长啥样？我太好奇了，带我们见见呗。"

"我等会儿发个消息问问，喊她一起吃个饭，她今天应该也来现场了吧。"徐依童也喜欢余诺，"那个小姑娘长得很可爱，性格又好，还会做饭，怪不得会被陈逾征盯上。"

徐依童"哼"了一声："可惜了甜妹，鲜花插在牛粪上。"

双方教练握完手下台，第一局比赛马上开始。

也不是第一次打决赛，TCG 几个人的心态都比上次放松了许多。

他们戴着耳机，仍然能听到嘈杂的呼喊声。

等着游戏开始的时间，Killer 单手撑着下巴，甩着鼠标，突然笑了一下："欸，Conquer？"

陈逾征拉开耳麦，喝了口水："干什么？"

"你要不要在公屏跟 Fish 打个招呼？"

队内语音安静了一下。

Thomas 笑得前仰后合："你也太损了吧。"

Killer "啧"了一声："不是你说的吗？下次有和 ORG 的比赛，在公屏发一句'你妹妹没了'，搞崩对面的心态。"

Van 看了眼头顶的摄像头，提醒道："别瞎说，等会儿该被剪进英雄麦克风了。"

奥特曼没心思跟他们开玩笑，眼见着陈逾征双手放在键盘上，真的在打字。他惊了一下："你干吗呢？开个玩笑还当真了？"

陈逾征："打个招呼。"

自定义房间的公屏——

"TCG-Conquer: Hi."

"TCG-Conquer: 有人吗？"

此时，舞台另一侧 ORG 队员的脸色都变得格外微妙，Roy 有点摸不着头脑："Conquer 这是在干吗？还互动起来了。"

身为知情人，阿文担心地看了眼余戈。

Killer 救场——

"TCG-Killer: 别管我们队的 AD，他又犯病了。"

"ORG-Will: 哈哈哈。"

"TCG-Killer: 大哥们，等会儿手下留情。"

"ORG-Awen: 不敢当。"

余戈进游戏，直接 mute all①，屏蔽掉对面发来的一切消息。

第一局，ORG 是红色方，TCG 是蓝色方。开局还不到五分钟，余戈喊阿文："过来。"

阿文看一眼小地图，标记了几个信号，咬牙切齿："别急，等我刷个野怪就来帮你收拾这个小兔崽子。"

———————————

① 原意为全部静音，在《英雄联盟》中是屏蔽所有人聊天框文本信息的指令。

Roy 好奇："收拾谁啊你们？"

阿文："你别管。"

众望所归。

第一局的八分钟，下路双人组就开始了交锋。阿文二级就过来Gank，以下路为家，死死待着不走，就一直针对 TCG 的下路。

玩笑归玩笑，陈逾征一上场之后，风格变得异常凶悍凌厉。

对面三个人也丝毫不虚。

反正 TCG 和 ORG 都是主打下路，看下路打架，大家倒也没觉得有什么不对劲。

两局比赛结束，ORG 和 TCG 各自拿下了一场，比分持平。

后台，TCG 休息室，教练给他们迅速复盘了一下今天的比赛。还有十分钟上场，陈逾征窝在沙发里，忽然问："余诺人呢？"

向佳佳往周围看了看："不知道呀，刚刚还在呢，估计出去接水了吧。"

陈逾征起身，给她发消息。他拿起手机往外走，正面撞上了几个人，他点头示意了一下。

不远处，余诺和余戈就站在通道的拐角处。

陈逾征停下了脚步，遥遥看着他们。

余诺背对着他，余戈倚在墙上，不知跟她说了什么，余诺乖乖点头。

余戈一抬眼，看到站在几步开外的陈逾征。冷冷和他对视着，余戈把手抬起来，在余诺头上揉了揉。

余诺有点茫然："怎么了？"

顺着他的视线，余诺把头转过去。

陈逾征也没走，就站在那儿，挑了挑眉，问了声："你在这儿干什么？"

余诺："我在这儿跟我哥说两句话。"

余戈："跟你有关系？"

他语气不耐烦，余诺又回头看余戈，一副欲言又止的表情。

陈逾征把手机收进口袋，自动忽略了余戈，跟余诺说："你们说完没？说完就走呗，向佳佳好像找你有点事儿呢。"

余戈淡淡命令："不准过去。"

余诺脚步止住："……"

陈逾征哼笑，耸耸肩，一个人转身，回了TCG的休息室。

第三局。

前期风平浪静地发育了几拨后，TCG和ORG下路的交火突然变得异常频繁，令人目不暇接。

余戈跟陈逾征两个人好像杠上了。两个队的打野轮流来下路，不是你死就是我活，反正谁也别想好过。

导播每次切到他们打架，台下粉丝的反应就格外热烈。躁动中，就连解说都感受到了他们俩那种针锋相对的意味："下路怎么又打起来了，这局是怎么回事？ Fish和Conquer的火气好像格外大。"

嘉卫深有同感："是挺奇怪的，其实相对于TCG下路的凶狠，Fish的风格一直都是偏稳健的那种，结果这把好像被什么刺激到了，也跟着上头了。"

小梨陷入沉思："不知道的还以为TCG和ORG下路两个AD有什么深仇大恨，谁也不服谁，你看Conquer直接连法拉利炮车都不要了，二话不说冲上去就跟Fish干。"

Will连着几次亮起TP支援下路，实在是有点招架不住："对面下路什么情况啊这是？ TCG的AD疯了吗？ "

余戈看着上蹿下跳暴躁的薇恩，漠然道："恼羞成怒的跳梁小丑。"

第三局，下路的局势只能用两个字形容，那就是"疯狂"。

历来决赛，就算打架打得再多，从来没哪一场下路对抗能激烈成这样。

镜头三分之二的时间都停在下路，让观众仿佛来到了《英雄联盟》大乱斗现场。

一场比赛跌宕起伏，进行了五十多分钟，眼看着就要逼近一个小时，TCG 靠着阵容的优势，在上路找到机会，击杀对面打野和中单，直接孤注一掷，Rush①掉大龙。

ORG 的下路和中单埋伏在河道处，阻止拿龙的 TCG 众人回家。

两方进行了最后一拨团战。

TCG 打出三换三，ORG 的人被团灭。

存活下来的是陈逾征和 Killer，两人点了个果子回血量，直接往中路靠拢，带着超级兵，一路冲上 ORG 的高地。

ORG 大势已去。

解说视线从屏幕上移开，开始说结束语："那我们先恭喜 TCG 拿下本场比赛的胜利。"

Killer 点着防御塔血量。两个门牙被拔掉之后，ORG 的水晶开始一点一点掉血。就在基地爆炸的前几秒，场下的观众突然有点躁动。

嘉卫又疑惑："嗯？怎么了？"

他视线重新挪回游戏屏幕上。

小梨疑惑："Conquer 怎么不动了？"

意识到陈逾征想干什么，奥特曼"哎"了一声："你别作了，大哥。"

话音刚落，全场沸腾。

在 ORG 的泉水前面，金光闪闪的薇恩原地跳了个舞，停住后，头顶噗地冒出一团白气，两条黑白鱼出现。

两极无仪。

完美召回春季赛揭幕战——

陈逾征又一次对着 ORG 泉水亮出了标。

---

① 游戏术语。Rush 原意为冲、突袭，此处指以最快速度打掉大龙。

15

2∶1后，TCG率先拿下赛点局。

陈逾征的亮标行为再一次引爆了全场。

对着ORG亮出两极无仪，那上面的鱼代表什么，不言而喻，简直是赤裸裸挑衅余戈的行为。

台下，余戈的粉丝差点被陈逾征气出脑出血。

均昊有点无奈："Conquer这位选手太调皮了，好像很喜欢跟对面互动啊。"

小梨安慰了一下粉丝。

后台，ORG的休息室。

所有人都对刚刚结束的一场比赛感到茫然。教练问余戈："你今天怎么回事？今天连续好几把了，下路打得太急躁了，这不是你习惯的节奏。"

Will："鱼神，我有点好奇，你跟TCG那个AD，你们俩到底什么仇什么怨啊？至于吗？"

小C作为当事人非常有发言权："我从来没有这么累过，感觉时时刻刻都在战斗。Conquer和Fish太狠了，他俩打起来的那种感觉，恨不得立刻把对方送进殡仪馆火化。"

余戈默不作声。

阿文端了杯水，凑到他身边，小声说："你冷静一下，这是打比赛呢。"

见他不说话，阿文安抚他情绪："你别看现在他这么嚣张，到时候真跟余诺在一起，还不是要在你面前装孙子？"

余戈烦躁不已："我什么时候同意他俩在一起了？想都别想。"

阿文："但余诺都喜欢上他了，你还能阻止不成？"

余戈"呵"了一声。

"欸，不对啊。"阿文又捋了一遍，"所以现在是，妹妹单方面喜欢他，Conquer 还没答应？是这个情况吗？"

余戈动了动唇，从牙缝里挤出几个字："他算个什么东西，配吗？"

短暂的中场休息后，ORG 的人重回舞台。

第四场。

ORG 上几把吃到了下路的亏，一抢女警后，上来就摁掉对面两个 AD 位。

余戈的女警和小 C 的莫甘娜走下路。

两边依旧延续上几把的战术，前期对下路都有严密的盯防，河道和草丛处插满了视野。

两个队伍俨然变成了河道插秧队。

似乎没有受到上一场的刺激，这次余戈率先转变风格，没有再专注地跟陈逾征下路一对一，拆了一塔之后就和小 C 换去上路。女警本来就是这个版本的强势英雄，前二十分钟就轻轻松松拆了 TCG 三路的一塔。

在对兵线的处理和地图资源的掌控上，TCG 处理得明显不如 ORG 游刃有余。

相比于前几场的激烈对抗，这一局节奏放缓，到第十分钟都没爆发一血，显得平静了许多。

ORG 开始尽量避战，效果也很明显。TCG 被对方运营到中期一度陷入了迷茫，直到最后慢性死亡。

决赛被 ORG 拖进了第五局。

最后一场，战歌起。

决胜局，前期的局势和第四局是一模一样的节奏。

解说感叹："ORG 这支队伍强就强在他们能迅速改变风格。在这一点上，他们已经超过了 LPL 的大多数队伍。第四局过后，他们明显摸清楚了能赢 TCG 的方式，已经不找对面打架了。"

陈逾征的 EZ^①到了中期，三件套马上到手，是整场比赛最强势的一个时间段。

但 ORG 忽然开始野辅双游，余戈苟在塔下，周围视野保护得很好，他宁愿不吃经济也要活命。

僵局之下，TCG 几个人对胜利的渴望也很明显，直接开始发送大龙坑的信号，把 ORG 的人逼过来开团。

ORG 被击杀两人。

解说："ORG 其实不用急的，到后期，EZ 这个英雄会乏力，TCG 的输出点不够。"

TCG 在阵容的强势期强开了几拨，ORG 外塔全部被拆光，经济差一度到 4k^②、5k。

到决赛局，两个队伍，每个人都保持着目前 LPL 的最高水准，几乎零失误。

比赛进入中后期，余戈带着阿文找到落单的 Killer，把他击杀后。TCG 两人赶来支援，被埋伏在周围的人击杀。

在中路灭了对方三个人，ORG 几人迅速回家整理装备。

从家里出来后，他们带着小兵一路推到 TCG 的高地，破了三路后还不肯走。

均昊疑惑："他们想要一拨吗？能一拨吗？"

小梨："不行，应该一拨不了，ORG 该撤了，Conquer 要复活了，Thomas 也赶了回来。"

事已至此，再退也来不及了。ORG 勉强拆掉一座门牙塔后，后面赶到战场的 Thomas 已经一个天雷地火的大招放下来。

---

① 《英雄联盟》中的英雄角色，探险家伊泽瑞尔。
② 在《英雄联盟》游戏中，通过击杀敌方英雄、小兵、野怪，或摧毁敌方防御塔等方式都可以获得经济。k（kilo），指"千"。

小 C 倒下。

TCG 从泉水复活的人也陆续出来，直接开始围剿 ORG 剩下的几个人。

ORG 大势已去，连忙撤退，最后勉强活下来两个人。TCG 稍微清了清家里的兵线，奔到大龙坑。

打到一半，阿文也赶过来。

身后的队友还没到，这里没视野，看不见大龙残余的血量，阿文徘徊了一下后，直接跳入龙坑。

但 TCG 的人早已停手，就等着他送上门来。

被虚弱套住，阿文率先阵亡。

打野已经没了，这拨定胜负的团战明显打不过，ORG 剩下的人被打得四处逃散。TCG 众人围拢，继续打着大龙。

这个时间节点，复活最快也要四五十秒。只要 TCG 迅速 Rush 龙，平推上去，ORG 就彻底没了。

就当解说差点开口恭喜 TCG 夺冠时，ORG 原本逃开的两人突然又围拢，开始了骚扰行为，摆明了是上来送死。

陈逾征停手，从人群里出来，打算先解决掉小 C。

不对！

解说忽然叫了一声："咦，Fish 在往中路赶，他是打算偷家吗？！"

此时，导播镜头给到 TCG 的基地，两座门牙被推平，只剩下光秃秃的一个裸水晶。

原本为 TCG 响起的欢呼突然断掉。这么紧张的时刻，大部分人屏住呼吸，已经有 ORG 的粉丝按捺不住开始尖叫。

嘉卫激动："Fish 真的打算偷家！！！ Will 和 Roy 只需要把 TCG 的人缠住，不让他们回家就行了！ Conquer 还没意识到！"

游戏的大屏幕上，陈逾征的 EZ 还在追杀小 C。收下人头后，他立刻原地回城。

余戈的女警已经赶到水晶附近。一步一个平 A①，伤害高到爆炸。

TCG 的形式急转直下。

卡顿一下，解说连呼吸都急促了起来："300 滴、200 滴、100 滴……"

刚回家的 EZ 立刻从泉水冲出来，E②上去，奈何旁边围满了小兵，余戈扭身躲了他几个技能。

嘉卫已经控制不住声音的颤抖："——最后 50 滴！！！"

纠缠中，余戈的女警最后一个平 A 出来的时候，全场都沸腾了。

瞬间，TCG 的水晶爆炸。

小梨："ORG 赢了！！！"

"这就是 Occupy the Ruby Game，不到最后一刻，他们永远不会放弃！！！恭喜 ORG 成功卫冕冠军！"

满场的人都开始疯狂呼喊 ORG 和余戈的名字。

摊在位子上，奥特曼脸上出现了短暂的茫然。

大起大落的一场比赛，所有人都没缓过神来。

苦战五局，比赛终于结束了。

明明可以赢的。

只差一点。

就差最后一点。

他们又一次和冠军失之交臂。

Killer 叹了口气，盯着赛后数据面板，什么都没说。良久，他拍了拍旁边掩面的 Thomas。

TCG 几个人落寞的神情被放大在荧幕上。

场内，一半的粉丝沸腾庆祝着，而另一半则是沉默不语。

ORG 的人摘掉耳机站起来，互相拥抱了一下，收拾一下，穿过舞

---

① 平 A 是游戏中的普攻命令，当玩家按下 A 键，英雄就会对指定目标进行普通攻击。

② 键盘上 Q、W、E、R 四个按钮，分别对应英雄的四个技能释放。

台，走过去和对面的 TCG 几个人握手。

TCG 的人也从位置上站起来。

从 Thomas 开始，到 Van、Killer，再到陈逾征。

两人四目对视，余戈冷淡地瞄了他一眼，去握他的手，敷衍至极地碰了碰，刚想抽回准备走向下一个人，陈逾征把余戈的手抓紧。

旁边有几台摄像头跟拍，他们的身影都投在场中的大屏幕上。

在无数双眼睛之下，陈逾征笑了笑，大大方方道："恭喜。"

余戈垂眸，把自己的手抽回："谢谢。"

两人擦肩而过。

一锤定音。

胜利永远只能属于一个队伍。

不论过程怎样，大家只会在意结果。

TCG 的人黯然退场，ORG 的五个人再一次举起银色的奖杯。

嘉卫看着 TCG 队员的背影，停了一会儿："每一支队伍通往成功的道路都很坎坷，TCG 从春季赛崭露头角，负面舆论一直伴随着他们。到如今两次登上决赛舞台，一路走过来已经十分不容易。虽然今天这场比赛输了，但绝不代表他们就会止步于此。同时我们也要恭喜他们，以二号种子的身份进入世界赛。"

小梨："今天 TCG 真的很可惜，不过，暂时的失败不意味着他们在赛场的结束，反而是一种新的开始。加油啊，少年们，千万别灰心，未来的路还很长。"

毫无意外，决赛最后的 MVP 是余戈。

领完奖杯后，到后台，一些主持人和工作人员都来找 ORG 的几个人合影。

被包围在鲜花和人群里，余戈表情寡淡，就像刚刚夺冠的不是他一样，表现异常平静。

与此同时，TCG 休息室里一片死寂。

大家都安静地坐了一会儿，教练和分析师讨论了一会儿今天比赛的细节。以往严格的领队抱臂靠在一旁，语气出奇地柔和："你们今天打得不错，尽力了，就不用自责了。"

Thomas 看了眼奥特曼，欲言又止。

Killer 假装不耐烦，推了推奥特曼："行了，一个大老爷们，哭什么哭？又不是以后没机会了。"

"不是。"奥特曼眼眶泛红，说话的时候有些哽咽，"之前打春季赛决赛的时候，来现场的全是 ORG 的粉丝，虽然没人为我们加油，但我还是很激动的。"

Killer 忽然也安静了。

奥特曼用手背擦掉眼泪："这半年来，就像做梦一样吧，突然多了这么多粉丝。今天最后一场比赛快结束的时候，我都听到了，很多人在喊我们的名字。结果最后还是输了，真的觉得很对不起他们。"

接受完赛后采访，大家情绪都很低沉，收拾好东西后，从休息室出去，走出比赛场馆。

一出通道，很多粉丝围上来。

跟在旁边的保安把他们几个人围起来。

不少粉丝拥着他们，七嘴八舌地喊："TCG 加油，别灰心，你们今天已经很厉害了！"

"回去好好休息，这段时间辛苦了！过几个月还有世界赛！！我们会一直支持你们的！"

粉丝目送他们一个个上车后，还停留在原地不肯走。

余诺坐上车，悄悄掀开帘子，从缝隙里往外看。

大部分粉丝的头上都戴着"Conquer""Killer"字样的应援头箍，挥手跟他们示意。

在春季赛还没人认识的 ID，仅仅半年，就成了所有人关注的焦点。

回基地的路上，车上气氛持续性沉重，余诺坐在陈逾征身边，时不时转头看他。

比赛结束后，他好像没说过一句话。

她握紧了陈逾征的手，可实在嘴拙，想安慰他，又觉得他已经听不进别人的安慰，只想一个人静静。

余诺感觉整颗心都被拉扯着，心情好像又回到了春季赛决赛的时候。

可现在比那个时候更复杂。

一个是她哥哥，另一个是她喜欢的人。

为余戈开心的同时，也忍不住心疼陈逾征。

教练往四周看了一圈，开口："虽然今天输了，但你们是站着输的。大家都有眼睛，你们只要打得好，用了心，粉丝不会骂你们。如果觉得让他们失望了，那就加倍努力，争取下次赢回来。ORG确实很强，但世界赛上的对手会更强。"

齐亚男："行了，都别颓了，明天开始放几天假，都收拾收拾心情，接下来还有比赛。"

Van还是意难平，唉声叹气："我真的想拿个冠军，怎么就这么难？"

"这就叫难了？"领队斜瞥他一眼，"你知道Fish出道多久才拿到第一个冠军吗？不说Fish了，ORG打野你们都认识吧？阿文也花了六年，冠军没有这么好拿的。"

LPL今晚这场夏季总决赛在微博的热度也很高，四五个相关词条都挂在热搜上。

到晚上，TCG官博又发了一条微博。

> @TCG电子竞技俱乐部：
> 对荣耀的渴望，更重要的是失意之后的坚持。
> 我们的故事，绝对不止于此。

到了基地，大家拎起背包下车。陈逾征现在不想回去，拉过余诺，让她陪自己走走。

TCG的基地在郊区。

人很少，夜晚显得格外安静。

两人在附近走了走，趁着陈逾征去旁边抽烟，余诺拿出手机，给付以冬发消息——

"陈逾征看着好难过，我想安慰安慰他，又不知道该怎么安慰，怎么办？"

隔了几分钟，付以冬回复："语言的安慰都是苍白无力的，你得用你的身体温暖他。"

余诺："我没有开玩笑……"

付以冬："我也没有跟你开玩笑！"

余诺盯着这几句话。

鼻尖飘来一阵淡淡的烟草味。

陈逾征不知何时过来的，就站在她旁边，目光也停在她的手机上。

也不知道他看到了几句，余诺匆忙地关掉手机："你回来了？"

陈逾征"嗯"了一声。

黑暗彻底降临，不知从哪儿起了一点风，稍微驱散了一点夏日的热意。这附近有流浪狗在徘徊，时不时吠两声。

两人在附近散了一会儿步，余诺转头看他。

夜色饱满浓黑，只有路灯洒下微弱的光线。他眼睫动了动，头一偏，回看她。他眼里有一种少见的脆弱，给了余诺一种错觉，好像，她可以随意伤害他。

余诺忍不住问："你在想什么？"

陈逾征若有所思，盯了她几秒："在想，姐姐怎么才能看穿我的软弱。"

余诺无声地看着他。

他慢慢地说："然后，用身体温暖我。"

"……"

果然还是被看到了。

余诺有点尴尬。她停下脚步，略作犹豫，试探地问了一下："那，要抱抱吗？"

"要啊。"

她站在原地，本来手都张开了，眼睁睁地看着陈逾征走到旁边一把长椅边。

余诺不知道他要干什么。

陈逾征："过来。"

余诺刚走到跟前，手臂被人一拽，她跌坐在他的腿上。

紧接着，腰间就搂上一双手臂。陈逾征把头埋在她怀里。

余诺僵了一下，动作缓慢地弯起手臂，拍拍他的背。

陈逾征不说话，呼出的热气喷洒在她的脖颈处。

余诺觉得有点痒，但是没推开他，在心里酝酿了一番，手指摸了摸他柔顺的黑发，轻声道："没关系的，今天输了，以后咱们再赢回来。"

"我想赢你哥哥。"

余诺："……"

陈逾征的语气颓废："余戈拿的冠军，我还一个都没拿到。"

"你不用和别人比呀。"看不到他的表情，余诺微微侧头，耐心地说，"你已经很厉害了，比很多人都厉害。

"而且，教练刚刚在车上都说了，总有一天，你们付出的汗水和眼泪，都会得到回报。"

清爽的夏夜，余诺的声音就和风一样，轻轻缓缓地飘进他的耳朵里："就算现在还没拿到冠军，但是已经有很多人喜欢你们，大家都觉得 TCG 的人很强，很厉害，我哥，还有他的队友，解说、主持人，他们都这么说过。这其实也是一种肯定，你觉得呢？"

夏天的衣服薄，触感也格外鲜明。

陈逾征的头蹭了蹭她的胸口，嘴唇动了动，低声道："我觉得，姐姐好软。"

16

余诺有片刻的微愣。

说完这句话，陈逾征脑袋埋在她颈间，下移一点，又用鼻尖恶劣地蹭了蹭。

几乎是瞬间，余诺惊得一下就把他推开，手忙脚乱地从陈逾征身上蹦下来。慌忙间，她踩到他的脚。

"嗞——"陈逾征疼得闷哼一声。

余诺吓了一跳，又上前两步："你、你没事吧？"

被她推开后，陈逾征就这么随意地靠在椅背上。他的目光粘在余诺身上，打量了一会儿她手足无措的样子，懒懒笑了，仿佛刚刚的伤心失意，都是错觉。

"没事。"陈逾征站起来，慢吞吞道，"走吧，送你回去。"

她刚刚像见了鬼一样，从头到脚都显示着抗拒。陈逾征收敛起浪荡的模样，没再说什么不正经的话。

回基地取车的路上，余诺跟在陈逾征身侧，他牵着她的手。

两人都没讲话，似有若无的尴尬感觉环绕着。她转头，偷偷观察了一会儿他的表情。

他看着好像还挺平静。

余诺放了点心，一边又止不住内疚。

刚刚，自己的反应是不是太过激了？

他们都已经确定关系了，恋人之间，亲密一点也是正常的。而且除了牵手、拥抱、接吻，陈逾征最多口无遮拦一下，实际却没对她做过其他出格的事情。

虽然偶尔跟她调情两句，逗逗她，包括之前说自己被她亲出……但他每次就是嘴上说说而已，就连接吻的时候，陈逾征的手都是规规矩矩的。

上次在她家，那个下雨的清晨，他们在沙发上接吻。

两人几乎贴在一起，他的喘息湿湿热热，带着欲念和隐忍，就贴在她耳边。

余诺当时大脑一片混乱，甚至都已经做好了心理准备，但陈逾征依旧克制压抑，除了亲吻，也没提过别的要求。

陈逾征侧目，开口喊她："爱吃鱼。"

思绪强行中断，余诺挥散掉那些旖旎的画面，她假装平静地开口："什么？"

陈逾征微微俯身，盯着她："想什么坏事儿呢？想得脸都红了。"

余诺条件反射地抬手，摸了摸脸，有些紧张道："是吗，我、我脸红了吗？"

她越说越心虚，声音不自觉地就低了："可能是热的吧。"

陈逾征没有这么好糊弄，问道："你很热吗？"

余诺反射性摇头，摇了会儿，又点头。她都不知道自己在干吗了。

见她魂不守舍的样子，陈逾征问："我把你吓到了？"

余诺"啊"了一声。

陈逾征默了一下，难得反思起了自己刚刚的行为。

好像大庭广众的，对小姑娘做出这种举动，确实显得他挺流氓的。

陈逾征瞄她几眼，诚恳地保证："你以后不同意，或者，不喜欢……我就不这样了，可以不？"

余诺："……"

回到家，一片漆黑。余诺摁开客厅吊灯的开关。

她给余戈和陈逾征都发了条到家的消息，放下手机。刚刚在外面，她确实是热，出了不少汗，后背黏黏糊糊的。

余诺去阳台收了一件睡裙，进浴室洗澡。

莲蓬头打开，水仰面洒下来。

水汽散开，她闭着眼。才分开没多久，她脑子塞的全是陈逾征。

和他在一起发生的事，他对她说的每句话，每个动作，每个笑，就像万花筒里的碎片一样，连细节都带着斑斓的颜色。

回到卧室，余诺在床边坐下，拿起正在充电的手机。

付以冬半个小时前给她发了条消息——

"你们什么情况了，我偶像还好吗？"

余诺："我在家。"

付以冬："这么快就回来了？"

余诺："嗯。"

付以冬："唉，我好忧郁，咱俩语音？"

余诺靠在床头上，戴上耳机："你怎么了？"

"就是因为 TCG 今天又输了呗。"付以冬长吁短叹，"最后一场比赛我都快看吐了，Fish 这人也太离谱了，这都能偷？？？你说他是不是玩不起，是不是没赢过！居然偷家，我心态真是炸裂……"

付以冬絮絮叨叨地吐槽了一会儿，忽然住嘴："欸，忘记了，他是你哥。"

余诺笑了笑："没事。"

"算了算了，不提这事儿了。今天 TCG 的人咋样了啊？真是心疼他们。"付以冬声音听着就十分忧愁，"还有陈逾征，他还好吧？你后来怎么安慰他的？"

余诺心里有事装着，敷衍了一句："……我抱了抱他。"

"亲亲没有？"

余诺有点无奈："没有。"

"你们俩怎么这么纯洁？小学生谈恋爱啊？"付以冬邪笑，"有最新进展跟我说一下不？"

余诺脸皮薄，怎么好意思跟她讲那些，就随便带过了两句。

两人东扯西拉一会儿，余诺忍不住，小声地问："冬冬，你觉得我的身材……会不会……"

这个问题有点难以启齿，问起来也好像挺奇怪的。

她说着，又停住。

付以冬好奇："你的身材怎么了？"

其实关于这方面，余诺从小就有点自卑。

小时候，父母离婚后，余将没精力管她。出于江丽的原因，孙尔岚看她和余戈也不顺眼，在家里连话都不愿意跟他们多讲一句，更别说在生活上照顾他们。

余诺上初中，正是女生开始长个子的时候，但没人给她买衣服，她还穿着几年前的旧衣服。相比于同龄人，她发育得比较早，衣服一直都不太合身。

那时候大家刚刚有了朦胧的爱美意识，偶尔同学在背后窃窃私语，她慢慢地也察觉到什么。

可能在议论她一直穿着那些不合身的旧衣服，又或者是别的，连着好几个星期，余诺经常做噩梦。梦里，身后有人聚在一起，对她指指点点发笑。

有一次做梦醒来，她一边哭，一边跑去余戈房间，抽抽噎噎跟他说了这件事。

第二天，余戈跟班里的同学借钱，带她去商场买了新衣服。

大约是留下了心理阴影，在学生时代，她连走路都是含胸驼背的。高中，甚至大学，不论冬夏，她每次上体育课跑步，都会习惯性地穿件外套。

见她这边安静了，付以冬追问："你的身材怎么了？"

余诺牙一咬，把问题问了出来："就是，会不会不太好看……"

付以冬："哪儿不好看？"

余诺："就是不好看。"

几秒后，付以冬怒吼："余诺，你还是人吗？你这是在刺激我吗？哪里不好看了？！"

她隔着电话都能感受到付以冬滔天的怨气。

把余诺骂了一顿，付以冬泄了点火气，觉得有点不对劲，问：

"你怎么突然问这个？？"

余诺沉默。

虽然骂了她一顿，但付以冬了解余诺的性子，知道她肯定不是在炫耀，而是真情实感地为自己的身材感到自卑。

付以冬耐心道："你这个傻瓜，完全没必要自卑啊，我还羡慕你呢，肤白貌美。怎么，不会是陈逾征说什么了吧？"

被戳中心事，余诺脸一红，讷讷的。

付以冬恨声："我为什么要在这里安慰你？我才是需要安慰的那一个！"

余诺："……"

挂了电话后，她把手机扔在一旁，拉上空调被，把脸埋在娃娃里。

她还在胡思乱想，门突然被敲响，余戈的声音传来："睡了没？"

余诺一骨碌从床上坐了起来："哥？"

"嗯。"

她下床，随手披了一件衣服，把门打开。

余戈脸色苍白，身上有着很明显的酒气。

余诺松开门把手："怎么回来了？"

余戈揉了揉额角："他们去玩了，我懒得动，就回来了。"

他转身往自己房间走，步子还有点不稳。这个样子，估计是刚刚庆功宴上被人灌了不少。

余戈平时饮食不规律，又挑食，所以胃特别不好。余诺担心他晚上难受，趁着余戈去洗澡，她去厨房给他煮了点汤面。

餐厅的灯光暖黄，余诺就坐在余戈对面，陪着他吃东西。

余戈忽然想到什么，停下筷子："对了，客厅有个东西，帮我拿过来。"

余诺"哦"了一声，乖乖去客厅。

茶几上有个圆形的金牌，她拿起来，沉甸甸的。余诺把奖牌放在掌心打量了一会儿，走过去问："哥，是这个吗？"

余戈正在接电话，抬眼瞥了一下："嗯。"

余诺刚想给他："我给你放这儿？"

他和电话那边的人讲着事，随口说："拿着吧，给你的。"

"给我？"

余诺把金牌翻了个面，仔细看了一下，上面刻着一行小字——"2021 夏季总决赛 MVP"。

余戈瞅了她一眼，换了只手拿电话："你先进房间，我等会儿跟你说。"

余诺不知道余戈要跟她说什么，躺在床上，研究了一会儿他的 MVP 奖牌。

放在一旁的手机突然振动起来。

余诺拿起来看，是陈逾征拨过来的视频。她连忙把奖牌搁到一边，整理了一下头发，接起来。

那边卡顿一下，叮的一声，接通。陈逾征的半张脸出现在她手机上。

那边很黑，光线很暗，余诺辨认了一下，发现他还在车上。这都过了一两个小时，她疑惑："你还没到基地吗？"

陈逾征把车熄火，车窗降下来，他一只手撑着头，轻描淡写："开车在附近转了一圈。"

想起之前他飙车的行径，余诺的心又提了起来，担忧地问："怎么了……心情还是不好吗？"

陈逾征"嗯"了一声。

她双腿屈起，试探地问："还是因为比赛？"

"不是。"陈逾征顿了顿，"因为，刚刚惹你生气了。"

"……"

余诺意识到他在说什么，立刻道："我没生气。"

"你哪儿没生气？"陈逾征反问，"走的时候，都不跟我亲亲了。"

"……"

余诺想着怎么解释一下，又羞于开口。两人都沉默着，门又被敲响，余戈站在门口："可以进来吗？"

余诺手忙脚乱地摘掉耳机线，应了一声："好，等等。"

几分钟后，余戈推门进来："你刚刚在跟谁打电话？"

余诺哽了几秒："一个……朋友。"

余戈也没放在心上，拉过一旁的椅子坐下。

他很少会摆出一副跟她谈话的架势，和陈逾征的电话还通着，余诺提心吊胆地问："哥，你有事吗？"

"跟你谈谈。"

"谈谈？"她不自觉地有点紧张，"谈什么？"

余戈厌恶的神情浮现："谈你喜欢的那个人。"

余诺一脸疑惑。

"知道我给你奖牌干什么吗？"

余诺摇头。

"你想找男朋友，我不反对，只要对方是个正经人就行了。"

余诺屏住呼吸，等着他的下文。

余戈扯了扯嘴角："不过，你要是喜欢 LPL 的选手……看到那个 MVP 奖牌了吗？"

余诺："？"

"什么时候他能拿到了，你再跟我提这个事儿，知道吗？"

余诺一脸疑惑。

余戈觉得自己说得还不够清楚，又加了一句："连我都打不过的人，你有什么好喜欢的？还觉得他厉害？"

余诺心不在焉，低眼，手往后伸，摸索着找手机，想把视频挂断。

她不想让陈逾征听到这些。

察觉到她的小动作，余戈皱了皱眉："你干什么呢？话还没讲完。"

余诺停止了摸索。

"比如 TCG 的 AD。"余戈特地举了个例子，"就今天那个，输给我的，手、下、败、将。我看不上。"

余诺抬头，欲哭无泪："这……但是……"

"没什么但是。"余戈觉得此事毫无回旋余地，起身，"除非你别喜欢 LPL 的人。"

"砰"的一声，房门被带上。

余诺呆坐在床边一会儿，急忙掀开被子，把里面的手机拿起来。视频果然还没挂断，只不过画面里已经没了陈逾征。

他的手机应该是被放在了中控台上，视频对着的是车顶。余诺出声："陈逾征，你还在吗？"

他的声音传来："在。"

"对不起。"余诺愧疚地道歉，"你别把我哥的话放心上。"

陈逾征"嗯"了一声。

长久的安静。

打火机发出一声轻响，他已经抽了好几根烟。

余诺咬了咬手指："你在哪儿？我现在想去找你。"

客厅的灯关着，余戈房门紧闭。

余诺做贼一般，轻手轻脚，怕弄出什么声响，赤着脚在瓷砖上走。一片漆黑里，她打开手机手电筒，慢慢走到玄关处。

陈逾征的车停在她小区附近。

余诺找了一下，小跑两步过去，拉开车门，坐上去。

陈逾征嘴里还叼着抽到一半的烟。

刚刚知道他就在附近没走，余诺急着见他，连睡衣都没换就下来了。

抽完一根，陈逾征又去摸烟盒。

"你别抽了。"

余诺把打火机收起来，抿着唇，睫毛扑扇，就这么眼巴巴地看着他。

车厢陷入短暂的静默，陈逾征笑："是不是想我了？"

余诺期期艾艾地点头。

她手指一点一点地蹭过去，指尖触碰到他的手背："陈逾征，你别介意。"

他精准地捉住她的手："怎么了？"

十指相交，察觉到他的手很冰，余诺开口："就是我哥刚刚说的那些话……"

陈逾征一双狭长的眼微微上扬，神情寡淡，语气很随意："没事，我不介意。"

还是那副平淡的腔调，就像是初见时，他给她的感觉，带着点高傲，对谁都不怎么上心。

"真的吗？"余诺有点稀里糊涂的，迟疑道，"但是我觉得，你不太开心。"

"是有点，不过不是因为这件事儿。"

余诺心定了一点，耐心道："那是因为什么？"

过了一会儿，陈逾征慢悠悠地说："姐姐刚刚不给我亲，我挺忧伤的。"

她心里酸酸的，又乱乱的："那你过来一点。"

陈逾征思量地看着她："什么？"

余诺强忍窘迫，声音软软的，视线都不知道往哪儿放："我亲亲你。"

两人不知道怎的就变成了现在这个姿势，车内空间狭小，她跨坐在他身上，后背还抵着硬硬的方向盘。

陈逾征一只手捏着她的下巴，舌尖撬开她的唇，手指滑落到锁骨处，睡衣是吊带款式的，混乱中已经掉下来一根带子，他察觉到她的身体有些紧绷。

陈逾征刚想把手挪开，余诺忽然抓住他的手，连呼吸都不敢用力。

他停了几秒，声音沙哑："干什么？"

她像是下定某种决心，冷不丁地，用手带着他的手一起，缓缓放在自己胸口上。

陈逾征不动了。

余诺自己都替自己难为情，喉咙已经紧张到干涩，喃喃道："陈逾征，我没有不喜欢这样……"

17

陈逾征整个人像是被按了暂停键。

等不到回应，余诺垂着头，自暴自弃地想把脸埋起来。

因为极度的不安，她眼尾发红，睫毛都在不停地抖，艰难地跪在他身侧的双腿也从僵直到发软。

一双手穿过她的后背，带着点别的意味，慢慢往下移，用了点劲。余诺已经进退两难，只能顺着力道往前倒，展臂去够他的脖子。两人之间贴紧，严丝合缝，几乎没有一点缝隙。

她这个模样可怜又纯真。

借着微弱的灯光，陈逾征凝视着她脖子上缓慢滑下的汗。他的呼吸突然沉重起来。欲念节节攀升。

陈逾征语调游离，要笑不笑的，耐心地确认了一遍："姐姐知道自己在说什么吗？"

明明是一副跟她商量的语气，可腰间的力度表明，他一点退路都不给她留。

余诺其实有点怯了，但还是点了点头。

微微的一声响动，车椅后倾，倒下去。两人掉了个个，余诺几乎是整个人被摁在座椅上。

"知道吗？"他自言自语，又问了一遍，似乎也不是为了等她的答案。

余诺面红耳赤，眼前一片模糊，不知道该摇头还是该点头。她只觉得陈逾征好像突然变了个人似的，有点陌生。她不知道的是，就算现在后悔，也没法逃。

陈逾征每根神经都像是被架在火上灼烧，这把火烧不完，越来越烈。

直到陈逾征突然起身，周围的凉气涌上来，把她包围住，皮肤起了一片小疙瘩。两人身上都汗涔涔的。

撑在她耳侧的手指蜷缩了一下，陈逾征额前的短发被打湿，眼底凌乱，似乎在极力忍耐着什么。

余诺迷茫地睁开眼，眼里还有破碎的水光，看向他的时候，还有点愣愣的，似乎不明白他怎么停了动作。

陈逾征表情隐忍，低声骂了句脏话，平复着呼吸。

察觉到他离开的动作，余诺下意识问了一句："你去干什么？"

"冷静。"陈逾征伸手摸索着烟盒，无精打采地说，"怕自己变成畜生。"

车门被拉开，又"砰"的一声撞上，他拿着烟盒和打火机下车。

余诺目光涣散，盯着车顶，还没回过神来。

余诺手臂屈起，撑了一下身子，望着陈逾征隐没在夜色里的背影，坐起来。身上的睡裙皱巴巴地乱成一团，她低头看了看，脑子里还是空白的。

缓了好久，余诺还是没什么力气，动作迟缓地把角落的外套拿起来，重新穿在身上。她心底挣扎了一会儿，抿了抿唇，推开门下车，在距离他几步的地方停住。

夏夜的风很干爽。

陈逾征盯着她，嘴里含着根烟。猩红的一点红光忽弱忽强，他的面容被夜色模糊了一大半。

他望着不知所措的她，歪了歪嘴角，笑。

陈逾征熄了烟，朝她走过来，慢条斯理道："走吧，陪你回去。"

余诺表情尴尬，欲言又止。

"怎么了？"

想起他刚刚临下车的表情，好像挺难受的。她有点不忍心，加之本来就是自己挑的头。余诺更加内疚了，声音宛如蚊蚋："……你还好吧？"

"不太好。"

她挪着脚步，跟着他走，说着傻话："那，怎么办？"

陈逾征："没办法。"

回到家，余诺把钥匙轻轻地插进门锁里，一秒一顿，慢慢地转动门锁。

半个世纪后，门咔嗒一声，开了一条缝。

余诺进门，心惊胆战的，生怕弄出响声。她蹲在地上，把拖鞋换上。

客厅的灯还是关着的，屋子里黑漆漆的。余戈也没给她发微信、打电话，应该是不知道她刚刚偷偷溜出去了。余诺稍稍松了口气。

她把钥匙放在玄关处，做贼一样，悄悄往自己房间走。

刚把手放在门把手上，后面突然传来一道声音："你干什么去了？"

余诺一惊，浑身僵直，迟钝了好几秒后，才缓缓转头。

余戈抱臂，靠在自己房间门口，盯着她。

余诺站直了，结结巴巴道："那个，我出去，散了会儿心。"

"散心？"余戈眉头皱起，"你还有什么心事？"

"……就是有点睡不着。"余诺大脑疯狂转动，自己都不知道在说什么，"然后，突然想四处走走。"

余戈："……"

他就这么打量着她，唇线平直，也不说话。

余诺紧张地等着。

良久，余戈也没再说什么，抬了抬下巴，让她进房间去。

劫后余生，余诺进房间后，脱力地顺着门板蹲下来。

她双手环抱住小腿，下巴搁在膝盖上。

刚刚出门前没关的台灯还亮着，夜晚突然变得格外安静。她的心剧烈地跳动过后，又慢慢地平静了下来。

她盯着前方的空气出神。

神思游离，又回到了刚刚那个闷热的车厢。想一下，停一下，再想。从开始，到最后结束。

到此打住，余诺不敢也不好意思往下继续想，把脸彻底埋在腿间。

原来做这种事，居然是这种感觉。

ORG 和 TCG 的人都放了几天假。等后天的冒泡赛①打完，确定这次世界赛的第三个名额，两个队伍还得去现场，一起参加出征仪式。

余戈中午起来，去刷了个牙，午饭已经做好。

他在餐桌前坐下来，面前只有一副碗筷。抬眼看了看余诺，他问："你不跟我一起吃？"

余诺把汤放在桌上："我今天跟朋友约好了，可能要出去玩一天。"

余戈也没多大反应，"哦"了一声："什么时候回来？"

"不知道。"余诺双手背在身后，偷偷看了他一眼，"可能要晚上了。"

余诺到小区门口后，给陈逾征发了条消息。

站在路边等了一会儿，有一辆陌生的车停在身边。车窗降下一半，陈逾征坐在驾驶位上。

余诺拉开车门，发现后座上还有一个人。

计高卓眼睛一亮，扒到前座椅背上，伸出一条大花臂，嘿嘿地冲她笑着："哎嘿，嫂子！你好，我叫计高卓！"

余诺把车门带上，也伸出手，跟他握了握："你好，我叫余诺。"

计高卓似乎很兴奋，跟余诺攀谈起来："我们嫂子原来长这个样儿啊，陈逾征这个人，抠得要死，让他发一张照片都不肯！"

余诺拘谨地笑了笑，问了一句："你是，陈逾征的朋友吗？"

计高卓热情地自我介绍："是啊，我是他发小。"

---

① 一种比赛方式，是指从下而上对上一名进行挑战的赛制。

陈逾征压根儿懒得管后边那个聒噪的人，打了打方向盘，让她把安全带系上。

余诺乖乖坐直，拉过旁边的安全带。

两人视线对上，短短几秒，某种暧昧蔓延开来，余诺率先移开视线。

她看着路况，问了一句："我们去哪儿？"

陈逾征："先吃个饭。"

计高卓念念叨叨："吃什么啊？吃川菜不？"

陈逾征不理他，问余诺："你想吃什么？"

"川菜的话……"余诺看了看他的表情，转头说，"陈逾征可能吃不了这么辣的东西。"

计高卓兴致勃勃的，顺势跟她聊起天来："嫂子，你多大了啊？"

余诺："二十三。"

"你们俩姐弟恋啊？还挺时髦。"计高卓一只手搭在前座椅背上，回忆起什么，恍然道，"哦，对，你应该比他大，之前他喊你姐姐，我都看到了。"

"什么？"

"就陈逾征手臂上那个文身，你知道吧？我给他文的，当时他不是还找你哭诉吗？说什么，姐姐，好疼。"计高卓一脸恶寒。

时间有点久远，余诺思维比较慢，正回想着这件事。

看她蹙眉思索，也不作声，计高卓还以为弄错对象了，惊恐地看了眼陈逾征："我是不是说错话了？"

陈逾征专心开车，看着前方，反应很平淡。

余诺想起来了，哭笑不得，跟计高卓说："他发消息的人，应该是我。"

计高卓也拍了拍胸口："幸好是你，不然陈逾征也太渣了，被我当场拆穿，到处认姐。"

陈逾征瞄了一眼后视镜，冷笑："除了她，我没喊过谁姐姐。"

计高卓思考了一下，给予肯定："那确实。"

陈逾征这个人,家里兄弟姐妹众多,但只要是同辈人,不管大几岁,他从来不喊哥哥姐姐,一律直呼其名。徐依童从小到大就没从他口里听到过一声"姐"。

他们随便找了一个附近的商场吃饭。

陈逾征似乎昨晚没睡好,摊在椅子上很困倦,饭也没吃几口。

余诺问:"我们等会儿去哪儿?"

陈逾征来了点精神:"想不想看我打篮球?"

余诺点点头:"可以啊。"

饭吃完,计高卓去上厕所。陈逾征头枕在余诺肩颈上,手指玩着她的头发。

"你想去哪儿打篮球?"

"计高卓家附近的大学,里面有个篮球场。"

余诺好奇:"怎么突然想去打篮球?"

陈逾征:"你上次不是挺喜欢看的吗?"

她想了想。

上次?

想了一会儿,余诺恍然。

陈逾征说的是毕业答辩那天,他过来学校那次。他们在篮球场那儿坐了一会儿,结果陈逾征一脸不屑,还顺便把她学校男生的打球技术都批评了一顿。

余诺想起来,有些好笑。

陈逾征这个醋吃得真是够久的……

体育馆里。

余诺把包放在一边,四处打量了一下,坐在长椅上等着他们换衣服。

听到脚步声,余诺转头去看,陈逾征就站在场边。

他穿着 29 号的白色球衣,正在戴护腕,整个人高高瘦瘦。计高卓一只手拍着球，在旁边跟他说笑。

余诺心跳加速了一下，眼睛一眨不眨地看着陈逾征。

陈逾征戴好护腕，侧头，精准抓住偷看的某人。他跟计高卓说了两句话，然后朝着余诺的方向走过来。

停在她跟前，陈逾征抬手，在她眼前挥了挥："看傻了？"

余诺还在打量着他，认真道："陈逾征，你穿成这样好帅。"

他静默了一会儿。

"你说话能不能委婉点儿？"陈逾征稍微有些不自在，"我知道自己帅，但你这么直接，我还挺难为情的。"

余诺扑哧一下笑了："你也会难为情？"

计高卓在远处喊他："陈逾征，你搞快点啊，磨蹭什么呢！"

陈逾征不紧不慢，抬手钩了钩她的下巴，慢悠悠地跟她调情："会啊，我不是经常在姐姐面前害羞吗？"

她推了推他："等会儿再说，你先去打球吧，他们都在等你。"

之前听陈逾征说，他高中时是校篮球队的，余诺还有点可惜，没想到今天真的有机会，亲眼看看陈逾征打球的时候是个什么样子。

她其实看不太懂篮球，就觉得一群男生跑来跑去，吆喝着蹦跳的时候，有种很独特的魅力。

陈逾征打球的状态跟平时懒散的样子完全是两个人，也没法把跟他和赛场上那个"Conquer"联系起来。

在一群高个子的男生中，他依旧是最显眼的那一个。

不知为何，余诺想到之前陈逾征跟她开玩笑，说以前他高中只要有比赛，在场一大半女生都是他的啦啦队。

本来以为是在开玩笑，现在却觉得，他说的估计都是真的。

中场休息。

陈逾征刚刚剧烈运动过，浑身冒着腾腾热气。他在她身边坐下，双肘撑在膝盖上，喘息了两下，侧头喊她："爱吃鱼。"

余诺发傻："嗯？"

他的眼神移到旁边的矿泉水上："你有没有一点身为女朋友的自觉？"

余诺反应过来，哦哦两声，把矿泉水拧开，递过去。见他不接，她又坐过去一点，很识相地递到他嘴边。

陈逾征喉结滑动，咽下她喂过来的水。

她短裙下的两截细白小腿就在他眼前晃，陈逾征掀起衣服下摆，擦了擦脖子和下巴上的汗。

可能是常年打篮球的关系，他的身材……其实也挺好的。余诺看到他露出的紧实的腰腹、块状的腹肌……

余诺连忙把眼睛移开，低头，把瓶盖拧上。

他慢吞吞的声音响起："想看就看呗，说了不介意。"

余诺脸一红。

陈逾征还不肯放过她，不依不饶："昨天不是都摸过了？这会儿就看看，怎么还害羞了呢！"

余诺狡辩："我、我昨天没摸。"

明明都是他……

"行。"陈逾征一口答应，"那今天换我给你摸，姐姐想摸哪儿就摸哪儿，我绝对不反抗。"

她实在招架不住："你先去打球吧，等会儿再说。"

陈逾征意有所指："那你好好想想，等会儿要摸哪儿。"

余诺："……"

不知何时，体育馆又进来了几个女生，看样子是这个大学的学生。

余诺坐在椅子上，专心地看着他打球。

有个人中途下场，去旁边喝水。陈逾征靠在篮球架上，跟计高卓说着话。

坐在余诺旁边的几个女生突然起身，互相推搡着，往那边走。

计高卓突然停了一下，眼睛瞅着过来的几个女生。

这个场景他再熟悉不过，从小到大只要跟陈逾征待在一起就时不时会上演。计高卓嘴里的话停住，心照不宣地抬了抬下巴，示意陈逾征往后看。

那群人在几步远的地方站定，几个人说笑了两句，把其中一个女孩推上前去。

女孩儿很羞涩，瞅了眼陈逾征英俊的脸，递过来一部手机："学长，能加个微信吗？"

周围几个不认识的人都在起哄，弄得小姑娘更加紧张了。

陈逾征扭头，看了眼远处的余诺。

为了避免尴尬，计高卓刚要说："他有女……"

"女朋友"三个字还没说完，陈逾征歪着脑袋，朝着搭讪的女孩儿笑："不好意思，我去年领的证。"

计高卓："……"

要微信的女孩顿时茫然了："啊？！"

在计高卓一脸"你又犯什么病"的注视下，陈逾征吐字清晰："我，结婚了，孩子都生俩了。"

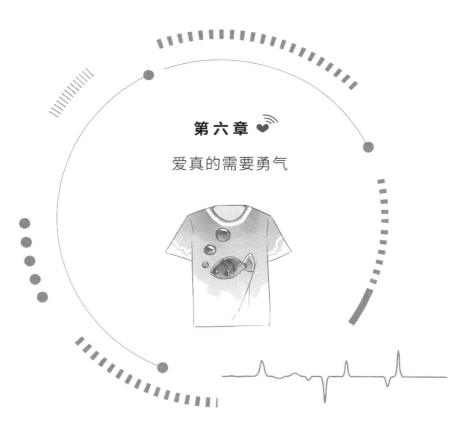

第六章

爱真的需要勇气

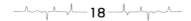

18

要微信的女孩眼睛睁大，从不可思议到茫然。

震惊地在原地定格几秒后，她匆匆说了句"打扰了"，然后一脸怀疑人生地离开。

计高卓收回视线，表情复杂："你觉得自己很幽默吗？"

陈逾征反问："你觉得呢？"

计高卓："……挺可笑的。"

在体育馆打完球已经是下午五点。

计高卓换好衣服从更衣室里出来，陈逾征还在里面洗澡。计高卓把东西收拾好，走过去坐在余诺旁边。两人本来不太熟，也没什么话讲。

计高卓开文身店，复杂一点的图案文得时间比较长，他就靠着嘴皮子功夫打发时间。

何况是像余诺这种看着完全没攻击性的温温柔柔的女孩儿，计高卓最擅长应付了。

余诺听他说话感觉特别有趣，像听相声演员表演一样，时不时就被逗得发笑。而且计高卓给她一种反差感，明明花里胡哨文着大花臂，像个社会哥一样，人却特别亲和。

计高卓突然问："对了，嫂子，你刚刚看见有小姑娘来找陈逾征要微信了吗？"

余诺"嗯"了一声："看到了。"

"你知道他是怎么说的吗？"

余诺好奇："他怎么说的？"

"他说他去年结的婚，孩子都有俩了。"

余诺："……"

计高卓十分担忧："你觉得正常人能说出这么离谱的话来吗？"

余诺有点想笑，不过已经习惯陈逾征偶尔的语出惊人："他有时候是比较喜欢开玩笑。"

计高卓一拍大腿："不是，不是开玩笑。我跟你分析分析，陈逾征这人脑子铁定是有毛病，他精神已经不正常了，和正常人不一样，你懂吗？嫂子，你还得三思，真的。他这个智商可别遗传给你们后代了。"

余诺："……"

计高卓："你看我长得虽然没陈逾征帅，在高中可比他受欢迎，经验也比他丰富。你有时候跟他相处也挺累的吧？陈逾征这个人脾气差劲不说，人也很自恋，还有点妄想症。总体来说，就是很不讨喜。"

余诺眼睛往上瞄。

计高卓还没察觉，嘴上说个不停。

"计高卓。"身后有人喊他。

计高卓一个机灵，回头，无辜地"啊"了一声。

陈逾征耐着性子，不紧不慢伸手，拽着他的领子："你跟她讲什么玩意呢？"

计高卓想拨开他的手，"欻欻"两声："我啥也没讲，就帮忙回忆了一下你那不羁的青春年少。"

"我没你讨喜？脾气差？"陈逾征把计高卓从余诺旁边揪起来，用膝盖顶了他一下，"自恋？妄想症？"

计高卓吃痛地叫了一声，疯狂地挣扎："你别对老子动手动脚！惹毛我了，我也不是吃素的！"

"你说你是为什么？"陈逾征又给了他一脚，"好好的人不做，非要当条狗？"

从体育馆出来，他们俩就一路互损，去停车场的路上，再到下车去饭店，直到吃晚饭的时候，还在不停骂对方，你一句我一句，似乎要把对方老底都揭了。

找到吃饭的地方后，他们俩还在吵架，余诺劝了一番无果。她很少看到陈逾征火气这么大的时候，她有点无奈，又有点好笑，只能自己点菜。

她点完，把菜单递给陈逾征："你看看？"

陈逾征嘴停了一下："你点吧，我都行。"

余诺又准备把菜单推给计高卓："我点了四个菜，你看看还要不要加什么或者换一下？"

陈逾征一手抄起菜单，递给旁边的服务员："我们点好了。"

等服务员走后，陈逾征跟余诺说："不用管他，他吃什么都行。"

计高卓坐在对面："你为什么这么针对我？"

"你有什么意见？"

"你这人心眼怎么这么小？"计高卓回忆着，自己到底是哪儿戳到这个人的禁区了，让他变得这么暴躁，"我不就在你女朋友面前说了点你的坏话吗？至于吗？"

"你那叫说坏话？"陈逾征冷笑，"你在造谣。"

计高卓就不解了，"嘿"了一声："我造什么谣了，我不就说了你有点妄想症吗？怎的，还不让说了？"

陈逾征："？"

"你还生俩孩子呢，现在的男人就是爱做梦！"

陈逾征："……"

仗着余诺就坐在旁边，陈逾征不敢对他怎么样，计高卓的嘴越来越贱。他们一起长大，他可以说是最了解陈逾征的人，每句都损到陈逾征心坎上去了。

余诺头一次看陈逾征吃瘪，他眼里都有股黑压压的火。她缩了缩肩膀，尽量降低自己的存在感，在旁边当个透明人。

计高卓把陈逾征噎得一句话都说不出，总算出了口恶气。计高卓满意地给自己倒了杯水，润了润喉，跟余诺说："嫂子，我们俩吵架没吓到你吧？其实都是开玩笑，我这人有时候比较粗鲁，虽然话比较糙，但是我这个人还是很温柔的。"

余诺摇摇头，忍着笑，却控制不住地弯起嘴唇："没事，你们继续。"

她不仅没被吓到，还觉得，陈逾征和他朋友的相处模式，挺有趣的。看他们互损，她也觉得很放松，很开心。

在此之前，余诺没机会见识男生在一起都是什么样的。因为余戈其实没什么很亲近的朋友，相处最多的就是ORG的几个队友。余戈比较高冷，在队内又是队长，其他人比较怕他，更别说开他的玩笑。

余诺第一次知道，原来男孩之间都是这样相处的，还挺可爱的。

一顿饭吃下来，也许是刚刚说陈逾征坏话说多了，计高卓心有愧疚。

趁着陈逾征去前台买单，计高卓趴在桌上，压低声音："嫂子，你千万别把我刚刚的话放在心上，都是闹着玩的。还有，你别看陈逾征长了张渣男脸，人吧，其实挺纯情的，真的，我不骗你。

"就那次，他要跟你表白的前一天，熬了个通宵，一大早就跑来我家，高考都没见他这么紧张过。"

余诺心一动，想到那天他们去看电影，结果陈逾征中途睡着了，她当时还有点失落，只不过后来就忘了这件事。

现在听计高卓这么一说，他应该不是对他们那场约会不上心，而是太久没睡，熬不住了。

吃完饭，天色渐晚，计高卓识相地自己打车走人，不再当他们俩的电灯泡。

余诺坐在副驾驶座上。

现在时间还早，她不急着回家。这两天的热搜都在说流星的事情，刚好是今晚。

余诺想起这件事，心情很好地开口："新闻说等会儿可能有流星，我们等会儿要不要去看看？"

陈逾征："去哪儿看？"

余诺查了一下地图，附近就有个江滩公园，那里有座小山，爬上去应该能看到好风景。

再远点的地方，现在去也来不及了。

陈逾征开了导航。

车窗降下来一半，有清凉的夜风吹进来。余诺察觉到他情绪不高："还在因为计高卓的话不开心？"

"嗯。"

余诺盯着他的侧脸："他都是跟你开玩笑的。"

"这个人就是贱得慌。"陈逾征稍有停顿，语气闲散，"害我在你心里的完美形象都被败光了。"

她短促地笑了一下。

车开到公园附近，各种车道都被占满。

陈逾征随便找了个位置停车，以往宁静的公园挤满了人，还有专门背着三脚架的，估计都是来看流星的。

被这个快乐的气氛感染，余诺急切地拉着陈逾征的手往山上走，一步跨好几个台阶，生怕错过了流星。

他们来得晚，山顶的凉亭早就被人占据。

借着山顶的一点点亮光，余诺拉着他去旁边，找了块大石头坐下。

休息了一会儿，余诺从包里找出耳机，插上后，分了一只给陈逾征，他接过戴上。

余诺打开歌单，捣鼓了一会儿，调了几首歌出来。

听到前调响起，陈逾征眉毛挑了挑，转头，看向余诺。

她有点腼腆，和他对视："陈逾征，你知道这首歌叫什么吗？"

"不知道。"

"那我告诉你？"

"嗯。"

余诺把手机解锁，点开备忘录，打出几个字，递给他。

陈逾征扫了一眼。

她一本正经："就是这首歌。"

陈逾征一副刚想起来的样子："原来是这首歌啊。"他玩笑似的说，"《祝你爱我到天荒地老》？"

余诺看着他笑，没有丝毫犹豫，说了一声："好。"

陈逾征愣住。

脚下的草丛里有萤火虫，发出绿色微光。偶尔有虫鸣声传来，夜色里，余诺的声音温柔："其实上次在车里，我就是在心里这么回答你的。"

那时候，明明知道他是在恶作剧，她还是忍不住想。如果有一天，陈逾征真的想她爱他这么久的话，余诺也心甘情愿。

陈逾征难得地安静了会儿，喉结动了一下："你现在怎么这么会撩啊？"

余诺低低地笑了一声："说真的，没有撩你。"

"没撩我吗？"陈逾征把她的手放在心口，"感受到了没？我这儿都快跳出毛病了。"

新闻里说的流星雨一直到晚上都没来，山顶上的人差不多走光了。

耳边的喧嚣和吵闹退去，好像整个世界又只剩下余诺和陈逾征两个人。

两人肩并肩地坐在石头上，她问他："如果等会儿真的能等到流星，你想许什么愿？"

陈逾征看过来，想想，说："没什么想许的。"

其实他对流星雨这种东西没什么兴趣，只不过想跟她多待一会儿罢了。

余诺："那，拿冠军呢？"

陈逾征态度傲慢，轻描淡写："我不用靠这个也能拿。"

"除了拿冠军呢，你就没有别的愿望了吗？我觉得这个还挺准的。"

"怎么个准法？"

余诺告诉他："我高中毕业的时候，也和我朋友看过一场流星雨，当时我许了个愿望，希望我哥以后能拿冠军，后来就实现了。"

两人正说着，后面突然传来年轻人兴奋的声音："哇，快看，流星来了！"

余诺抬头，情不自禁地从石头上站起来。

就像电影的瑰丽画面一般，流星的尾巴像烟花一样璀璨，在深蓝的夜空里乍然亮起。

星星点点的光映在她的眼底，余诺走神了几秒，忽然反应过来，连忙扯了扯陈逾征："陈逾征，流星雨来了！我们快许愿！"

她酝酿一下，闭了会儿眼睛，双手合拢，抵在胸前，虔诚地许了个愿。

许完愿，余诺睁开眼，见陈逾征还坐在石头上，眼一眨不眨地盯着她看。

余诺期待地问："你刚刚许愿了吗？"

陈逾征点头："许了。"

余诺抿唇一笑，带着点小雀跃，问："关于什么的？"

他刚刚还一脸不屑，这会倒十分谨慎："说出来会不会不灵了？"

余诺迟疑："应该不会吧？不然，你就说个大概。"

思量地看着她，陈逾征表情意味难明："你想我告诉你吗？"

余诺："要是你怕说出来不灵，就别告诉我了。"

他勾起嘴角，奇怪地笑了笑："这个事儿吧，估计也要你帮点忙，我还是告诉你吧。"

余诺愣了几秒，在心底盘算了一下，认真地点头："行，那你说，我看看能不能帮上忙。"

陈逾征装模作样地"嗯"了一声，他望着天空，模样很诚挚，用一种淡淡的语调说："希望老天有眼，让我今年抱得美人归。"

19

　　流星划过的夜晚，陈逾征坐在石头上，神情无比认真，对着夜空许下这个奇葩的愿望。

　　说完之后，他又转头，去看余诺。

　　她简直惊呆了，脸色一阵红一阵白的。

　　怎么会有人这么没下限……仿佛完全不知羞耻为何物。

　　陈逾征英俊的脸上满是坦荡，笑了笑，甚至还问她："你觉得，老天爷能听到我这个愿望吗？"

　　余诺憋了半天，丢出一句："你去问流星雨吧。"

　　下山后，余诺坐上车。她低头，把副驾驶座的安全带系上，忽然想到之前忘记问的事："对了，你怎么突然换车了？"

　　半天，陈逾征才回："之前的车，我开不了。"

　　昨晚不是还好好的吗……

　　余诺："为什么？是哪儿坏了吗？"

　　"一坐上去，我脑子里想的，都是要打马赛克的事情。"陈逾征叹了口气，"我怕出车祸。"

　　余诺住嘴了。

　　看完流星回家已经凌晨两三点了，余诺随便洗漱了一下，躺在床上，定了个闹钟。

　　结果第二天她还是睡过头了。

　　余戈敲了几次门喊她出来吃饭。

　　余诺困得不行，眼皮像是被 502 胶水粘住一样。她在床上磨蹭了五分钟，掀开被子下床。走到餐厅，她用手背揉了揉眼睛，桌上已经摆好了外卖。

　　余诺拉开椅子坐下，打了个哈欠，声音含着浓浓的困意："对不起啊哥，我今天起晚了，来不及做饭了。"

余戈："昨天几点回来的？"

她迟钝地点了下头："嗯。"

"嗯什么嗯，问你几点回来的。"

余诺反应了会儿，把眼睛睁开了一点："我凌晨两三点回来的。"

看余诺拆开筷子，余戈忽然道："你脖子怎么回事？"

余诺手上的动作一顿，后知后觉地抬手摸了摸，神志清醒了大半："我脖子，怎么了吗？"

余戈皱眉："你是什么过敏了？"

昨夜的回忆瞬间涌现，她磕巴了一下，努力维持着平静的表情："我昨天不是去山上看流星雨了吗？可能是被山上的蚊子咬了。"

余戈"哦"了一声，垂下眼，也没多问。

两人安静地吃完一顿饭，余诺坐在余戈对面，时不时偷看一下他的表情，食不下咽。

余戈察觉到什么，有抬头的动作，她又迅速低眼，假装往嘴里扒饭，同时心里摇摆不定，想着到底要不要跟余戈坦白。

她一直骗他，内疚感也越来越重。每一个谎言都要用无数个谎去圆，说不定哪天就被拆穿了。但如果现在就把所有事情都坦白，余诺也拿不准事情会变成什么样。

挣扎了一会儿，余诺还是决定再准备一段时间，找个合适的时机，再跟余戈谈谈。

反正……他已经知道她喜欢陈逾征的事情，勉强算是一点缓冲。

吃完饭后，两人一起收拾着桌上的快餐盒。家里的门铃突然响了，余诺跑去开门。

快递员看了看门牌号，找出一个包裹："Fish?"

余诺："嗯，是的。"

"报一下手机尾号。"

余诺报了余戈的手机尾号后，拿过快递，扁平的，不知道是什么东西。她把门关上，喊了一声："哥，你有个快递，我帮你拿了。"

余戈走过来。

余诺递给他："这是什么？"

余戈盯着这个快递，先是迷惑，紧接着想起什么，表情出现了瞬间的别扭。他咳了声，极不自然道："给你的，拿着吧。"

余诺好奇："我的？"

余戈"嗯"了一声，转身，快步回到房间。

余诺一头雾水，使了点劲，直接撕开快递的包装袋，里面还有层塑料封膜。

好像是……一件衣服？

余诺随手将拆下来的袋子丢进垃圾桶，把衣服展开。

正面有一条鱼，是余戈粉丝设计的标志。

她又把衣服换了个面，看到背后一行英文字母，顿在原地。两秒之后，余诺看了看余戈紧闭的房门，无声地笑起来。

休息几天后，最后一场冒泡赛打完，综合春季赛的积分，去总决赛的队伍定了下来。LPL 三支队伍的出征仪式就在下午，晚上还有个酒宴。

余戈回了几条消息，在房间里换好队服。

余诺盘腿坐在客厅沙发上，正在看学习资料。

余戈脚步停了停："你今天跟我去吗？"

"是你们的出征仪式吗？我等会儿在家看直播就行了。"

"晚上你一个人在家吃？"

余诺想了想，离考试还早，她最近也没什么事，从沙发上爬起来："那我跟你一起去吧。"

余诺跑去阳台上，拉开玻璃门，用晾衣杆把昨天刚洗的 T 恤收进来。

余戈注意到她手上拿的衣服："干什么？"

"我今天就穿这个。"余诺笑了一下。

余戈在外面等她换衣服。

余诺扎了个马尾，特地搭配了一下，选了一条和 T 恤正面的鱼同色系的蓝色格纹裙。

把梳妆台上的手机、香水、充电线装进包里，余诺又检查了一遍，确定没落东西后，拉开房门出去。

余戈的眼光落在她身上的衣服上。

余诺低头也看了看自己，欣喜道："怎么样，哥，好看吗？"

余戈撇开目光，别扭道："还行吧。"

和 ORG 的人会合后，阿文是第一个发现余诺这件衣服不对劲的。他眼睛睁大，指着她背后那串英文："Love Fish Forever？这什么鬼啊？"

余诺认真地回答："这是我哥的应援 T 恤。"

Will 憋了憋，也忍不住笑："妹妹，你可真是余戈的贴心小棉袄。"

余戈压根儿不搭理他们的调侃。

休息室是官方统一准备的大间，ORG 的人最先到。其他人还在化妆，Will 闲着没事，过来坐在沙发上，跟余诺聊天。

其余两个队伍的队员也推门进来。

陈逾征正在和 Killer 说话，他头上戴着顶棒球帽，视线受阻。Killer 眼尖，环视了一圈后，撞了撞旁边人的胳膊："余诺，看，余诺！"

陈逾征眼一瞥。

Will 坐在余诺旁边，也顺着她的视线，转过头，刚好撞进一双黑沉沉的眼。他和陈逾征不过点头之交，话都没说过几句。

他们隔着来去的人群对视着，Will 率先收回目光。

他有点莫名其妙，回想了一下，他干啥了吗？刚刚这人看着自己怎么有点攻击欲？

见余诺冲着陈逾征笑了一下，Will 问："妹妹啊，你和 Conquer 很熟吗？"

余诺："嗯，差不多。"

Will "哦"了一声，又问："那你在 TCG 工作，有没有受谁的气？"

"没有呀，为什么突然问这个？"

"就那个 Conquer……" Will 纠结了一下，"他这人就很一言难尽……你懂我意思吧？之前我在站鱼跟他一起打过表演赛，我没招谁惹谁的，他在对面疯狂挑衅我。我后来就寻思，他估计特别讨厌你哥，所以对 ORG 的人都有特别大的敌意。"

她迟疑了一下："应该不会吧？难道是，你们俩之前有什么过节？"

Will 不以为意："我和他能有什么过节？"

这时，余诺手机收到一条消息。

Conquer："来了怎么不告诉我？"

余诺："临时决定来的，没来得及跟你说。"

Conquer："你现在是有男朋友的人，注意跟异性保持点距离。"

看完这条消息，余诺抬起头，去找陈逾征。

他坐在化妆镜前，工作人员弯着腰，正在给他做发型。

镜子里，陈逾征低眼，慢吞吞地拿着手机打字。

Conquer："少跟那个鸡冠头讲话。"

鸡冠头？

余诺第一下还没反应过来，忽然注意到旁边 Will 的发型。

他头发有点短，两边都剃平了，今天不知道中了什么邪，让造型师把他中间的一簇头发全部用发胶堆起来，看着确实有点像鸡冠。

余诺被陈逾征的毒舌逗笑了。

Conquer："我看他不顺眼很久了。"

余诺刚刚听 Will 说了一顿陈逾征的"坏话"，这会又收到他的"警告"。她一头雾水："他怎么了？"

Conquer："第一次跟我出去约会，你就带着他，成心气我吗？"

第一次约会？

他们什么时候约会带上 Will 了？

余诺回忆了一番。

思索半天后，终于确定了陈逾征口中的第一次约会，应该是星巴克那次。

那时，她脚受伤了，是陈逾征送她去的医院。她不想欠他人情，所以请他吃了顿饭，刚好是 Will 开车送她去的。但那个时候，她和陈逾征都不怎么熟。

余诺想笑又忍住了。

陈逾征有时候还挺小心眼的……吃的一些陈年老醋真是莫名其妙。

出征仪式只是惯常走个流程，几支队伍上台亮个相，弄一点仪式感出来，顺便给粉丝来现场见见自己心爱的选手的机会。

结束后，差不多是下午五六点。

ORG 的人从场馆里一出来，立刻被守候已久的粉丝包围。余戈戴着口罩，本来走在队伍末端，低声跟余诺讲着话，商量过几天去给奶奶扫墓的事情。

激动的女粉丝们发现他后，叫了一声，朝着他的方向涌过来。

保安只有几个，顾前又顾不了后。ORG 之后，TCG 的人也出来了，原本等在另外一边的粉丝也纷纷冲过来。保安束手无策，只能在旁边干吼，根本阻止不了混乱的场面。

余诺就站在余戈旁边，脚被几个人踩到。人实在太多，她本来想先出去等着，艰难地移动了一会儿，快到边缘的时候，被人无意识地推搡一下，身子摇晃了一下。

余戈注意到她的动静，手疾眼快，想要穿过人群拽住余诺，结果还是晚了一步。

旁边刚好是 TCG 的几个人。

陈逾征一早就注意到了余诺，眼睛一直往她那边看，心不在焉地应付着粉丝，拿起笔，迅速地给几个人签完名。

保安吃力地把粉丝和 TCG 的队员分开。

余诺跌跌撞撞地从人群里挤出来，差一点就跌倒的时候，被一个人接了个满怀。

陈逾征跟旁边要合影的男粉丝说："哥们儿，让让，别踩到她。"

余诺靠着陈逾征，站稳了身子。

他们的姿势太亲密，有几个女粉丝也愣住了，对视了几眼。

就在这时，余戈也从粉丝堆里挤出来，查看了一番余诺："你没事吧？"

"没事。"

眼神一飘，察觉到陈逾征的手还放在她腰上，余戈不耐烦地跟他对上视线："你有什么事？"

安静一会儿，陈逾征笑笑，把余诺松开，耸肩："没事了。"

余戈拉过余诺的胳膊，把人带走。

见到他们上车的背影，Killer 感慨地搂住陈逾征的脖子，跟他耳语："征啊，你看看你这个大舅哥，这可太凶了，你以后能招架吗？虽说追到了妹子，但路漫漫其修远兮啊！老余家的门，你怕是进不得了！"

奥特曼在旁边幸灾乐祸："陈逾征，你到时候试着在余戈面前跪个三天三夜，看他会不会让你进门！"

陈逾征甩开他俩的手，烦躁道："滚远点。"

到了吃饭的酒店，余诺还是跟 ORG 的人一桌。

TCG 在旁边，离得近，就连奥特曼和 Killer 玩游戏吆喝的声音，这边都能听得一清二楚。

阿文叹了一句："唉，现在的年轻人，精力就是好。"

余诺胃口小，饭吃了两口就差不多饱了。余光忽然瞥到旁边桌有人起身，她悄悄侧目，眼神追随了陈逾征一段。

过了会儿，放在桌上的手机振动。她偷偷摸摸地拿起来，看了眼。陈逾征发了张照片。

Conquer："过来。"

余诺："什么？"

Conquer："来偷情。"

余诺："我现在跟我哥在一起……"

Conquer 一脸疑惑。

他发了三四个满脑子问号的表情包以示不满。

余诺嘴角一弯。她把手机收起来，跟余戈打了个招呼，小声道："哥，我去上个洗手间。"

余戈"嗯"了一声。

远远地，余诺见他站在甬道的转弯处。酒店的地毯都是消音的，她悄悄走上前去，站定之后，抿着一点笑，忽然重重地拍了一下他的肩膀："陈逾征！"

陈逾征回头。

余诺笑容灿烂："怎么样，被我吓到没？"

他倒退两步，靠在墙上，情绪不太高："没有。"

刚刚被奥特曼和 killer 合伙灌了大半杯白酒，这会儿酒意上头，陈逾征眉目放松，显得很温顺。不过他酒量好，也没醉，就是想见见她。

陈逾征看了她一会儿："你身上这件衣服，还挺刺眼的。"

余诺："嗯？"

"转过去。"

余诺不知道他要干什么，还是听话地转过身："怎么了？"

他眼睛眯了眯，念出她背后的英文单词："Love...Fish...Forever？"

她转回来，给他解释："这是我哥的应援 T 恤。"

"我有点嫉妒。"

余诺："嫉妒……什么？"

陈逾征就靠在墙上，眼皮轻抬："我女朋友，穿其他男人的应援 T 恤在我面前晃悠，这像话吗？"

余诺好声好气："这不是其他男人，这是我哥。"

"你哥就不是男的了？"

余诺被他的诡辩弄得无言。

陈逾征继续找茬儿："我不仅嫉妒，我还有点生气。"

余诺有点无奈。

他一副没得商量的样子："你想个办法，怎么让我消气。"

余诺配合他耍小性子，想了一会儿之后，提议："不然，我改天请你吃顿饭？"

陈逾征扬了扬眉："你当我是叫花子呢，就这么打发我？"

余诺笑了，杵了杵他的手臂："那你说一个。"

陈逾征半垂着眼，眼睛向下瞧她，下巴却是抬起的，一副刻意冷淡的模样："亲我。"

余诺："……"

余诺比他矮一个头，今天穿的又是平底鞋。她踮了踮脚，勉强伸手钩住他的肩膀。陈逾征像故意为难她一样，压根儿不动，也不迁就她的高度。

她有些丧气："你太高了，我亲不到。"

陈逾征神情依然高傲："自己想办法。"

余诺跳了一下，快速亲了一下他的下巴，又退开："亲了，可以了吗？"

"你觉得呢？"

陈逾征终于伸手，揽过余诺的腰，蛮横地把她压在墙角，低头去寻她的唇。

这里来来往往上厕所的人多，怕有经过的人撞见这一幕，余诺沉沦在他带着点酒意的吻里，又突然清醒过来，推了推他："等会儿有人看见了怎么办？"

陈逾征把她搂在怀里，下巴搁在她肩上，热气呵出来："看见就看见呗，我抱抱我女朋友还犯法？"

余诺察觉到他有点赌气，也不知道为何，只能安抚地拍了拍他的肩膀："不开心吗？"

"是啊，你今天一直跟你哥待在一起，刚刚还对着那个鸡冠头笑。

"中彩票的都没见有你这么高兴。"

余诺实在想不起来自己有这么高兴过。

又觉得陈逾征这么称呼 Will 实在很搞笑。不过他现在似乎是在真情实感地指责她，余诺也不敢笑，只好哄着他："我应该是见到你所以才高兴的。"

身后突然传来一道冷到掉冰碴的熟悉声音："余、诺？"

余诺浑身一僵，混沌的神志像被闪电劈开一样。

她反射性地推开陈逾征，从他的怀里钻出来，转过头。

这可能是余诺整个人生中，经历过的，最煎熬的时刻，没有之一。

余戈、阿文、Will 三个人，就站在两步远处，直直瞧着他们。

阿文本来还在迟疑，见陈逾征怀里的妹子真的是余诺，被吓了一跳，酒都醒了大半："你们俩，这是在干什么？"

Will 倒退两步，惊悚地喃喃了句："小棉袄漏风了……"

余戈深呼吸一下，扫过她脖子上的红痕，然后牢牢盯住陈逾征，一字一顿："你不要告诉我，他就是山上的那只蚊子。"

余诺："……"

她下意识地攥着裙摆，根本无从思考，更不知道该说什么。

时间沉默地推移，在长达三分钟的无声对峙后，陈逾征扯扯嘴角，从容地理了理衣服，然后站直身子。他上前一步，轻轻松松揽过余诺的肩膀。

余戈盯着他，额角青筋一跳，在爆发的边缘隐忍着。

"说起来大家估计都有点尴尬。"陈逾征清了清嗓子，口吻随意，"不过，事情就是你们看到的这样。"

众目睽睽之下，陈逾征冲远处站着的余戈，极其自然地喊了一声："哥。"

20

这声掷地有声的"哥"一喊出来，在场几个人全部被炸蒙圈。

余戈似乎是不敢相信自己听到的，觉得眼前这一切都太荒谬，往日面无表情的冰山脸都出现了一丝裂痕。

阿文瞠目结舌，浑身紧绷，出了一背的冷汗，心情复杂中，又产生了一点微妙的敬佩，真不知该说陈逾征心态好还是脸皮厚。

Will 的表情也很惊恐，惊得说不出话。

余诺战战兢兢的，连口气都不敢喘。偏偏陈逾征还跟个没事人一样，不紧不慢地道："哥，以后咱们就是一家人了。"

余戈："……"

余诺局促不安地低下了头，羞愧得都快把头埋进胸口了，小声地祈求："陈逾征，你先别说了。"

完全无视陈逾征，甚至没多看他一眼，余戈盯着余诺，又确认了一遍："你跟他在一起了？"

余诺死咬着嘴唇，缓缓地点了一下头。

一动不动地沉默了许久，余戈似乎想干什么，又克制住了。

怒极反笑，余戈转身就走。

阿文"欸"了两声，心里百味杂陈，不由得看了看余诺，又看余戈。阿文表情为难，叹了口气后，朝 Will 使了个眼色，和他一起去追余戈。

余诺呆在原地。

余戈临走前，最后看她的眼神，让她感觉一盆凉水往头上浇了下去，透心凉。

余诺眼睁睁地看着余戈越走越远的背影，心仿佛被一只手紧紧捏着。她起步想追，可陈逾征把她手腕拉住了。

余诺有点急了："你先松开我。"

"你要去找你哥？"

余诺神色混乱，"嗯"了一声。

察觉到她细微的颤抖，陈逾征自始至终都是一副轻松的态度："多大点儿事，你这么紧张干什么？"

余诺不再回答，只是坚定地把自己的手抽出来。

赶到内场时，酒宴已经快结束，散了大半的人。余诺急忙跑到ORG 的桌边，发现余戈不在。

Will 提醒她："你哥和阿文去外面抽烟了。"

出了旋转门，余诺站台阶上，看到了余戈隐没在夜色里的背影。

阿文斜靠在石墩上，一只手搭在余戈肩上，侧着头，不知道在和他说着什么。

余诺等了一会儿，还是慢慢地走了过去。

到跟前，她小声地喊了一声："哥。"

余戈视她为无物，漠然地盯着前方的空气。

余诺嗫嚅："你别生气。"

阿文把抽到一半的烟掐灭："妹妹，你跟 Conquer 在一起多久了？"

余诺这次不敢再隐瞒，老老实实地说："几个月了。"

阿文观察着余戈的脸色，打了个圆场："谈个恋爱嘛，又没多大事，干吗瞒着你哥呢？"

余诺难堪地低下头，声音又小了些："我错了。"

"好了好了。"阿文推了推余戈，"不就是妹妹交了个男朋友吗，你至于发这么大火？"

余戈恍若未闻，依旧对周遭动静没有丝毫反应。

阿文催促："你倒是说句话啊，看把妹妹都吓成什么样了！"

余戈的声音是遮掩不了的冷："我现在没什么想说的。"

阿文见劝不住，只能转头跟余诺说："不然你先上去，让你哥冷静冷静，我再跟他聊聊。"

余诺眼巴巴地看着余戈，见他还是没反应，她失落地转过身，朝酒店里走。

回到吃饭的地方，余诺走到自己位子上。

Will 问了句："找到你哥了没？"

余诺点了点头。

见她这个样子，Will 问完就停住了。

陈逾征本来在位子上坐着，见到余诺，跟奥特曼说了句话，紧接着起身，朝她走过来。

见到他，ORG 一桌的人全部安静了。

余诺机械地收拾着自己的东西，拉上双肩包的拉链，压根儿没发现旁边多了个人。

陈逾征对落在自己身上的诸多复杂的目光视若无睹："你要走了？"

余诺侧头望他一眼，"嗯"了一声。

他跟在她身后："我送你？"

余诺："不用了。"

到没人的地方，陈逾征扯住她："你怎么了？"

余诺勉强地冲他笑了笑："我没事。"

"因为你哥不喜欢我？"

余诺沉默，麻木地摇摇头。

"那是为什么？"

"因为内疚。"看他明显不解的模样，她重复了一遍，"我觉得很内疚。"

"内疚什么？"

"我骗了我哥。"余诺抬头，直视他，"陈逾征，我很喜欢你。但是我哥，也是我很在乎的家人。或者，换句话说，他是我在这个世界上，最重要的人。我最不想，最不能伤害的人，也是他。"

他们还小的时候，余将喝多了会打人，家里无一人可幸免。每当余将发疯，余诺还小又不懂事，懵懵懂懂地撞上枪口，余将对她动手的时候，余戈都会从旁边冲上来，把余诺护在身下。

任余将怎么拳打脚踢，晾衣杆都抽得裂开，余戈也咬牙把余诺抱在怀里，从来不会放开她。

等揍够了，余将怒火平息，余戈也遍体鳞伤。

余诺偷偷翻出家里的医药箱，跑去余戈房间给他上药。看着他背上一道又一道破皮红肿的伤痕，余诺一边擦药，一边忍不住眼眶掉泪。

听到哭声，余戈转头，边抽气边安慰她，说自己不疼，让她别哭。

余诺那个时候就想，她长大了，再也不会让任何人伤害到余戈，包括她自己。

独自走到楼下时，阿文刚好上来："走吧，我送你回家。"

余诺往后看了一眼："我哥呢？"

"你让他一个人静静，又没多大事，过两天就好了。"

阿文喝了酒，不能开车，带着她拦了一辆出租车。

在车上，见余诺神情落寞，阿文想了想，开口："你哥也不是单纯生气，他也有点担心，你知道吧？

"你看之前网上，Fish 粉丝把 Conquer 骂得这么凶，结果他转头就跟你在一起了，说不定这人就是故意用你报复你哥呢？当然，我也是随便说个顾虑，其实你哥跟他也没啥仇怨，你要是真的喜欢 Conquer，这事也不是没得商量，干吗非要瞒着他呢？"

到小区门口，阿文说："行，你先上去吧。"

余诺"嗯"了一声，心神不宁地往前走，差点撞到了电线杆上。

阿文把她拉住："啧，怎么走路的？"

他拍了拍余诺的头："你放心，我会跟 Fish 好好说说的，你回家啥也不用想，收拾收拾就早点睡。"

回家后，余诺连澡都懒得洗，一直在客厅等着余戈。

从天黑等到天亮，他也没回家。

余戈估计是回 ORG 基地了，接下来几天，余诺给他发的消息都石沉大海，毫无回音。

过了一个星期。

睡完午觉，余诺听到门外传来的动静，急忙下床。

打开门后，她看到余戈。

余诺局促地攥紧了门把手。这段时间她准备了很多话，面对他时，却都堵在喉咙里，不知道说什么，小心翼翼道："哥，你回来了？"

余戈"嗯"了一声。

余诺走出去，主动跟在他身后："是基地放假了吗？"

余戈应了一声，懒得多言的样子。余诺也闭了嘴，就这么看着他。

余戈进房间拿了几件衣服，去洗澡。

余诺坐在沙发上等他，这时腿上的手机响起来，她看了眼来电显示，走到阳台上。

等把门拉上，余诺才接起来，低低地"喂"了一声。

"你在家吗？我来找你？"

余诺："我哥回来了，我先不出去见你了，等过一段时间吧。"

本来这段时间陈逾征就察觉到了余诺的敷衍，不论他发什么，她都回得很慢，约她出来，余诺也全都拒绝。陈逾征没哄过人，又没办法，就连打电话都半天才能得到回音，多日来积攒的郁闷，被这句话引爆。

陈逾征顿时火了，实在没法理解，问她："所以你的意思是，你哥要是不同意，你就打算再也不见我了？"

余诺回头看了一眼客厅，余戈还没出来。她解释："我想给我哥一个接受的时间。"

陈逾征："那他要是一直不接受呢？"

余诺沉默了。

陈逾征："你打算跟我分手？"

"不是的。"

"我对你就这么可有可无？"

余诺有气无力地说："不是。"

余诺从小就怯弱，不属于她的东西，不论什么，她都不会要，也不会去奢望。唯有陈逾征是个意外，那么耀眼的人，浑身都像发着光，明明和她是两个世界的人，可她忍不住沉沦，被吸引。

她用了全部的勇气去找他表白。陈逾征是她唯一妄想过，努力过，然后争取到的人。

陈逾征语气放缓了一点："我们俩在一起，是我们俩的事儿。所以我只关心你，别人怎么想的，都跟我没关系，你懂吗？"

余诺跟他说："可能你觉得没什么，你也不关心我哥怎么想，但他是我唯一在意的家人。"

她语气很少有这么强硬的时候，导致电话那头直接安静了。

余诺默默叹了口气。

她能感觉到，其实陈逾征一直都没把这件事情放在心上，甚至那天晚上，他面对余戈时，还用很轻松的样子开着玩笑。

"我很在意他的感受。"余诺的声音都不太稳，"如果你在意我的话，我希望，你能同时稍微尊重一下他。"

陈逾征挂了电话。

被余诺刚刚的一番话搞得无所适从，陈逾征把手机扔开，坐在床边，一腔无名火无处发泄，他踢了一下墙。

卧室门被敲响，虞亦云端着果盘走进来。

看到陈逾征双肘撑在膝盖上，躬身坐在床边，整个人一动不动，手插进头发里，虞亦云担忧地问："怎么了，征征，发生什么事了？"

陈逾征压住语气里的烦躁："没什么。"

"行，那我不烦你了。"

虞亦云放下果盘："等会儿记得把水果吃了。"

她说完就想走，陈逾征突然出声："妈。"

虞亦云回头："嗯？怎么了？"

"问你个事儿。"陈逾征似乎很难以启齿，"就，就，那什么……"

虞亦云好笑："就什么呀，你直接说呗。"

陈逾征憋了半天，终于问了出来："我爸当初怎么搞定我舅舅的？"

虞亦云："……"

她走到陈逾征身边坐下，耐心地听完他颠三倒四的话，总结了一下："所以是你女朋友的哥哥不喜欢你，然后她之前都是瞒着她哥哥跟你在一起，结果你们俩被抓住啦？"

陈逾征"嗯"了一声。

"那你女朋友是怎么想的？"

"她说希望我尊重她哥。"陈逾征就搞不懂了，"我也没对她哥怎么样啊。"

虞亦云再了解他不过："所以你到底干了什么？"

"我就冲她哥说，以后我们都是一家人了。"陈逾征不解，"我这话有什么问题吗？"

虞亦云："这么严肃的场合，你还有心思开玩笑？怪不得人家小姑娘会生气。"

"我没开玩笑，本来以后就是一家人。"

虞亦云叹了口气："就你这个吊儿郎当的态度，谁看了会喜欢？你得真诚点，真诚才能打动人。你舅舅，还有你外公、外婆，当初都不喜欢你爸，他花了好几年才让你舅舅慢慢接受他。"

陈逾征表情奇怪。

虞亦云回忆完往昔，瞅着他："怎么了？是不是被你爸的坚持感动了？你也跟他学学。"

陈逾征："我跟他学什么？有什么好学的？我爸这人也太不会来事了，还花好几年？离谱，我哪儿等得起这么久？"

虞亦云："……"

"算了，我也懒得管你了。"虞亦云起身，"你这糟心玩意，活该被人嫌弃。"

陈逾征躺在床上，发了会儿呆，抄起被丢在地上的手机，去找

TCG 的领队。

Conquer："我记得，你是不是认识 Fish？"

领队："认识啊，怎么了？"

Conquer："有没有他微信？发我一个，我找他解决点私事。"

领队："你又要作什么妖？"

Conquer："正经事。"

领队没多想，发过来一串数字。

Conquer："你记得让他通过。"

问完余戈的联系方式，陈逾征在网上搜了几篇道歉信范文精选。怕余戈不通过他的好友请求，他特地把自己的微信名字从"Conquer"改成一个句号。

一切准备就绪后，陈逾征打开微信，去加余戈。

估计是领队提前打过招呼，那边很快就通过了。

他酝酿一下，上来先跟对面礼貌地打了个招呼。

。："你好。"

Fish："你是？"

陈逾征直接把一长段的道歉信发过去：

"我是 Conquer，我今天怀着无比愧疚的心情来加你，就是想真诚地跟你道个歉，看咱俩有没有机会交个朋友。以前是我一时冲动，对你做了一些冒犯的事情。自从喜欢上余诺后，我对你犯下的错误，使我夜不能寐。我现在已经充分意识到了自己的问题，如果上天再给我一次机会，我绝对不会对你亮出那个标。如果我的年少轻狂，不小心伤害了你，我可以改过。像你这样胸襟开阔的人，应该也不会跟我计较。我虽然很骄傲，但更害怕错过余诺。爱真的需要勇气，请给我一次机会，我会证明我是个正经人。"

陈逾征检查了一番几百字的小作文，没发现什么错别字。

估计余戈被他这封真诚的道歉信给感动了，迟迟没回消息。

陈逾征又主动发了一条消息，一个红色的感叹号出现，下面紧跟着一行小灰字——

"消息已发出，但被对方拒收了。"

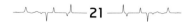

21

余戈洗完澡出来，直接进了卧室。

余诺在客厅踱步了一会儿，走到他的房门前。门没关紧，留了一条缝隙，她敲了两下后，把头探进去："哥。"

余戈半倚在床头柜上，正拿着手机不知在看什么，见她进来，眼睛抬起："什么事？"

她小心道："你有空……我跟你谈谈行吗？"

"谈什么？"

"就陈逾征的事情……"她连忙道，"对不起，哥，我不应该瞒着你的，我——"

余戈有点不耐烦："你和他的事跟我有什么关系？"

看着他明显冷淡的表情，余诺的话戛然而止。她嘴巴又动了动，最终还是什么都没说，失落地垂下眼睫，站在他门口。

余戈看了她一眼，又把视线移到手机上。

余诺不再打扰他，把门轻轻带拢，失魂落魄地回到客厅的沙发上坐下，朝着余戈房间的方向看了几眼。迷茫混着其他乱糟糟的情绪，把心都堵成了一团乱麻。

如果自己从一开始就跟余戈坦白，也不会像今天这样难收场。

只是她当时抱着一点侥幸心理，整个人都沉浸在自己的世界里，就算偶尔想到余戈，也觉得麻烦，所以下意识不愿深想，想着拖一会儿是一会儿。

事情发展成这样，一切都是余诺自作自受。

余诺坐在沙发上发呆，瞥到余戈从房间出来，她立马站起来。

余戈走到玄关处换鞋，余诺亦步亦趋地跟在他身后："哥，你还要出门吗？"

他简洁地道："有事。"

"那今晚回来吃饭吗？"

"不知道。"

她看着他起身："那你要是回来，给我发个消息，我提前给你做饭。"

余戈开门的动作顿了顿，也没答应她，推开门走了。

这两天余戈都在家里住，只不过每天都是很晚的时候回来睡个觉，下午时分就出门。

同住在一个屋檐下，不仅没交流，连见他几面都难。

余诺连着几次都给他做了饭，有时候等得菜都凉了，也等不回来余戈，就自己匆匆吃了，随便扒两口，再收拾一下。

那天陈逾征跟她打了一通电话过后，也没再让她出去跟他见面。余诺晚上洗完澡，躺在床上刷朋友圈。

她忽然想起陈逾征。余诺点进他的朋友圈看，发现他这两天都在分享歌。

分别是：《苦笑》《你怎么舍得我难过》《我真的受伤了》《扎心》。

最新一条则是《少女的祈祷》的一句歌词截图，刚好播放到那句——"祈求天地放过一双恋人"。

底下评论区受不了他这两天的刷屏，一溜全都在嘲讽。

奥特曼："夜来非？"

Killer："征哥，最近走青春疼痛风？"

Thomas："你最近中邪了？再发这种破歌就屏蔽你了！"

Van："老网抑云了。"

余诺翻完他们的评论，一边笑一边忍不住叹了口气，知道他在用这种方式跟自己赌气。她返回微信的聊天界面，主动去找陈逾征："别发那些歌了。"

Conquer："被冷暴力就算了，现在还要剥夺我发朋友圈的权利？"

余诺："我知道你是发给我看的，我没有冷暴力你。前两天对你说话有点重，你别放在心上。我这两天就是情绪不太好。"

余诺："我哥这两天都在家，你等我把事情处理好了，就去找你。"

那边显示"正在输入中"，余诺等了半天，也没等到陈逾征的消息。过了几分钟后，他的消息才过来。

Conquer："他这两天都在家？"

余诺："对。"

Conquer："你打算怎么处理？"

余诺："我想跟他说说，没找到机会，他应该还在生气……等他气消了，我再找他。"

陈逾征似乎是懒得打字，直接发了条语音过来："你别管了，交给我。"

余诺坐直身子，以为陈逾征又要去余戈面前找存在感，连忙给他发："你打算干什么？别冲动……"

又是一条长达五十秒的语音："我还是觉得，咱俩你情我愿，在最美的年纪谈个恋爱，又不犯法，我觉得我没错。不过，我知道你哥比我重要，这两天我也反省了一下，我确实有时候不太懂事，但我也没不尊重他吧。也不求你对我比对你哥上心了，但你也不能这么不公平，你哥不开心，那我也不开心，怎么不见你关心关心我？"

余诺把他的语音反复听了两遍，有些无奈。她斟酌了一下，给他回过去——

"我哥是家人，你是我喜欢的人，你们俩对我来说都很重要。我怕我哥对你有偏见，所以心里有点急。之前跟你说的那些话，也带了情绪，你别放在心上。"

Conquer："知道了。"

和余诺聊完天，陈逾征的烦躁终于减轻了。他心情颇好地把他们的聊天记录翻了翻，觉得自己这个惨卖得还行。

计高卓又开始疯狂发消息给他："你最近干吗呢？

"不是说放假了？怎么老子连你的影子都见不着了？？？"

Conquer："忙着忧郁，勿扰。"

计高卓："你忧郁个啥，明天出来玩？"

Conquer："不去，有事。"

计高卓："什么事儿？"

陈逾征打开网易云，给他分享了一首歌。

——《犯贱》。

周五，ORG举办了一个线下粉丝见面会。

阿文看到余戈一个人坐在休息室里，走过去坐下："怎么样，和余诺谈过了没有？"

他还是那个样子："没什么好说的。"

"你就是一张嘴犟得要死。"阿文翻了个白眼，"你要是真的跟妹妹没什么好说的，那你回去住干吗？不就是担心她，结果自己又拉不下面子吗？"

余戈："你别管我的事。"

粉丝见面会有两个多小时，结束之后，ORG几个人又一起去吃饭。

直到晚上十点多，余戈才开车回家。从车库出来，走到楼下时，他脚步顿了顿。

小区的长椅上坐着一个人，正百无聊赖地玩着手机。

余戈目不斜视，掠过他。

对方出声："欸，哥，不是，余戈，等等。"

余戈装作没听见，继续往前走。

陈逾征上前两步，走到余戈的面前。他一只手伸出来，拦住余戈："有时间吃个饭吗？"

余戈面无表情，绕过他，继续往前走。

这段时间余戈回家，背后动不动就不知道从哪儿冒出一个陈逾征。无论对方说什么，余戈一次都没理过，回到家，也没见余诺跟他提过这件事。

一般超过晚上十点，余诺没事就不会再出门，估计也不知道陈逾征每天晚上在楼下堵他的事。

她不提，他也懒得说。

陈逾征脚步跟着倒退，摸了摸鼻子："我都在这儿蹲了这么多天了，你总得给我一次机会吧。"

余戈终于停下脚步，淡淡道："别跟着我，不然我叫保安了。"

陈逾征摸了摸鼻梁："你就跟我吃顿饭呗，我保证以后不骚扰你了。"

见他要走，陈逾征拽着余戈的胳膊："你要是不跟我吃饭，那我只能天天蹲你了。"

余戈生平最讨厌的就是被人威胁，直接挥开他的手："随你。"

陈逾征的声音从背后传来："我今天就不走了，我就在这儿等着你！"

余戈连头都没回，径直走进楼道。回到家，餐厅的灯还亮着，他侧头望了一眼，桌上摆着几道菜，还没人动过。

他把车钥匙丢到桌上。走到客厅时，发现有个人蜷缩在沙发上面。

余戈在原地看了几分钟。

察觉到有人给自己盖毯子，余诺动了动，眼睛睁开。迷糊中，看到余戈直起身，余诺立刻惊醒了。她揉了揉眼睛，坐起来："哥，你回来了？"

她掀开毯子，穿上鞋，有些不好意思："我做好饭了，给你发消息你没回，我等着等着就睡着了。"

余戈："你看看现在几点了。"

余诺讪讪地低头："你吃了吗？你没吃的话，我去把菜再热热。"

这是这么多天以来，两人第一次面对面地吃饭。

余诺看着坐在对面的余戈，眼睛发酸，赶紧低头扒了两口米饭。

其实刚刚他已经和ORG的人吃过了，一点都不饿。余戈陪她吃了一会儿，就停了筷子。

余诺一直看着他，见状也停筷："你吃饱了？"

余戈靠在椅背上瞧着她，"嗯"了一声。

余诺笑了笑："行，那你放这儿吧，等会儿吃完我来收。"

余戈表情平静，突然道："你要跟我说什么？"

余诺愣了愣。

餐厅寂静了一会儿。余诺完全没准备，她掩饰了一下表情："我就是想跟你说，我跟陈逾征的事。"

说完，她停了一下。

余戈："继续。"

"哥，对不起。"她又道了一遍歉，"我不应该骗你的……也不是想要你。我知道你不喜欢陈逾征，所以才一直不敢告诉你。但是，你能不能给他一点时间？我觉得他没有你想的那么坏，也不是那种不正经的人。"

余戈："你认识他多久，这么了解他的为人？"

余诺摇摇头。

余戈："之前该说的我都跟你说了，如果你不想听我的话，我管不住你。你如果自己做好决定了，也不用在乎我怎么想。"

余诺声音急切："不是的，我不是不听你的话，我也做不到不在乎你怎么想。

"但是，我……"

"你什么？"

余诺鼓足了勇气，直视着余戈。她说得很慢，却无比坚定："我喜欢陈逾征，真的很喜欢他。以后会怎么样，我也不知道，但我知道，就算我们俩没有好结果，我也不后悔和他在一起。"

余戈沉默。

在厨房洗完碗，听到外头传来动静，余诺关上水龙头，跑到门边去看，叫了一声："哥，都这么晚了，你还要出去吗？"

余戈"嗯"了一声。

拉开门之前，他又回头。

见余诺期期艾艾地站在厨房门口的模样，他说了一句："你自己早点睡，我等会儿回来。"

余诺乖乖地应了一声："好。"

烧烤店欢迎光临的声音响起。

正在看剧的老板娘抬头，看到进来的两个客人，愣了一下。

两个英俊得不相上下的男人，在最靠里的位子坐下，然后，就这么默默地看着对方，也不讲话。

老板娘站在桌边，把菜单递出去，也没人接。

一个看着另一个的眼神，不像朋友，倒像是仇人……尤其是这个穿黑衣服的，感觉下一秒就能抄起椅子砸在穿白衣服的人脸上。

察觉到丝丝不对劲，老板娘干笑了两声，不敢去招惹神情凌厉的黑衣服，识相地问白衣服的人："帅哥，你们要吃什么吗？"

陈逾征把菜单接过来，随便点了几个菜："多来点酒。"

往后厨走的时候，老板娘又担忧地朝他们坐的角落望去。

服务员好奇："你看什么呢？"

老板娘嘱咐服务员："你看着点，那两个人说不定等会儿就要打起来，千万别让他们把我店砸了。"

服务员"哦"了一声，研究了一会儿余戈和陈逾征，摸了摸脑袋，若有所思地喃喃："奇怪，我怎么看他们俩这么眼熟呢……"

这是余戈今天吃的第三顿饭。他抬手看了看表，表情并不友善："我没工夫跟你磨蹭，要说什么赶紧说。"

陈逾征给自己倒了满杯的白酒，又倒了一杯，推到余戈面前。

余戈丝毫不为所动。

陈逾征端起杯子，在余戈的注视下，一口干了杯里的酒。

等喉咙的灼烧感过后，陈逾征缓了缓，开口："我这人从小就挺混账的，情商约等于没有。所以之前哪儿得罪你了，今天跟你认真说句'对不起'。"

余戈无动于衷地看着他。

陈逾征面不改色，继续往空杯子里倒酒。连灌了三杯后，他又低声下气开口："这几杯，当给你赔个罪。"

他说这几句话的时候，把往日的轻佻收得干干净净。

点的菜上齐，也没一个人动筷。

服务员离开后，又往他们那边看了看。突然，他脚步定住，迅速拿出手机在微博上搜了搜。

几分钟之后，服务员难以置信地抬头，再三确认后，他举起手机，往陈逾征和余戈的方向迅速偷拍了一张照片。

快步走到后厨，服务员颤抖着手，把刚刚拍下来的照片往最近活跃的游戏开黑群里一发——

"看看这两个是谁？ @全体成员。"

不出意料，两分钟后，群里炸开了锅。

"Fish 和 Conquer ？？？"

"我人傻了，真的是 Conquer 和 Fish ？？？"

"我没看错吧，那个黑衣服真的是 Fish ？？"

"能帮忙去找 Conquer 要个签名吗？价钱好说。"

"我在竞圈的两个男神，好家伙，我直接好家伙！"

"不知道他们俩在说什么，但是感觉……你们细品这张照片，Conquer 看 Fish 的眼神好专注。"

"我疑惑了？这两人的粉丝不是天天都在微博上干架吗？他们私下关系居然这么好？？"

两个大老爷们儿，也讲不出什么太矫情的话。陈逾征坐在余戈面前，自顾自地给自己把酒满上，喝光，然后再满上，再喝光。

半个小时之后。

余戈面容冷酷，没阻止他的动作，淡淡地说了句："你就算在我面前喝死了，我也不会管你的。"

"我喝死了没事儿，也不用管我。"

陈逾征眼前已经模糊了，勉强靠最后一口气撑着。

他满面通红，视线失焦，动作迟缓，连酒瓶都拿不太稳，给自己倒酒的时候，洒了一大半到杯子外。

酒液快要到杯口，陈逾征停手，端起来，直接往自己口里送。

他看向余戈，自嘲地笑了笑："给我个机会，成不？"

说完这句话，还没等到回应，陈逾征彻底扑到桌上，整个人都陷入了昏迷。

余诺刚刚睡了一会儿，也不困，就坐在客厅里看电视，等着余戈回家。

胡乱按着遥控器调台，余诺时不时看向客厅的钟，她想拿出手机给余戈发条消息。

门铃突然被按响，余诺立马丢开遥控器，跑到门口，喊了一声："谁啊？"

听到余戈的声音传来，她立即把门拉开。

一股冲天的酒气扑面而来。

外面的感应灯没亮，余戈的身形隐没在黑暗之中。余诺往后退了一步，看到还有个人垂着脑袋，像麻袋一样挂在余戈肩上，一只手勒着他的脖子，嘴里还不停地喃喃着什么。

余戈满脸不耐烦。

她吓了一跳，想上去帮忙："这是谁？"

在余诺看清陈逾征脸的一瞬间，余戈冷漠的声音响起："你男朋友。"

第七章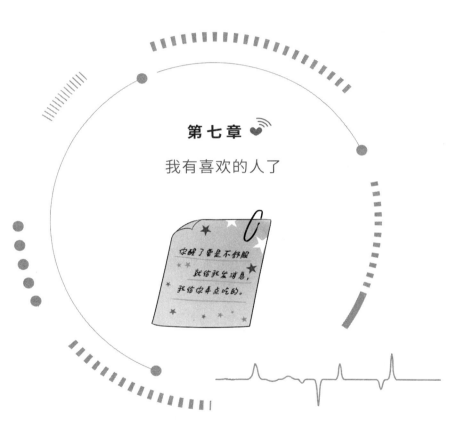

我有喜欢的人了

你醒了要是不舒服
就给我发消息，
我给你弄点吃的。

22

她呆在原地，以为自己出现了幻听。

余戈皱眉，甩开陈逾征搭在自己脖子上的手臂，语气嫌弃至极："愣着干什么？把人拖进去。"

余诺无措地应了一声，赶紧上前帮忙。

余诺帮着余戈，歪歪扭扭地把醉鬼搬到客厅沙发上。

余戈好不容易摆脱他，谁料半陷入昏迷的人又精准地拉住他的手腕，嘴里还喃喃着："哥，别走啊……你听我说，说，话都没说完……"

喝醉了力气还特别大，余戈挣都挣不开。

余诺蹲在沙发边上，注意到陈逾征衣服裤子都脏兮兮的，手臂、膝盖上全是伤口，掺着灰和血迹。她抬起脸，眼里有些不自觉的心疼："这是发生什么了？"

余戈把自己手腕上的手拽开。

一顿饭吃完，陈逾征醉得不省人事。余戈冷眼瞧了他一会儿，本来不想再管他，径直去前台结了账。

结果出门后，陈逾征跌跌撞撞地追了上来。

两个人在街边，一个往前走，一个在后面追。陈逾征步伐紊乱，连着摔了好几个跟头，又像不怕疼似的，从地上爬起来继续喊他的名字。

身边经过的路人都瞅着他们俩。

余戈忍耐了一下，不得已，只能折返。

余戈刚刚被吐了一身，把陈逾征丢在客厅，进浴室去洗澡。

余诺就蹲在沙发旁边，看了陈逾征一会儿，接着伸出手，轻柔地把他额前的湿发拨开。

他似乎很难受，两颊泛红，闭眼呓语着，五官都纠结在一起。

她喊了他两声："陈逾征，陈逾征？"

他无意识地哼哼了两声。

余诺："还是不舒服吗，我去倒杯水给你？"

陈逾征还是没回应。

余戈洗完澡出来，拿吹风机吹着头发，余光瞥到余诺扶着陈逾征去浴室，吹风机声音顿时停住。

余诺艰难地把人扶到浴室门口，腾出一只手摁开灯。陈逾征站不稳，背"砰"的一声撞上门板。

眼见着他又要往下滑，余诺赶紧扶住他："你没事吧？一个人可以吗？"

陈逾征耷拉着脑袋，双眼发直，有气无力地说："……没事……"

余诺走过去，帮他把花洒打开，调整着水温："你等会儿洗完了喊我，我把睡衣给你放门口。"

她正说着话，背后一阵窸窸窣窣的响动，余诺转过头。

陈逾征洁癖发作，醉得不省人事了，还不忘记把身上的脏 T 恤先脱下来，随手丢在地上。

她把花洒挂好，连忙阻止："先别脱，我出去你再脱。"

余戈沉着一张脸站在门口，把陈逾征正搭在裤子上的手拽住，对着余诺说："你出去。"

余诺"哦"了一声，听话地走出浴室，把门带上。

她有些担心，悄悄待在门口听了一会儿动静。淅淅沥沥的水声响起，紧接着丁零当啷的动静传开，时不时还夹杂着余戈不耐烦的声音。

等他们弄好，余诺从柜子里拿出枕头，又抱了一床被子。

把陈逾征在沙发上安置好后，她跪坐在旁边，打开医药箱，小心翼翼地处理着他胳膊和膝盖上的伤口。

用嘴吹了吹，等着伤口上涂的碘伏风干，余诺把棉签丢进垃圾桶。一抬眼，发现余戈就抱臂站在远处，不知看了她多久。

看着余戈进了房间，余诺探身，把陈逾征的毯子给他掖好，写了张便利贴放在茶几上——

"你醒了要是不舒服就给我发消息，我给你弄点吃的。"

余诺把客厅的灯关了，轻手轻脚地回到自己房间。

她半倚在床头柜上，侧身，拉开床头柜，把里面的几张照片拿出来，手指顺着相片的边沿抚摩，脑子里回忆起很多事。

看了一会儿之后，余诺随手把东西放在旁边，把枕头拉过来，闭上眼睡觉。

不知道过了多久，枕边的手机突然振了一下。

一晚上，余诺都睡得不安稳，轻轻的一声响，立刻把她惊醒了。

此时才早上六点多，陈逾征发了一条消息过来。

Conquer："1。"

余诺摸索着，把台灯摁开。她下床，拉开卧室的门出去。

"醒了？"余诺走到他跟前。

陈逾征满脸困倦，宿醉过后，头痛欲裂："我把你吵醒了？"

余诺摇头，她本来就没怎么睡。

陈逾征抬手臂，检查着上面的伤口，疑惑："我怎么受伤了？昨天你哥趁我喝醉，揍了我一顿吗？"

余诺跟他解释："不是，是你自己摔的。"

"是吗？"陈逾征倒是一点印象都没了，他若有所思点点头，"那是我误会大舅哥了。"

余诺："……"

陈逾征缓了缓，从沙发上起身："你们家有新的牙刷吗？我刷个牙。"

"有，我给你找找。"

陈逾征洗漱的时间，余诺跑进自己房间，想给他找条擦脸的毛巾。

刚在柜子里翻到，背后传来脚步声。余诺转头，陈逾征靠在门框上。

她把手里毛巾递过去："擦擦脸上的水。"

用凉水洗了把脸，陈逾征已经恢复了精神，打量着她房间的小碎花壁纸："我能进来不？"

余诺让开两步。

陈逾征也不客气，一屁股坐在她床上，把床上叮当猫的玩偶拎起来："爱吃鱼，你这猫是不是买到盗版了，怎么会这么丑？"

"这不是挺可爱的吗？我天天都抱着它睡觉。"

陈逾征把玩偶丢开："这么丑的猫，别抱了，我怕你做噩梦。"

她有些无奈："你在这儿坐一会儿，我去洗个脸。"

她花了几分钟把自己收拾好，重新回到房间。陈逾征还坐在她床上。

余诺走到梳妆镜前，把桌上的护肤水拿起来："你好点了吗？有没有不舒服？"

陈逾征漫不经心地"嗯"了一声。

她回头，就见他低着眼，伸手正要去拿床头柜上的照片。

余诺瞳孔一缩，立马上前，想拦住他："欸，这个，你不能看！"

可惜还是晚了一步。

陈逾征把手一抬，余诺扑了个空。

他顺便还开了句玩笑："挑战职业选手的反应速度？"

两人一个坐一个站，余诺比他行动稍微自由点。她掉转方向，按着他的肩膀，继续去抢。

陈逾征根本没使力气，她一推他，他就顺着往床上倒。

余诺扑在他身上。

她走投无路，选择把他眼睛蒙上，一急就有些结巴："你，你不许看，这是我的隐私。"

陈逾征得逞后，另一只手立刻固定住余诺的腰："急什么呢！我刚刚早就看完了。"

余诺动作僵住，才反应过来，他刚刚装模作样的就是为了逗她。

"怎么回事儿，爱吃鱼？"陈逾征嘴一勾，"你的隐私好像侵犯到我肖像权了啊。"

那次在海边，她偷拍了他抽烟的照片。没想到有一天，会被正主抓到现行。

余诺窘迫地把照片抢了回来："我没侵犯你的肖像权，我就是觉得，日出很美，你只是偶然入镜，你别自恋了。"

"怎么还急了呢？"陈逾征喉咙里传来闷笑，他低声道，"伤害我都行，来吧。"

"你一大早上……能不能……别这么……"

她欲言又止，一时语塞，想不出什么词形容他。

余诺想起身，腰被搂住。他仍不肯松手。

她也不挣扎了，就压在他身上。她换了个话题，问他："你昨天喝了多少？"

"不记得了。"

余诺叮嘱："下次别喝这么多了，伤身体。"

"也不亏。"陈逾征不怎么在意，风轻云淡道，"能让你哥心软，我再喝十瓶都成。"

他昨晚明明那么难受，吐了好几次，还把自己摔得身上都是伤。

余诺眼神微微一闪，抿了抿唇，反手抱住他，声音低到快听不见："陈逾征，谢谢你。"

"怎么这么见外？"陈逾征将她一只手拉到自己唇边，"我这人呢，就是不喜欢听别人说谢谢，尤其是你，下次直接亲我就行了。别总是动嘴皮子功夫，不如来点实际行动。"

余诺："……"

刚刚积攒的感动情绪，又被他几句话给弄散了。

余诺叹了口气。

在房间磨蹭了一会儿，余诺把陈逾征送到楼下："你这么早就走吗？"

陈逾征很有自知之明："不然你哥一觉睡醒，看到我，火又来了，我昨天的努力就白费了。"

余诺："好吧，那你到基地后给我发个消息。"

他的车就停在小区附近，余诺送他过去。

拉开车门前，陈逾征突然回头："对了，改天把你床上的叮当猫丢了。"

余诺蒙了一下，不解："为什么？"

"你那个破猫，没我温暖，也没我英俊。"陈逾征俯身，亲了亲她，"以后你就抱着我睡觉。"

陈逾征心情颇好地哼着歌，开车回到 TCG 基地。

最近是休假期，一群人天天当猫头鹰，刚熬了个通宵，在客厅围着吃肯德基的早餐。

看那边那么热闹，陈逾征脚步顿了顿，换了个方向，甩着车钥匙，朝他们走过去。

他站在沙发边，跟他们打了个招呼："大家，早上好。"

奥特曼瞥了他一眼："你这胳膊腿都是怎么了？受伤了？"

"这不叫伤。"陈逾征气定神闲："这是我荣誉的勋章，懂？"

Killer 一头雾水："什么荣誉，什么勋章？"

"你猜。"

陈逾征在他们中间坐下，跷着二郎腿，冲 Killer 流里流气地吹了个口哨。

Killer 表情一言难尽："你要说话就好好说。"

陈逾征勾了勾唇，讥讽道："我跟你这个单身人士，有什么好说的？"

Killer："……"

他慢悠悠地伸手，揽上 Van 的肩："来，咱俩聊。"

Van 一激灵，打了个哆嗦，不自在地往旁边坐了坐："Conquer，真的，你别这样，我害怕。"

陈逾征一脸慈祥，关心地问："你跟你女朋友谈了两年吧，见过她家里人吗？"

Van 莫名其妙："没有啊，谈恋爱，也不必急着见家长吧？"

陈逾征同情地看着他："那你们感情还是不够真挚。"

Van："？"

陈逾征有些失望，叹息一声，将搭在 Van 肩上的手收回："我跟你也没共同语言了。"

Van："……"

也没人问他，陈逾征就自顾自地往下说："毕竟我呢，谈了一段恋爱，也没花多久，就见到女朋友家里人了，还在她家里过了一夜。我们俩之间就比较正式了。"

一番话说完，就连 Thomas 的表情也凝滞了，口里嚼的培根汉堡都差点吐出来。

陈逾征扫了一圈，不解："你们都盯着我看什么？有这么羡慕吗？"

Thomas 认真地说："我在思考，上海有哪家精神病院比较适合你。"

"行了，Thomas，你嫉妒到扭曲的嘴脸早就被我看透了。"陈逾征浑不在意地笑，"你跟 Killer，哦，还有奥特曼。"

被点名的三个人神情忍耐地盯着他，看陈逾征嘴里究竟还能吐出什么污言秽语。

陈逾征怜悯地说："一群嫉妒我的可怜小丑罢了。"

"嫉妒你？"Thomas 嗤之以鼻，"你见余诺的谁了啊？Fish 搞定了吗，就搁这儿吹牛？我都不好意思说你。"

Killer 冷嘲热讽："搞定 Fish？做什么梦呢？搞定银河系都比搞定他简单。"

陈逾征神色自如："我跟 Fish 的关系已经变质了。"

Killer 就好奇了："是吗？那你说来听听，你们俩关系怎么就'变质'了？"

陈逾征："以后我跟他就是兄弟了。"

在场的人都仿佛听到了一个天大的笑话。

"我呢，明人不说暗话，也不怕告诉你们。"陈逾征慢悠悠道，"昨天过后，我和 Fish，铁哥们儿。"

怕在场的人听不清，陈逾征放慢了语速，一个字一个字地说："我们俩，那是一起洗过澡的交情。"

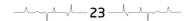

23

第二天，陈逾征被齐亚男揪着去训练室："全队就你直播欠得最多。下个月就要集训了，你这两天赶紧把直播时长给我补补，站鱼那边的工作人员都联系我了。"

奥特曼一觉睡到深夜才醒，他去食堂游荡一圈，吃了几个包子填肚子，到了二楼的训练室，发现陈逾征一个人关在里面打 Rank。

奥特曼打了个哈欠，推开门进去。

他神情困顿，把自己电脑打开，窝在椅子上也懒得动，拿着手机刷了会儿微博。

房间里只有陈逾征打游戏和敲键盘的声音。

奥特曼的小号关注了一些杂七杂八的电竞微博号，最近没有比赛，这些号也没有新的素材，日常就是搬运职业选手的直播片段，以及大家喜闻乐见的选手之间的各种互动。

奥特曼往下刷了几条，标题都是熟悉的 "Conquer VS Fish"，其中一个当事人就在自己旁边打着游戏。

因为众所周知的种种旧事，陈逾征和余戈从技术风格再到长相，经常被拉出来一较高下。加上目前两位的粉丝战斗力在 LPL 一马当先，自然而然地，他们俩就经常被营销号放在一块来引导网络流量。

奥特曼已经习惯了，一大堆的照片，他连点进去的欲望都没有。本来只是随便扫扫，但连着几条都是这个，奥特曼来了点好奇心，随便点开一张照片，翻了翻内容后，他看愣了。

是陈逾征前几天和余戈在烧烤店里喝酒的照片。

他们一个是LPL明星选手，另一个是竞圈最新崛起的大热人气王。

别的不说，就这两人加起来上过热搜的次数，甚至能吊打某些三线明星。他们俩相遇的比赛，基本都是LPL收视率最高的。

总而言之，"征余"不和已经成为大家的共识。

加上夏季总决赛，陈逾征对着余戈再次亮标的行为，又激怒了不少余戈的粉丝。新仇加旧恨，让原本两家有所缓和的关系又降至冰点。

距离有些远，但依旧能看出就是他们俩。

照片一共有七八张，有的清晰，有的模糊。余戈双手抱臂，姿势都没怎么变过，坐在他对面的陈逾征不停地仰头喝酒。

陈逾征盯着杯子，而余戈看着陈逾征。

奥特曼看完下面的评论，怀疑人生："陈逾征，这个世界太魔幻了，我觉得我不会再好了。"

陈逾征的脸微微一侧："什么？"

"就你前两天跟Fish吃饭的照片被路人拍下来放网上了。"奥特曼还处于震惊之中，"我被这些人说的，简直都快信了你和Fish之间相爱相杀的恩怨纠葛，你跟我交交心，你是不是真的崇拜Fish？"

陈逾征随口道："那就不必了，兄弟情还是有说法的。"

"有说法？"奥特曼嘲讽地笑了一声，"你还想跟Fish当兄弟？"他语气斩钉截铁，"你们俩之间这辈子都不会产生兄弟情。"

陈逾征晃了一下鼠标，提醒："我开着直播呢，你说话注意点。"

奥特曼瞬间闭嘴。

直播间几排几排的问号刷出来，让潜伏已久的"征余"粉丝也忍不住跳出来。

事情发展成这样，路人八卦下就算了，结果奥特曼在陈逾征直播间公然带了一拨节奏。

余戈某知名大粉发了个微博，浑身上下都透露着抗拒："麻烦某人不要再蹭热度了，从出道起就开始捆绑吸血，真是没完没了。人那么狂，成绩拿不出来一个，倒是只会搞蹭热度那套？"

评论区有人质疑："但是他们俩私下吃饭，关系应该不错吧？粉丝也没必要一直互嘲。"

大粉阴阳怪气回复："某人就是谁红跟谁玩啊，之前去 Fish 直播间刷火箭，不就是上赶着抱大腿？这还不明显？"

这条内涵陈逾征的微博被转发了几百条。

陈逾征的粉丝也被挑起怒火，超话小主持带头出来回复："2021年听到的最可笑的一句话，Conquer 火是因为跟 Fish 捆绑营销。"

话题热度越来越高。与此同时，陈逾征的超话也满是顶着和余戈有关 ID 的粉丝。

奥特曼和 Killer 两个人在八卦冲浪第一线，也围观了盛况。

关掉手机后，奥特曼无比忧心："到时候要是给他们知道了，Conquer 和 Fish 成了姻亲，微博会不会爆炸？"

Killer 倒是很期待那一天的到来："一家亲有什么不好？两家粉丝合并，LPL 谁人能敌？"

今年全球总决赛的地点就定在中国，比赛分别在杭州、广州、上海、北京四座城市举行。

在本土拿个冠军是 LPL 观众多年的夙愿，甚至都成了执念。

半个月的休假期过去，几支队伍都进入了紧张的备战期。

一个月之后，杭州举行了世界赛的入围赛，一共六天。

WR 作为 LPL 三号种子，全程吊打来自外围赛区的队伍。没什么悬念地顺利突破入围赛，和其他两支队伍会和。

入围赛之后，要举行十六强的抽签仪式。

来自世界各地、集结了每个赛区最强战队的共十六个队伍分成四组，根据同赛区规避原则，同赛区的战队在八强前不会碰面。

TCG 有点倒霉，被分进了官方认证的死亡之组，跟韩国一号种子 PPE 同组。WR 则是和韩国二号种子 YU 分到一个组。三个队里，ORG 分组最好，对手都不太行，分别是北美赛区的一号种子以及 LCK 的四号种子和一个外卡队伍。

抽签结束，一个星期之后，在广州举行小组赛。

小组赛依然采用组内双循环赛制，车轮战，分成第一轮和第二轮。

第一轮的赛程比较轻松，一共六天，每支队伍每两天打一场 BO1。第二轮的赛程相对紧张，每个组只有一天的时间，组里四个队伍要打三场 BO1，最后按照积分，决出八强。

ORG 和 WR 先打完，分别以小组第一和小组第二出线。

最后一个比赛日是 C 组的。

除去洲际赛，这是 TCG 第一次真正意义登上世界赛的舞台。

第一轮结束，TCG 的战绩是 2∶1，出线形势比较明朗。

来自 LMS 的省队不负年年十六强的称号，在小组赛第二轮预料之中地拉跨，被 TCG 送回老家。打到最后一把，PPE 状态火热，拿出一个终极打团阵容，和 TCG 打成了 2∶0。

TCG 以小组第二出线。

虽然过程曲折，但好在结果还算乐观。TCG 也杀出死亡之组，挺进八强。

小组赛的比赛全部结束，由 LPL 派出两个退役选手上台给八强抽签。这个环节是最让人紧张的，十几分钟后，一切尘埃落定。

最后的分组结果出来。

ORG 和 WR 分在一个半区，TCG 在另一个半区。这也就意味着，最好的情况就是 WR 和 ORG 都是四强，但总有一个队伍会止步四强，而 TCG 在决赛前都不会遇上 LPL。

三家粉丝，有人欢喜有人愁。

恐韩是 LPL 大多数队伍的常态，TCG 虽然最近状态比较好，但毕竟是新队伍，没有大赛经验，结果第一场 BO5 就要直面 LCK。而 ORG 对上的是欧美的一号种子，介于过往交手的战绩，进个四强，问题不大。

WR 就比较不幸了，在八强就遇上了夺冠热门 PPE。

抽完签之后，TCG 几个人回到后台休息室。

等会儿主办方的拍摄小组要拍摄素材，WR 和 ORG 的人都在一起。

奥特曼和 Killer 都被叫去接受采访。过了一会儿，有工作人员特地来喊陈逾征。

陈逾征双手插进裤兜里，左右瞄了瞄："就我一个人啊？"

工作人员在前面带路："还有一个。"

他点了点头，没太放在心上。

走到采访的地方，看到早早坐下的人，陈逾征一愣。

余戈刚好抬头，也看到了他。

——两人被主办方安排得明明白白。

陈逾征顿了顿，在余戈旁边的椅子上坐下，懒洋洋地往椅背上一靠："这是在干什么？"

"你俩都是 LPL 的人气选手，就顺便一起采访了。"编导给他们发了两份采访稿，"来，你们先看看问题。"

余诺坐在沙发上，正在刷微博。赢下比赛后，TCG 五个人的微博都自动更新了一条 2021 年 S 赛八强的认证。

她用小号给他们点了赞，胳膊突然被人扯了扯。

向佳佳急不可耐："走走走，跟我一起去看热闹。"

余诺被她拉得站起来："看什么热闹？"

向佳佳一脸吃瓜的兴奋，压低声音说："你哥和你男朋友被拉去一起接受采访了！"

"他们俩，一起接受采访？"余诺有点迷惑，"又不是一个队的，怎么会一起？"

向佳佳给她解释："最近 Fish 和 Conquer 多有话题度啊！把他们拉到一起采访，明显就是在搞事情。"

采访的地方就在公共休息室的一个角落，架着摄像机，随便竖了一块背景板。

事实上除了向佳佳，在场想看余戈和陈逾征热闹的人还不少。她们俩到的时候，里里外外已经围了一圈人。

向佳佳扯着余诺往里钻。

采访刚刚开始。

陈逾征和余戈都看到了余诺，两人同时看着她。

采访刚开始还比较正经，问的都是些关于比赛的问题。虽然坐在一起，但不管编导如何引导，两人全程拒绝和对方用眼神交流。

"你们都进入了八强，对接下来的赛程有什么期待吗？"

余戈像雕像一样，保持高冷少言的冷漠风格，回答得很得体保守："打好每一场，不留遗憾就行了。"

陈逾征一如既往地口出狂言："拿冠军。"

"这么有自信？"编导笑了，"Conquer 选手的 ID 就跟人一样，希望有一天，你真的能征服所有人。"

到后来，话题越跑越偏。

"你们可以评价一下对方吗？"

陈逾征很配合："Fish 就不用我评价了吧，人帅操作强。"

采访的人又问余戈。

余戈拿起话筒，勉强道："他也是。"

陈逾征接了一句："谢谢。"

大家心照不宣地笑起来。

"今天怎么回事儿啊？"陈逾征开了句玩笑，"大家看我和 Fish 的眼神都怪怪的，我俩脸上有东西吗？"

编导一脸好奇："嗯……因为大家都以为你俩不太熟，结果你们好像私下一起约过饭？"

余戈臭着脸，直接把这个问题略过了。

陈逾征："是啊，所以有时候事情不能只看表象。"

本来编导还想问点别的，整整节目效果。但陈逾征和余戈两人都是出了名地难搞，稍微噱头高一点的话题，都被两人四两拨千斤地带过。

采访进入尾声。

"最后，两位有什么想对粉丝说的吗？"

余戈："谢谢他们为我加油。"

"Conquer呢？"

陈逾征想了想，生无可恋地看向镜头："想跟最近给我微博疯狂发私信喊我'老公'的那几个粉丝说一句，你们没机会，也别骚扰我了。"

"我，"他特地瞥了一眼余诺，从容地道，"有喜欢的人了，她就在旁边看我呢。"

陈逾征的话出来，所有人，包括编导、摄像大哥以及旁边群众的目光，情不自禁地，全部落在了余戈身上。

余戈："……"

陈逾征一脸疑惑。

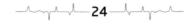

24

大家的表情精彩纷呈。

尤其是编导，她怔了一下，微妙地看向余戈，眼里只有四个大字——"妙不可言"。

采访已经结束，懒得理别人是什么反应，余戈上身前倾，准备从椅子上起来。

编导连忙跟准备离开的余戈说："Fish先别走，你和Conquer再拍一张合影，我们到时候有用。"

余戈动作一滞。

陈逾征也跟着从位置上站起来。

两人站好。

余戈表情僵硬，嘴唇动了动，用只有两个人能听见的声音，耳语一般："你以后采访别这么疯癫吗？"

陈逾征也很无辜："现在的人想象力太丰富了，怎么能怪我呢？"

摄影大哥探出个头，伸出手示意："你们俩站得近一点。"

余戈充耳不闻，站在原地不动。

陈逾征大大咧咧地往旁边靠了靠，把手直接搭上了余戈的肩。

余戈表情变换，忍耐了一下，浑身上下都写满了抗拒。

两人一个穿着 TCG 的黑色队服，另一个穿着 ORG 的红白队服，连身高都差不多，一个张扬不羁，另一个沉默高冷。两人如出一辙地英俊，竟然……意外的和谐。

当天的比赛结束，TCG 众人回到酒店。

吃完外卖后，教练给他们随口分析了一下目前的形势。

Thomas："我怎么感觉今年 LPL 夺冠还是挺乐观的？其实 PPE 也没传说中那么强，洲际赛不是没打过我们吗？"

教练："韩国队的 BO1 和 BO5 是两个概念，WR 硬实力和 PPE 有一定差距，如果 ORG 状态不行，PPE 在左半区是有可能 1 穿 2 的。"

Killer 惆怅："LCS 的，我倒是有信心，但是 LCK 的二号种子好像也挺猛的。"

"哀兵必败啊杀哥，你怕啥呢？"Van 踹了他一脚，"就不能有点信心？我们冲他一个，先斩韩国队，再干欧洲人，到时候就在决赛等着，WR 和 ORG 随便来一个兄弟都行。"

10 月 19 日，四分之一决赛在上海体育馆举行。

八进四一共有四场，四天时间。

左半区先打，两天之后，WR 不敌 PPE，顽强抵抗了几局后，止步八强。ORG 以 3：1 击败欧洲队，成为 LPL 第一个拿到四强门票的队伍。

第四天，TCG 正面迎战韩国队的二号种子 BACK。

圆弧形的体育馆数千个座位呈阶梯状排列，中央的三个巨幅屏幕播放着 TCG 和 BACK 一路以来的各种比赛集锦。

一幕幕的片段闪过，有陈逾征戴着耳机疯狂指挥，有 Killer 赢下半决赛后激动地握拳高吼，也有 Thomas 在决赛舞台上第二次输给 ORG 后的掩面擦泪。欣喜、丧气，甚至绝望……TCG 一路过来的荣耀和落败都浓缩在几分钟的短片里，看得在场粉丝心潮起伏。

当 TCG 五个人走上台的时候，观众席上响起了尖叫声，声音大得几乎把主持人的声音淹没了。

连解说都忍不住咂舌："这就是主场优势吗？粉丝太热情了。"

第一局，双方节奏都很慢，甚至到二十分钟都没爆发出人头，时间往后拖，只要哪一方出现一丁点失误，可能就会葬送整场比赛。

解说担忧："Killer 本来拿的是一手游走英雄，结果被对面看住了，待在中路走不动。原本制订的战术体系完全没打出效果来。

"还是那句话，这不是 TCG 习惯的打法，他们在无意识地迎合 BACK 的节奏，一直被牵着鼻子走，就跟夏季总决赛上被 ORG 带偏了是一样的。

"没办法，这种韩式运营就像牛皮糖一样，你退我进，你攻我就守。对面没十足把握就不开团，基本零失误。"

TCG 前期打得疲软，悄无声息地就被 BACK 给蚕食了。到了中期，BACK 五个人回家，买了十个真眼。TCG 这边的视野沦落了大半。

第一局比赛在四十分钟的时候结束，TCG 输给了 BACK。

解说席上，小梨稍微复盘了一下，略有些惋惜："虽然只是 LCK 的二号种子，但 BACK 是去年的世界冠军，TCG 和他们相比，还是稍微稚嫩了一点。"

中场休息的时间过去，TCG 几个人又回到台上。

底下粉丝完全没有被刚刚的一场失利消磨热情，反而更加热情地挥舞着 LED 灯牌，掌声响了十几秒，几个在前排的男粉丝怒吼着让他们加油："TCG 给我冲！！！"

连 Killer 都被惊了一下，喃喃道："这哥们儿嗓门也太洪亮了。"

虽然第一局输了，但其实 TCG 几个人的心态都还好，没有太过压抑。第二局开始 BP^① 的时候，众人还和教练有说有笑的。

正式进入比赛界面，奥特曼调整了一下呼吸，侧头，问了一句："征哥，你怕吗？"

"怕什么？"

"对面是……"

陈逾征盯着电脑屏幕，冷哼一声。

奥特曼满脸感叹，给他鼓了个掌，吐出两个字："牛气。"

不知道是被男粉丝的怒吼鼓舞到了，还是陈逾征的动作激励到了队友，从第二局开始，TCG 全员突然找到了状态，不再跟 BACK 缠斗，Killer 和奥特曼开始轮流配合 Van 一起游走。

BACK 有个致命的弱点，他们 AD 一直不太行。而 TCG 刚好又是下路强势。第十一分钟，对面中单没能看住 Killer，被他跑到下路。

TCG 直接上演了一场经典的"四包二"，让 BACK 下路双人组"双宿双飞"。

随着现场气氛越来越热烈，TCG 的手感也来了，在 BACK 先下一城的情况下，奋起直追，硬生生连赢了两把，率先拿到赛点。

第四局。

BP 开始前，教练给 Thomas 捏了捏肩："放平心态，你们都正常打，别失误，也别留遗憾就行了。"

Killer 念叨："希望这是最后一局了。"

奥特曼给他洗脑："杀哥，你从现在开始就是世界第一中单，我信你能带起全场节奏。"

Killer："……"

开局，BACK 从下路开野。

---

① 游戏术语，BAN/PICK 的简称，禁用 / 挑选英雄。

七分钟，下路又开始皇城PK，Killer的瑞兹直接开车下来，对面AD走位失误被控住，TCG拿下一血。

Van赶过来，顺势收下土龙。

整局比赛，Van一直专注帮下路，把陈逾征的卢锡安养得巨肥无比。

中期，BACK在中路抓到落单的陈逾征。

解说大喊："Conquer小心！！！快跑！！！"

谁知话音刚落，陈逾征反手就刚了上去。

对面来了两个人，他丝毫不虚，一个滑步位移，突到对方脸上输出。

一个脆皮AD凭什么这么嚣张？？

BACK的野辅也蒙了一下，交出技能冲上去。就在这时，Killer和奥特曼、Van三个人突然从BACK没视野的草丛里跳出来。

解说反应过来，大喊："BACK上当了！要遭重了！"

辅助阵亡的情况下，BACK的AD匆匆赶到战场，只可惜前排倒下，他还没按出技能，就被Van酒桶一个R直接炸到天上。

落地后，陈逾征接了一套输出。

解说喊着："Kee在送，他在送，他不要命了！！！Conquer秒了他！！！"

大屏幕上，卢锡安一个金黄的圣枪洗礼出来，直接把对面AD和打野扫成残渣。

TCG打出一拨完美团战，直接拿下大龙。

解说按捺不住激动："为所欲为！！三件套到手，Conquer对着BACK的人，为所欲为！！！"

"讲道理，我就是喜欢看Conquer狂。初生牛犊不怕虎，在这么紧张的比赛下，不管对手多么强大，他也好像不知道'畏惧'两个字怎么写。"

TCG拿下大龙buff，直接集中，拆掉BACK的中路高地。

BACK复活后，想拼死一搏。

上单TP绕后，在中路想留住TCG的人，凯南的一个大招下来。虽然效果还行，但和其他队友脱节，伤害一时间没跟上。经济和装备落后太多，BACK其余几人赶到，缠斗一番，还是被TCG反包围，打出团灭。

当TCG众人重新聚集在高地那一刻，现场气氛热烈到了极点，无数人从座位上站起来喊着TCG的队名。

解说嘶吼："结束了吗？结束了吗？"

红色方的水晶一点一点掉血，BACK已经无力回天。

"3∶1！我上我也行！！！TCG3∶1了BACK！！！就是今天！送韩国队回家！！"

TCG五个人摘掉耳机，几个少年抱成一团，推搡着走到舞台另一侧和对方握手。

解说台上，小梨笑了出来。

就在几个月前，她刚刚见证了TCG在夏季总决赛上的失利。

而此时此刻，全场都在为TCG的人欢呼。

她忍不住道："他们的努力没有白费，流下的汗和泪，走过的路，踩出的每一个脚印，都深深地烙印在了每一个观众的心里。千言万语化作一句话，恭喜TCG杀入四强！"

因为之前韩国在世界赛上的宰治太强大，送走了无数LPL的队伍，让老选手泪洒决赛舞台，以至于历来中国观众最期待也是最紧张的就是"中韩大战"，前两天PPE击败WR，国内舆论一片丧气。

四分之一决赛的最后一天，在一片不看好的情况下，TCG赢得干净利落，完美收官。

让LCK的队伍连着几把吃瘪，TCG猛涨了一拨LPL的士气，让看直播的无数人狠狠出了口恶气，聊天室的"666"连着刷了好半天都没停歇。

ORG和TCG都拿到四强名额。

微博网友纷纷表示——

"求求了，两个队争点气，把S11变成LPL秋季总决赛好不好？"

"Fish、Conquer：没想到吧，又是我们俩！"

"北京鸟巢等你们，今年冠军留在中国，我看行。"

酒店的临时休息室里，余诺坐在沙发上给手机充电，跟向佳佳微信聊着天。

向佳佳："不瞒你说，上次采访过后，我觉得你哥和 Conquer 这两人就还挺邪门的。"

余诺："嗯？"

向佳佳："很喜欢的一句话：你我别后，顶峰相遇！"

向佳佳："TCG 和 ORG 都进四强了！！！希望 Fish 和 Conquer 最后能顶峰相遇，想看他们在台上再拥抱一次，求求老天爷满足我这个愿望吧！！！"

向佳佳："高岭之花 Fish，浪荡不羁 Conquer，就是那种一生宿敌的羁绊感，你懂吗？"

余诺正在打字，耳边突然有股热气吹了一下。

她猛地抬头，当事人脑袋就凑在她旁边，躬着身，不知道在她后面偷看了多久。

他歪头朝她笑了一下："在跟谁聊天呢？"

余诺心虚地把手机关掉："跟佳佳。"

她立马转移话题，夸奖他："陈逾征，你今天好厉害。"

"什么厉害？"

"你第一次进世界赛，就能打这么好。今天我在后台，都能听见好多人喊你名字。"

"嗯，那确实。"陈逾征享受着余诺崇拜的目光，在她旁边坐下，问："所以，你刚刚在聊什么？"

怎么话题又回来了？

"就……"不知道他刚刚看见了多少，余诺硬着头皮，"聊一点私事。"

"噢。"陈逾征若有所思地盯着她，一字一句地复述，"你们的私事是，高岭之花 Fish？浪荡不羁 Conquer？"

余诺讪笑了一下："那是佳佳开玩笑的。"

"好笑吗？"

余诺将头扭到一边，控制了一下表情："嗯……不是很好笑。"

陈逾征表情一言难尽，打断。

本来，他压根儿没把这个事情放心上，他向来就不在乎外面怎么骂他、夸他，甚至意淫他。

但看余诺都变成这样，陈逾征突然觉得事态有点严重了："爱吃鱼，我现在得跟你严正申明一遍。"

余诺："嗯？"

"我，陈逾征，就算地球毁灭，也只会喜欢你。"他眼梢微微上扬，"知道吗？"

余诺赶紧顺毛："知道了，知道了，其实大家都是闹着玩的，你别放心上。"

"我能不放心上？这是我身为男人的底线和尊严。"

陈逾征十分不满，指责她："别人就算了，你是我女朋友，怎么对我都没点占有欲？你对我的爱也太浅薄了。"

"不是。"一脸蒙地被人教育了一顿，余诺哭笑不得，"那不是我哥吗？"

"那他就不是人了？"陈逾征报复性地掐了掐她的腰。

"嗯，我哥也不行。"余诺乖乖顺着他，"你只能喜欢我一个人。"

陈逾征冷哼一声，才勉强道："好吧，既然你这么小气，我也只能答应你了。"

刚刚赢下比赛，TCG几个人状态无比放松，在酒店吃完饭，窝在外面的沙发上聊天。

"向佳佳。"

听到有人喊她，向佳佳视线从手机屏幕上移开："啊？什么事？"

Killer本来在跟奥特曼说话，见陈逾征走到向佳佳那儿，眼睛也瞄向他们。

陈逾征顿住，回忆了一下那个词："一生宿敌的羁绊？"

向佳佳心虚地沉吟着，眼神游离一下，没有立刻回答。

陈逾征皮笑肉不笑地朝向佳佳丢了一颗粉蓝包装的糖。

向佳佳莫名，低头，把腿旁边的东西拿起来："干什么？"

他吩咐："吃。"

也不知为何，向佳佳觉得陈逾征这个样子有些吓人，她咽了口口水，撕开包装袋，在他逼迫的注视下，放进嘴里。

陈逾征扯唇："甜吗？"

向佳佳艰难地点了一下头。

陈逾征好整以暇："知道这是什么吗？"

"不知道。"向佳佳配合地问，"这是什么？"

陈逾征："这是，我跟我女朋友的，定情信物。"

他特地在"女"字上咬字特别清晰。

向佳佳坐立难安，不知道该说什么，随便夸奖了一句："是吗，这糖，还挺甜的……"

陈逾征眼皮一抬，慢吞吞反问："甜得过我和余诺吗？"

向佳佳："……"

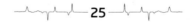

25

四分之一决赛比完，两支队伍只有一周时间休整，就要马不停蹄地进行半决赛。

半决赛只有两天。

第一天，TCG 和 LCS 一号种子 TPS 对垒。

比起其他赛区的中规中矩，欧洲和北美赛区的队伍最喜欢在世界赛上玩一些出人意料的套路，有时候还真的能出奇制胜，乱拳打死老师傅。

TPS 第一把就掏出双辅助阵容，把 LPL 的解说看得一愣一愣的。镜头切到 TPS 的选手席，AD 正和辅助欢声笑语，不知道说着什么。

现场也异常欢乐。

解说 A 感叹："不得不说，整活这块还是得看 LCS。"

解说 B："欧美大兄弟老正统搞笑艺人了。"

虽然从实际理论来说，TPS 比 BACK 好处理得多，但世界赛上最忌讳的就是轻敌，TCG 之前就在洲际赛上吃了亏。教练在对面神 BP 的情况下，还是选了一个符合版本的强势打团阵容。

于是，在 TPS 的下路双人组笑嘻嘻进入比赛后，第十五分钟，下路对线天崩地裂，被对面一个名为"TCG.Conquer"的皮城女警先行反手教做人。

TPS 的双皮奶组合一点效果没起到，七分钟就被拔掉了下路一塔，补刀落后 100+。镜头又切到选手席，被无情地一番暴打后，TPS 辅助和 AD 双双戴上了痛苦面具。

TCG 轻松赢下第一把。

第二局 BP，TCG 下路也开始整活，陈逾征直接掏出一手中单小法，跟 TPS 对着来。

上个星期刚刚赢下韩国二号种子，同时是去年世界冠军 BACK，TCG 处理起 TPS 更加利索残暴。

比预期之中还要顺利，在一片欢声笑语中，TCG 直接 3 ∶ 0 光速送 TPS 放了个假。

如果说赢下 BACK，还有路人觉得 TCG 比较走运，那他们在半决赛的表现简直就是硬实力碾轧 TPS。

作为欧美传统豪门战队，TPS 统治力不可小觑，也在自己赛区当了多年的霸主，结果遇上 TCG 居然这么不堪一击，一碰就碎。

比赛结束后，TPS 直接被打自闭，连采访都拒绝了。

在此之前基本查无此人的一个队，TCG 毫无意外成了本年度横空出世的最强黑马。敢打敢拼，先斩 BACK，后虐 TPS，几战成名，拿到总决赛门票。一时间，全世界铺天盖地都是关于他们的报道。

连英文台的解说都在无力地叹息："OMG,What a crazy team this is!

（天哪，真是疯狂的队伍！）"

继 TCG 挺进决赛后，第二天，ORG 和 PPE 之间的对决也掀起了高潮。

当天现场的比赛简直一票难求。单单是开场，各个直播平台的观看量就已经突破了一千万。

ORG 和 PPE 之前在洲际赛上交手过一次，对彼此的风格和底细都摸得差不多。

和昨天TCG那场不同，ORG和PPE的水平在同一个档，两支队伍基本都没有短板，以至于比赛打得也十分焦灼曲折。精彩的四局过后，两个队伍奇招尽出，山穷水尽，比分还是2：2持平。

整场比赛历时五个小时，ORG 终于还是陨落在四强。

——PPE3：2击败了ORG。

无数粉丝在后场等待着 ORG。

余戈走在最前面，后面还跟着阿文、Will 他们，每个人脸上神情都很落寞。

粉丝也不像以往那样蜂拥而至，大部分人站在原地，保持着最合适的距离，静静地目送着他们。

上车前，人群中有个粉丝红着眼睛吼："Fish 加油，千万别退役，大不了明年再来一年！"

TCG 的人今天没去比赛现场。余诺和他们在酒店里看了半决赛的直播。

最后一场，Killer 和奥特曼一群人围在电视机前，当 ORG 被 PPE 推完基地时，大家都失望地叫出来。

Van 甚至还捶了一下大腿："最后一拨，Fish 就差个闪现没好，不然 ORG 能翻身的。"

教练不禁有些惋惜："其实打得还是挺精彩的，ORG 还差了点运气。不过这就是大赛的魅力，ORG 和 PPE 也称得上王者对决。"

Killer："其实我还挺想 ORG 赢的，在总决赛舞台上找他们光明正大地报一次仇。"

Thomas："我们现在虽然不能找他们报仇，但是能替他们报仇。"

半决赛的最后一天，WR 和 ORG 双双倒在 PPE 的铁骑之下。微博、贴吧，各个论坛，不管是 ORG 粉丝还是路人，都无比丧气，一片哀声。

PPE 在左半区先后打败 LPL 的一号种子和三号种子，宛如猛虎下山。

虽然 LPL 还剩下 TCG 一簇火苗，但在大众印象里，TCG 这个队伍一直都有些神经刀，状态一直起起伏伏。

而且他们身上像是总有一个魔咒，"一到决赛就输"，不论常规赛、半决赛发挥得有多么出色，每每到决赛，总是差一点，连续两次沦落为 ORG 的背景板。

尤其是总决赛，讲究的就是稳定发挥，PPE 如今已经呈不可抵挡之势。

不论是解说还是各个预测平台，都觉得 PPE 这块硬骨头，TCG 难以啃下来，今年 LPL 夺冠的形式实在是不太乐观。

看完 ORG 的比赛，TCG 几个人玩了一会儿手机，又纷纷回到临时搭建的训练室里开始了紧张的训练。

一直到晚上十点多，领队进来喊他们："先停停，咱们出去吃顿饭放松放松。"

奥特曼欢呼一声："去吃什么？"

"随便找个家常菜馆吧，下周就要决赛了，也吃不了什么太刺激的。"领队翻着手机，"这是决赛前最后一次聚餐，你们等会儿吃完了就回来早点睡，也不用训练了。等明天下午飞北京，咱们到了地方再专心备战。"

虽然替 ORG 的落败感到惋惜，但他们毕竟杀进了总决赛，奥特曼几个人的心情还是挺好的，吃饭的时候欢声笑语。

一顿饭吃到中途，Killer 分蛋糕的时候才发现余诺没来，问坐在旁边的陈逾征："你女朋友人呢？"

奥特曼看了一眼陈逾征的表情，咳了一声："杀哥，你别哪壶不开提哪壶。"

陈逾征："去找她哥了。"

Killer 稍微有些同情："心疼我们 Conquer，快乐也无人分享。"

Van 看不惯这几个人煽风点火："你们够了啊，这不是 ORG 输了吗？余诺去安慰安慰她哥，本来就挺正常的事。"

Killer 瞪了他一眼："你凶什么凶？我不也没说什么吗？"

奥特曼叉了一块蛋糕塞进嘴里，含混道："你别说，余诺还挺难的，这冠军吧就一个，不管是我们拿还是 ORG 拿，她心里估计都不好受。"

"那确实，家人还是比较重要的。"Killer 表示理解，"征，你别酸了，血缘关系摆在这儿，也没办法。"

陈逾征一副无所谓的样子："我有什么好酸的？"

吃完饭，几个人沿着马路往回走。

Killer 虔诚地合掌："求求佛祖，我愿意用奥特曼单身一辈子换个冠军。"

奥特曼揍了他一下："你能不能滚？"

几个人嬉嬉闹闹，陈逾征双手插兜，沉默地跟在一旁。

凌晨两点，余诺回到酒店房间。床头柜留了一盏灯，向佳佳已经睡了。

她走到行李箱前拿出睡衣，轻手轻脚地去浴室，准备洗个澡。

刷牙的时候，放在洗浴台上的手机振动一下，余诺拿起来看。

Conquer："睡了没？"

余诺："还没。"

Conquer："出来。"

余诺盯着他的消息，胡乱地刷了几下牙，漱口，拿起旁边的毛巾擦了擦脸，把房卡拿上，推门出去。

这个点基本没人经过，余诺沿着安静的廊道一直往前走，陈逾征就在尽头处。

他一只手拿着手机，就靠在墙壁上等着她。

余诺小跑两步过去，小声道："怎么这么晚还不睡？"

陈逾征："想见见你。"

一句话让余诺心瞬间软了："我看到群里的消息了，你们去吃饭了？"

"嗯。"

察觉到陈逾征的情绪有点不对劲，余诺又不知道发生了什么。她走近了两步，仔细瞧着他的神情："怎么了吗？"

"你跟 ORG 的人干什么去了？"

余诺："陪我哥待了会儿，然后跟他们出去吃了个消夜。"

陈逾征"哦"了一声，告诉她："今天是 Killer 生日。"

余诺："我改天给他补个生日礼物。"

他歪过头："有点闷，下去走走吗？"

余诺答应："好啊。"

酒店附近有个小花园。

也许是最近训练密集，每个人精神都绷得很紧，放松下来后，陈逾征也不怎么想说话。

余诺主动找了个话题："下周就要打决赛了，你紧张不？"

他淡淡道："还行，不紧张。"

"真的不紧张吗？"余诺笑了，"肯定在骗我。"

陈逾征看着她笑，突然问了一句："如果我赢了，你会高兴吗？"

余诺不解，傻愣愣地看着他："当然会高兴。"

"但是你哥今天输了。"陈逾征换成肯定的语气，"你不开心。"

她有点无奈，跟他开了句玩笑："你怎么突然这样，跟我哥有什么好吃醋的？"

"不是吃他的醋。"陈逾征站定在原地，"其实之前庆功宴那次，你跟 Fish 走了，我等了半天都等不到你回来。"

他停了一下："虽然知道跟你这么说，显得我很小气，但这种感觉还挺难受的。"

余诺隐约明白了他不开心的理由。

她叹了口气，伸出手，抱住眼前的人："我那时候有点乱，因为我骗了我哥，我觉得挺不应该的，所以很愧疚，那时候我没考虑到你，对不起。你和我哥，你们俩，对我来说是不一样的。他对我来说很重要，但你也很重要，只是意义不同。"

说完，余诺跟他保证："我以后不会丢下你的。"

夜晚安静，仿佛全世界只剩下他们两个人。

过了一会儿，陈逾征出声："其实我这个人挺阴暗的，说出来估计你都接受不了。"

余诺搂着他的腰，头贴在他的肩颈处。听到这话，她抿了一下唇，略微抬起头："什么？"

"要听吗？"

"要。"

陈逾征移开视线，望向别处："那天晚上，我对流星许了个愿。"

余诺迟疑："你不是说过？"

"还有一个。"

"是什么？"

陈逾征没说。

余诺等了一会儿。

然后，她听到他开口。

"你不是向佳佳的朋友，不是 Fish 的妹妹，不是付以冬的闺密，你只是 Conquer 的女朋友。"

一瞬间，余诺被他的气息环绕。耳边的声音低下去——

"我想余诺变成陈逾征一个人的。"

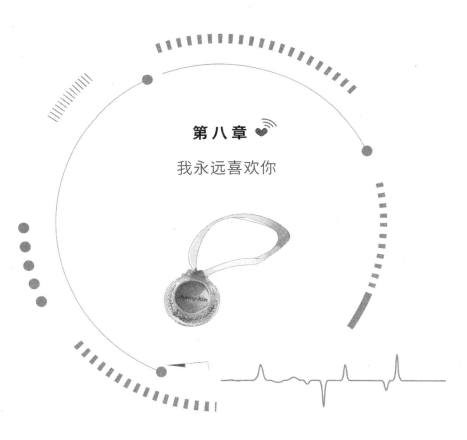

第八章

我永远喜欢你

—— 26 ——

10 月 30 日，TCG 从广州飞往北京，准备最后的比赛。

比赛开始的前一天晚上，广州的猎德大桥、上海外滩，以及武汉的黄鹤楼全部变成 TCG 队标的颜色。

场面之壮观，吸引了无数路人驻足围观，堪称史上排面最震撼的一场官方应援。

11 月 4 日，北京国家体育场，鸟巢。

全国各地赶来的粉丝在场馆门口排起长队，等着安检、验票。

下午一点，比赛进行最后的热场。全场爆满，座无虚席。

放眼望去，全是和 TCG 有关的应援物闪烁着，甚至还有粉丝专门定制的十几米的灯牌，写着 "Thron Crown Game"（荆棘王冠）。

开幕式表演完，随着一道激昂的音乐响起又戛然而止，正中央的 LED 屏幕上出现一个被石头砸碎的特效。

拳头的标志出现，同时响起一道低沉的男音。

Legends Never Die

传奇永不熄

When the world is calling you

当世人皆唤你名①

---

① 引自英雄联盟 S7 总决赛歌曲 Legends Never Die（《传奇永不熄灭》）。

一瞬间，所有人都尖叫了起来。

随着倒数十秒后，历年来的全球总决赛的高光片段出现，眼花缭乱的交锋，夹杂着中、韩、英三国解说声嘶力竭的吼叫。短短十几秒内，电竞的热血和残酷被展现得淋漓尽致。

短片播放完，灯光忽然暗了下来，场内一片漆黑。

观众席上止不住骚动，人们交头接耳。

屏幕上的场景转换，在一个空旷的房间里，PPE 和 TCG 十个选手都坐在椅子上，接受采访。

每人一个长镜头，中韩十个选手交叉着播放。

镜头前，奥特曼还有点羞涩，跟编导絮絮叨叨着："几年前我还在网吧吃泡面，现在居然能打总决赛，就像在做梦一样，特别不真实。"

Killer 摸了摸鼻子："我知道很多人不看好我们，所以特别想拿个冠军证明自己。"

Thomas："当职业选手之前，最遗憾的一场决赛就是 S7 吧，鸟巢没有 LPL 的队，那时候我就想，我有一天也要去当职业选手，然后在中国本土给 LPL 赢个冠军回来。"

陈逾征想了半天："直接过吧。"

在旁边的编导小声问："都进决赛了，你没有什么想说的吗？"

陈逾征笑："有啊，不过这句话，等我后天赢了再说吧。"

十个人的采访结束，屏幕上开始播放 PPE 这些年来的比赛集锦。

播放完，灯光打到舞台右侧，PPE 的五个队员和替补、教练上场。虽然不是本土队伍，但现场观众依旧给足了热情和欢呼。

接下来是 TCG 的纪录片，每个队员出现在镜头里，有互相对视的欢欣，也有独自掩面的丧气。几十秒一闪而过，镜头停留在 TCG 春季赛战胜 WR 的舞台上。

略显青涩的五个大男孩站在一起，面对采访时还有些拘束。

随着镜头扫过全场，观众席上空了一大半。明明他们是胜利者，而台下的人却在陆续离开。

所有人都在为了 WR 惋惜，没有人愿意多看一眼正在崛起的新军。

片子虽然短，却把一路以来，TCG 赢过，输过，遭遇无数的嘲讽，被冷眼相待，一次又一次地成为背景板，全部记录了下来。

最后一幕定格在解说席上。周荡淡淡地道："直到有一天，当你终于能登上那个万众瞩目的舞台，然后……"

所有画面消失，伴随着周荡的声音，大屏幕只剩下一行字——

"在聚光灯下那一刻，你会被所有人记住。"

就在黑底白字消散的一瞬间，全场的灯光骤然亮起，Thron Crown Game 的旗帜缓缓升起。

聚光灯的五个光柱对准 TCG 五个人。

沉寂两秒，全场沸腾。

开幕式的流程走完，十个队员走到各自比赛的位置上，开始调适设备。

主持人走到舞台中央："各位观众以及屏幕前的召唤师们，大家好，欢迎来到《英雄联盟》S11 总决赛现场。"

受到决赛气氛的感染，现场观众的反响格外热烈。

主持人停了两秒："我宣布，《英雄联盟》全球总决赛，现在开始！"

第一局的 BP 很快开始。

大屏幕一左一右，给到两支战队的比赛名单：

TCG

TOP：Thomas

JUG：Van

MID：Killer

AD：Conquer

SUP：Ultraman

PPE

TOP：Kulia

JUG：Satate

MID：Moon

AD：Kore

SUP：Last

比赛进入游戏界面，解说均昊说道："希望 TCG 全力以赴，打出血性，打出自己的精彩！！加油！！"

第一局正式开始，PPE 蓝色方，TCG 红色方。

PPE 五个人抱团，在一级团时入侵 TCG 野区，陈逾征被逼出闪现加治疗。

因为开局把陈逾征打成微弱劣势，PPE 在下路接二连三地开。

但 PPE 不知道的是，不管是优势还是劣势，陈逾征这个人，打起架来根本不讲任何道理。

似乎是看不惯对面一直拿下路开刀，陈逾征第二次被 Kore 逼到塔下补兵时，看似要退败的瞬间，一个转身开始反攻。

奥特曼从旁边蹿出来，一个机器人的钩子上去，陈逾征立马接上输出，一套操作行云流水，把 Kore 击毙。

解说席上响起喝彩："对面的 Kore 估计被 Conquer 搞蒙了——这个人凭什么跟我这么凶？？"

因为冒进而殒命，剩下来的时间，Kore 不敢再跟陈逾征在线上纠缠。而 PPE 采取了韩国传统的运营节奏，PPE 的打野 Satate 开始光顾上路，Thomas 被抓爆几次后，PPE 慢慢打开了局面。

不知不觉，TCG 这边的经济就落后到了 3k。

拉开差距后的 PPE 果断选择开大龙。

陈逾征正好在中路收兵线，第一个察觉 PPE 在动大龙。Van 刚刚从家里出来，此时大龙的血量已经过半。

其实 TCG 这边是没视野的，也看不到大龙血量，卡莎在上面左右徘徊着。

均昊疑惑："Conquer 在干什么？"

小梨担忧："这个时间节点给 PPE 偷到了大龙，TCG 太伤了，下一拨的推进估计有些难防了。"

话音刚落，卡莎一个 W 技能丢进龙坑。

随即，大屏幕出现红色方击杀大龙的提示。

均昊大惊："什么？我没眼花吧？？ Conquer 抢到大龙了！"

这个神奇的操作让所有赛区的解说都愣了一下，七嘴八舌地议论起来："天，刚刚发生了什么？龙居然被 TCG 的 AD 盲抢了，太不可思议了！"

与此同时，底下观众席的粉丝都炸了。

队内语音，Van 目瞪口呆："我去，牛啊征哥，怎么做到的？"

被 PPE 几个人追杀，陈逾征倒是很淡定："不知道，随便丢了个技能。"

陈逾征抢到大龙后，TCG 直接起飞。

PPE 不知道是不是被抢龙影响了心态，后续的节奏开始崩盘，第一局比赛很快被 TCG 拿下。

一切都比预想中顺利。

出乎LPL所有观众的意料，在面对PPE时，TCG的状态称得上勇猛无敌。前面三局结束，TCG2：1PPE，率先拿到赛点。

胜利就在眼前。

第四局，TCG 天和开局，以巨大优势领先。

他们已经赢了两场，只要再赢下这一场关键局，就能结束掉总决赛。

第三十分钟，PPE 一度破了两路高地。

两边队伍的经济差距越扩越大。

均昊紧张又激动："这一局 TCG 的优势太大了，我都想不到怎么输，难道要结束了吗？"

谁也没想到，这一口"想不到怎么输"的毒奶[1]，直接毒死了 TCG。

陈逾征和 Killer 卡了一个时间差，去对面野区刷蓝 buff，结果被 PPE 四人包抄。

两人沉不住气，一时上头，强行和对面三个人打架。

Thomas 和奥特曼晚来了一步，TCG 的双 C 齐齐殒命在 PPE 的手里。

这成了第四局比赛的一个转折点，PPE 吹响了反攻的号角。

依靠着顽强的耐力，PPE 硬是靠着几拨小团战的优势，把前期的劣势慢慢打了回来。

最后一拨中路交火，对方抓住陈逾征走位的微小失误，直接把他从人堆里拖出来，瞬间秒杀掉。

陈逾征临死前勉强换掉对方一个辅助。

形势急转直下。

解说大叫："完了，这一拨 TCG 完全脱节了，Conquer 不该上去打的。"

这把 TCG 是四保一阵容。在这种关键的时候，陈逾征一倒下，对 TCG 而言无疑是个噩耗。

陈逾征一死，剩下人的输出根本不够。

选手席上，陈逾征盯着黑掉的屏幕发呆。

上一秒还是天堂，下一秒就变成了地狱。

打完这拨团战，PPE 的人立刻冲上高地，TCG 剩下的人实在打不动对面出肉装的打野和上单，只能眼睁睁地看他们把家拆掉。

PPE 在巨大的劣势下硬是打了回来，把比分扳平。TCG 又一次把自己送上了绝路。

休息室里。

迅速复盘了刚刚几个失误的地方，Killer 无比懊恼地抓着头发，颓然道："刚刚如果我和 Conquer 不被抓死，现在已经结束了。"

---

[1] 游戏术语。"奶"指治疗辅助职业或者治疗的动作。毒奶，顾名思义，即起到治疗的反作用，害死队友的行为。

领队吸了口烟："还有一场，我们还有机会。"

陈逾征从椅子上起身，出去洗了把脸，水珠顺着脸庞留下来。他盯着镜子里的自己。

推开门出去，余诺就站在门口，她欲言又止地看着他："你还好吧？"

他"嗯"了一声，垂下眼睫："没事。"

两人相对无言。知道陈逾征在自责，余诺拉起他的手："陈逾征，你看着我。"

他听话地看向她。

"不管等会儿是输，是赢，我都不失望。"余诺声音坚定，"我永远不会对 Conquer 失望。"

陈逾征笑了笑。

前场的战歌已经响起。

上场前，Thomas 连着深呼吸了一下，余诺拥抱住陈逾征，小声说："加油。"

奥特曼和 Killer 的脚步都停住，回过头，在前面等着陈逾征。

陈逾征看着她："你相信我吗？"

余诺抬眼："嗯？"

"我不会让你失望的。"

她点头，松开他："好。"

陈逾征手里拿着一杯水，和奥特曼他们会合。

余诺停在原地，就这么看着他的背影，后背上的"Conquer"被金色的光勾勒出边沿。

远远地，他一步一步走向舞台。最后，终于消失在通道尽头。

震耳欲聋的欢呼声响起。

余诺忽然有种恍如隔世的感觉。

半年前，她就站在 ORG 休息室的门口，听着歌，第一次去微博上搜陈逾征。

那几张照片里，鲜花和掌声都不属于他。陈逾征独自拎着鼠标键盘，在廊道尽头背影寥落。根本没人把他放在眼里。

而这一次，他在所有人的注视下，站上了职业巅峰的舞台，成为万众瞩目的焦点。

厮杀完前面艰苦的四局，BO5 最后一局，往往是最关键，也是最考验选手韧性的一局。

尤其对 TCG 来说，决赛的 BO5 就像是一个诅咒。他们每到最后，总是差一点，总是与冠军奖杯失之交臂。

看着两个队的十个选手重新回到电脑前坐定，现场所有的观众，每一个人的心都提了起来。

全场响彻为 TCG 加油的声音，一声高过一声。

解说台上。

均昊叹了口气："说真的，我现在紧张得手都开始抖了。"

"你抖没关系，等会儿 TCG 的人别手抖就行了。"

小梨："刚刚第四局实在太可惜了，也希望 TCG 的队员们别被影响心态，最后一局，当成一个常规的 BO1 去打就行了，千万别留下遗憾。"

决胜局。

PPE 依靠换线战术，在前期稍微取得了一点优势。

但 TCG 不断蹲点游走，在中期寻找开团机会，迅速扭转了局面。

几十分钟下来，两个队伍几乎是零失误，来回交锋，打出了无数极限操作。

两个队伍的阵容都适合打大后期，四十分钟过后，还是没有分出高下。

这场比赛质量高到甚至被载入了《英雄联盟》的史册，随着时间流逝，第五场的时间已经突破六十分钟，成了无比焦灼的"膀胱局"。

只要哪一方稍微不慎，前面的所有努力就都会功亏一篑。

临近比赛结束的最后几分钟，两个队伍在大龙坑处爆发了最后一拨团战。

小梨叫得很凄惨："Conquer 小心，后面来人了，快跑啊！"

可还是晚了一步，陈逾征没接住奥特曼丢出的灯笼，阵亡在 PPE 打野手里。

对面阵亡掉一个 C 位，PPE 迅速开始打大龙。

TCG 每个人心里都清楚，在这种时候，如果这条大龙没了，他们翻盘的机会约等于零。

Killer 冷静几秒后，指挥："等我 CD①，最后跟他们拼一把。"

Van 的酒桶炸散 PPE 众人的队形，奥特曼一个大招扔下去。

PPE 的上单也阵亡了。

TCG 当机立断，接手这条大龙。

两边都缺人，Kore 去旁边点果子恢复血量，等阵形集中后，继续跟 TCG 接团。

这个围绕着大龙的团战持续了三四分钟，TCG 和 PPE 的英雄轮流阵亡，再轮流复活。一个接一个地传送，全场气氛被推上巅峰。

龙被开了三四次。

刚刚复活的陈逾征立刻从泉水冲了出来，他点着小地图的信号："Thomas，等会儿把他们留下。"

"我快没蓝了，能上吗？"

陈逾征目不转睛地盯着电脑屏幕："信我，十秒，我能杀。"

双方纠缠，乱成一团。

陈逾征清理完兵线，走到河道附近，悄悄进场，不断走位，寻找着时机。

"注意对面中单和打野的位置。"

Thomas 调整了一下呼吸，握紧鼠标。

队内语音里，等着陈逾征一声令下。船长盯着最后一丝残血朝着 PPE 的人堆里丢出大招，天雷地火一下来，PPE 众人瞬间被炸成残血。

_____

① 游戏术语，Cool Down，指技能或道具的冷却时间。

"奥特曼！"陈逾征大喊。

奥特曼瞬间了然，给他套上盾，陈逾征义无反顾地往前冲。

Killer 急得喊了一声："你要干吗？！"

陈逾征："送他们上路。"

一时间战火纷飞，陈逾征的卡莎飞进去，开始大杀四方。解说席上每个人都看得眼花缭乱，语速极快地解说着这场终极团战："Kore 从正面进场，直接被 Conquer 收掉！！对面打野被晕住，Conquer 来一个杀一个，来两个杀一双！！！"

随着一道一道的击杀声响起，现场也跟着燃起来，尖叫声此起彼伏。

均昊说到最后没气了。

Kulia 见形势不对，立马 TP 回家守家。奈何还是晚了一步，陈逾征和 Killer 配合，收下对面中单和打野。

Thomas 的 TP 也亮起，三人在中路集合，抱团拆掉高地门牙，配合着小兵狂点水晶。

每一个伤害，都 A 进了无数人心里。

底下的观众已经开始兴奋，集体数着 PPE 的水晶血量，最后一百滴，最后五十滴。

赛场之上，成王败寇就在一瞬间。

PPE 已经无力挽回局面，队员们对着显示器发呆。

结束了，终于结束了。

均昊颤抖着，已经迫不及待地宣布："还有五秒！四秒！！TCG 赢了！！！他们打败了来自韩国的一号种子！！！我们，是冠军！！！"

均昊用尽全身力气大喊出来："千磨万击还坚劲，任尔东西南北风！！恭喜 TCG 新王登基！！！"

当最后胜利的音乐响起来的时候，现场观众全部从座位上起身，举起手臂，排山倒海一般地呼唤着 TCG 的队名。

Killer 似乎还没回过神，觉得眼前的一切都不真实。

一切都像做梦一样，直到奥特曼扑过来大吼着："我们赢了！杀哥！！我们是冠军！！！"

Killer猛地回神，直接从座位上跳了起来，和他拥抱在一起。

小梨一度哽咽，而均昊声音里也带着哭音，激昂地道："终于等到了这一天，鸟巢即将升起国旗！TCG做到了！！！LPL夺冠了！！！"

全场的灯光闪耀，礼花的碎屑纷纷扬扬地飘下来，鸟巢里下起了金色的雨。教练和领队冲了上来，和TCG的五个人拥抱在一起。

镜头扫过TCG的每一个人。

有人在笑，有人在哭，他们一齐把奖杯举过头顶。

这支年轻莽撞的队伍，终于在此时此刻，震撼了全世界。

此时，各个直播间和微博都爆炸了。

"哭！！都给我哭！！！"

"TCG牛！TCG666……"

"恭喜TCG新王登基！！！"

比赛结束，万人高喊TCG。

颁奖仪式上，官方的工作人员上台给每一个人发奖牌。

最后的FMVP①给了陈逾征。

主持人还没念出他名字时，台下的粉丝挥舞着荧光棒，齐齐呼唤着"Conquer"。

场面一时间十分壮观。

副总裁微笑着，把奖牌挂到年轻男孩的脖子上。

主持人在旁边笑着问："比赛前你在宣传片里说，有些话要等赢了决赛才说，所以现在能说了吗？"

在无数人的注视下，陈逾征接过话筒。

现场渐渐安静下来。

全场镜头都对准台上，陈逾征忽然笑了笑。接着，他低低的声音传到鸟巢的每一个角落，同时，也被转播到世界各地的每一个观众眼前——

---

① 全称"Finals Most Valuable Player"，意为总决赛最有价值选手。

"有个人说过，她希望，有一天，Conquer 能被所有人记住。

"所以今天，我来实现她的愿望了。"

27

在本土拿个总冠军是中国《英雄联盟》玩家的夙愿，如今 TCG 终于做到，在总决赛的舞台上击败韩国队，扬眉吐气，替今年的赛事画上一个浓墨重彩的句号，彻底圆梦 LPL。

有人放出现场最后 TCG 拆家的视频，最后的十几秒，随着 PPE 基地彻底爆炸，全世界的解说一齐喊出 "Thron Crown Game"。鸟巢里解说连同观众，成千上万的人挥舞着 TCG 的应援牌狂欢。有激动得涨红了脖子的年轻男孩捏紧拳头，扯着喉咙嘶吼，也有忍不住落泪的女孩抱在一起。场面一时间疯狂失控到都没法用"震撼"来形容。

当天晚上八点，TCG 在鸟巢夺冠的消息，直接登顶热搜，而对 TCG 的五个人来说，这个夜晚注定永生难忘。

颁奖仪式结束之后，奥特曼和 Killer 搬着奖杯回到后台。

像迎接凯旋的英雄一般，所有的人都为他们响起掌声。

就连刚下台的主持人也上前去找他们合影。

奥特曼兴奋地用牙齿咬了咬自己的奖牌，冲着 Van 说："好硬！"

Killer 简直没眼看："土包子。"

应付完别人，陈逾征径直走向余诺。

再也不用顾忌别人的眼光，他在她前面两步的地方站定，微微张开双手，歪头，懒散地笑了笑："过来。"

周围人声嘈杂，而他神情专注，眼里似乎只剩下她一个人。

余诺眼眶泛红，跑过去，撞进他怀里。

他在她耳边低声问："我厉害不？"

余诺用力地点头。

来往的工作人员都愣住，忍不住"侧目"。

有无数的摄像头正在记录 TCG 夺冠后的时刻，众目睽睽之下，陈逾征居然把一个小姑娘搂在怀里？

见状，周围人纷纷起哄。

女主持跟旁边的人低语："那个是……Conquer 的女朋友？"

向佳佳嘿嘿一笑："是的。"

虽然已经猜到，但听到向佳佳的答案，女主持还是满脸失望："好可惜啊……"

"可惜什么？"向佳佳笑。

"其实我一直挺喜欢 Conquer 的。"女主持叹了一声，"现在看来，还是来晚了一步。"

向佳佳怀疑："你不是说绝对不会跟年纪比你小的男人谈恋爱？"

女主持朝她抛了个媚眼："如果是 Conquer，我愿意。"

有人扛着摄像机在拍，Killer 简直被闪瞎了眼，Thomas 无奈，隔空冲他喊了一句："Conquer，公众场合就别秀恩爱了啊，顾及一下在场单身人士的感受。"

余诺这才回过神，发觉周围的人都瞅着他们。她有点不好意思，忙松开了手。

而陈逾征依旧一副无所谓的样子："你可以选择不看。"

赛后采访结束，TCG 众人从鸟巢出去。

粉丝迟迟未散，拥堵在周围，一路过去全是震耳欲聋的欢呼声。

TCG 几个人矜持地绷着脸，跟热情的粉丝挥了挥手示意。

上了大巴车后，几个人的脸瞬间垮掉。奥特曼张开双臂，深深吸了一口气："谁说北京空气质量差？简直是造谣，我从没呼吸过如此甜美的空气。"

他们找了一家烧烤店吃消夜。

Killer 和 Van 敲着酒瓶唱着歌，奥特曼也喝多了，抱着陈逾征痛哭，一边哭一边唠叨："征哥，我终于出息了……我们真的拿冠军了……还是总决赛……我会不会在做梦……"

陈逾征一脸烦躁嫌弃，想把他推开。

余诺坐在一边，觉得这个场景莫名温馨，心里也暖暖的，含笑看着他们。

一顿饭吃到凌晨，领队去结账的时候，烧烤店老板挥了挥手："不要钱，给你们免单了。"

领队愣了一下："啊，这怎么好意思？"

老板笑着说了一句："别跟我客气，你们今天也算是为国争光了。"

领队喊来 TCG 的几个人，给烧烤店老板签名，顺便合了个影。

回到酒店，陈逾征和余诺两人落在人群后面。

Killer 和奥特曼勾肩搭背，摇摇晃晃地往前走，也不让别人扶。

陈逾征突然拉了一下余诺手腕。

她停步，侧头："嗯？"

他摘下胸前的奖牌，挂在她的脖子上。

余诺低头看了看，迟疑道："这是……干什么？"

陈逾征："带回去给你哥。"

"啊？"

盯着她，陈逾征漫不经心地说："告诉他，Conquer 是个正经人，也拿到 FMVP 了，所以现在，他的妹妹归我了。"

TCG 夺冠当晚，游戏的官方账号发文，祝贺陈逾征成为今年总决赛的 FMVP。

"One Incredible ADCarry from LPL, who overwhelms an era, he conquered difficulties, he conquered PPE, he conquered everyone, and tonight, he conquered the audience of League of Legends all over the world! His name is Conquer, but no one can conquer him."

（一位来自 LPL 的不可思议的 ADC，横压一个时代，他战胜了困难，他战胜了 PPE，战胜了所有人，而就在今晚，他征服了全世界的《英雄联盟》观众！他的名字叫 Conquer，却无人能征服他。）

同时《英雄联盟》也发了微博——

　　恭喜 TCG 获得 2021 年 LOL 全球总决赛冠军！谢谢你的努力，让全世界听到了 LPL 的声音。

"爷的青春圆满了。"

"我们的故事，绝不止于此。"

"恭喜 TCG 痛失亚军，含泪夺冠！！！"

"Conquer：如果在这里，只有冠军能被记住——我会赢下所有人。陈逾征，你真的做到了，LPL 的新王诞生了。"

　　余诺洗完澡，躺在床上，精神高度紧张了一天，这会儿有点疲倦。她打开微信，平时万年不发朋友圈的人都"诈尸"，连发了六七条祝贺 TCG 夺冠。

　　列表拉下去十几条全是"TCG 牛"。

　　之前一起读研的室友给她发了个小视频——

　　"我刚刚从图书馆出来，经过男生宿舍，听到他们都在吼 TCG，喊得感觉都要把宿舍楼顶掀了，太吓人了……"

　　余诺也上微博刷了一下，和 TCG 有关的各种词条还高高挂在前面。刷新首页，最新一条弹出来，某电竞刚刚发布了动态，截图了一张自己半年前的微博："那时我猜，这个叫 Conquer 的选手一定会有个光明的未来，而现在，属于他的时代已经来临了。"

　　看到这条微博，余诺放在屏幕上的手指顿了顿。

　　回忆涌上来，她忽然有些感慨，在相册翻了翻，找出当初偷偷存下的照片。

　　——春季决赛刚刚结束，TCG 落败。陈逾征手里拿着外设准备下台，他敛着眼帘，只有一张侧脸。队服的肩膀处，名为"Conquer"的 ID 闪耀着。

　　光线和角度都正好，背景被虚化处理，陈逾征和舞台上的奖杯一左一右，只差几厘米，看着近在咫尺，实际却遥不可及。

半决赛结束的那个夜晚，陈逾征问如果他夺冠了，她会不会高兴。思及此，余诺切了微博大号，专门发了一条祝贺 TCG 夺冠的微博。发完后，想了想，又单独发了一条，把陈逾征这张照片附上，并直接引用了拳头的一句话。

@ 爱吃饭的鱼：His name is Conquer, but no one can conquer him.（他的名字叫 Conquer，却无人能征服他。）

发出去之后十分钟，余诺收到陈逾征的消息。

Conquer："当时偷偷存我照片，你还不承认？姐姐就是喜欢口是心非。"

余诺知道他在说什么，脸一红，打字："你不是喝醉了吗？"

Conquer："醉不至此。"

余诺："……"

Conquer："怎么样，我帅吗？"

余诺："嗯……"

他不依不饶。

Conquer："怎么这么勉强？"

余诺："帅。"

Conquer："等了半年，终于等到了这句迟到的赞美。"

和他聊了一会儿，余诺困意渐渐上涌。眼皮禁不住开始打架，她刚想把手机放下睡觉，突然叮叮咚咚连续不断的提示音开始响起。

余诺吓了一跳，还以为手机出了什么故障，坐起身，打开微博，结果在一瞬间卡死。

就在这时，躺在她旁边的向佳佳忽然大叫一声："我去，陈逾征他疯了！！！"

余诺："怎么了？"

向佳佳扑过来，把手机递给她："你看你看！！！"

余诺接过来，看了几秒后，明白了自己手机刚刚卡死的缘故。

陈逾征居然用大号转发了自己祝她夺冠的微博……

@TCG-Conquer：I was conquered, please kill me.[①] //@爱吃饭的鱼：His name is Conquer, but no one can conquer him.

余诺捧着手机，大脑还在发蒙。

向佳佳使劲晃着她的肩膀："啊啊啊……我要昏厥了！陈逾征太会了！！他也太会了！！！"

TCG夺冠，奥特曼、Van几个人发的都是拿到冠军的感言，而陈逾征什么都没发。粉丝一直等着，催着，千辛万苦熬夜不睡觉，终于等到了他发微博。

但是，等来的这是什么玩意儿？

在刷到这条动态的一瞬间，屏幕前的所有粉丝都错愕了几秒，一个激灵，甚至怀疑陈逾征是不是被盗号了。

接着，评论开始爆炸。

"问号×140。"

"……你是真的牛。"

"小问号，你是否有很多朋友？"

"你在干什么？？？你这句话是什么意思？？？你是官宣了还是闹着玩呢？？？我要窒息了。"

"急需洗洗眼睛。"

"还好我又聋又瞎又不认识英文，掐人中。"

"给楼上不懂英文的翻译一下：原博说，'无人能征服他'，陈逾征说，'我被你征服了'。"

---

① 意译为："我丢弃盔甲，心甘情愿被你征服。"

"呵呵，kill me？？？你不如 kill 粉丝！！"

顺着陈逾征的转发，数万粉丝摸去了余诺的微博。

花了大概十分钟，接受现实后，当初那批从陈逾征直播间过来，一直潜伏在余诺微博的老粉，也在评论区激动地表示——

"爱吃鱼，果然是你！果然是你！！我就知道！"

"爱吃鱼，在吗？你现在就去给我杀了 Conquer，粉丝也不想活了，我们和 Conquer 同归于尽。"

"今夜，快乐都是你的，粉丝什么都没有。"

"你是 Conquer 女朋友？"

综上所述，大家全部疯了。

还有比这更浪漫的事吗？

拿到总决赛冠军的当天，你说我征服了全世界，而我丢弃盔甲，心甘情愿被你征服。

当然，最绝的还是陈逾征在总决赛颁奖时说的那一句："我来实现她的愿望了。"

"有一天，Conquer 会被所有人记住。"

被他文在手臂上的这句话至今还置顶在超话里。

一切真相大白。

——陈逾征真的谈恋爱了。

这个夜晚注定无眠，LPL 各家战队的粉丝都火速过来八卦。

顺着当事人以前的微博一翻，没想到更劲爆的还在后头。

互联网也是有记忆的，有人越看越眼熟：等会儿等会儿……事情好像有点不对劲……

抱着疑虑，大家又顺着余诺微博的关注列表一看，确认了几遍之后，路人被惊呆了——

好家伙，真的和余戈是互关状态。

这下，继 TCG 粉丝后，所有人都炸了：什么情况？是我白内障了吗？这个博主不是 Fish 的妹妹吗？？陈逾征和 Fish 的妹妹官宣了？？？

所有人都魔怔了，这场八卦的地震甚至波及了其他圈子，吸引了不少不明真相的路人来围观。

有 LPL 的粉丝出来给不明所以的网友打比方，Conquer 和 Fish 的妹妹在一起，大概就等于——曹操和刘备成了亲家，这么个离谱至极的事。

本来 Conquer 官宣恋情这件事就已经够惊人了，谁知道更令人想不到的还在后头——陈逾征官宣的对象居然是圈内死对头 Fish 的妹妹。

最关键的是，这两人都是目前圈里大热的明星选手，一直王不见王。

今夜的事简直能列入 LPL 年度大爆炸事件。

火眼金睛的网友翻出的蛛丝马迹，包括之前 TCG 所有人都转发支持余戈，为何独独陈逾征排队要领号码牌。

当时大家都以为他不过是又皮一皮，当个笑话看了也就算了，谁知道这其中暗藏玄机。

网友脑子里缓缓飘出一大排问号：这合理吗？

于是，半个小时后，陈逾征微博底下二次爆炸。不仅如此，余戈的微博也全方位沦陷。

大家疯狂地喊话余戈。

"在吗？你还好吗？还忙着打比赛呢？后院起火了知道吗？你妹妹没了！"

"什么情况？ TCG 和 ORG 世纪大和解？？"

"你……把 Fish 的妹妹搞到手了？？？"

"还和解，你没眼睛吗？这是直接联姻了！！！"

"Conquer：听说 Fish 你喜欢偷家是不？看我把你老巢都端了，惊喜不惊喜？"

余戈粉丝八卦结果到自家正主身上，纷纷表示："这像话吗？"

心碎的 TCG 粉丝："原来是 Fish 的妹妹？那没事了，终究是我们逆子高攀了。"

只有陈逾征的粉丝最为卑微："要骂就骂 Conquer，正主行为，和粉丝无关。"

评论区，TCG 的人也纷纷留言——

一楼，TCG-Killer："Respect bro[①]."

二楼，TCG-Ultraman："Conquer 杀疯了——"

在楼中楼，Van 接奥特曼的话："@ORG-Fish。"

三楼，TCG-Thomas："这是 Conquer 个人实施的偷家行动，和他的队友无关，要骂就骂他。"

除了微博，就连贴吧和各处论坛都被搅得天翻地覆。

凌晨四点，陈逾征又发了一条微博。

@TCG-Conquer：谢邀。感谢大家关心，目前一切安好，爱的号码牌已经领到了。

28

第二天中午，某个电竞号发了一张排位的连胜截图：告诫一下艾欧尼亚的王者，最近没事不要打排位。

——Fish 昨天下凡在一区打了一晚上。

懂的都懂。

因为陈逾征突然丢出的一颗重磅炸弹，给了无数人极强的心理冲击，甚至可以说炸翻了 LPL 整个圈子。微博和贴吧上热闹了好几天，所有人都在聊这件事，一时间，沸沸扬扬，都快把 TCG 夺冠的风头给盖了下去。

还有某个圈内人调侃："Conquer 这手偷家就离谱，建议和余戈互相抄上家底，最后一拨直接决胜紫禁之巅，谁输谁入土。"

---

① 厉害了，大哥。

"Fish 已经入土。"

"表面：以后就是一家人了，何必闹得这么下不来台？实则：打起来打起来，快点给我打起来！！！兴奋！"

"整活这块还是得看 Conquer。"

"Conquer：对不起，哥。"

"上面的姐妹，你一句话把爷逗笑了。"

"Fish 还在平 A，结果 Conquer 反手一个 R 下来，Fish 整个人直接自闭。唉，说到底，Conquer 你是不是输不起？偷别人妹妹算什么？"

任别人如何议论，余戈依旧保持了一贯的风格。外界掀起了一片腥风血雨，他丝毫不为所动。

总决赛过后，今年所有的比赛宣告结束，所有战队都放了长假，开始进入休赛期。

十一月底，LPL 全明星开启投票窗口，人气最高的十位明星选手将参加今年的表演赛。

其他战队的粉丝看热闹不嫌事大，把 ORG 和 TCG 的队标拼在一起，背景是一个又红又大的"囍"。

原本水火不容的两个战队已然变成了亲家队，让人禁不住感叹，世界之大，无奇不有。

这次全明星的十位明星选手里，每个战队的名额上限是三个。

ORG 作为近两年最有底蕴的豪门战队，粉丝和路人盘遥遥领先，基本稳拿三个名额。

而 TCG 虽然上个月拿下了总决赛冠军，但粉丝一时间还没积累起来，加上 WR 前几年太过辉煌，就算老将退役，这些年来还有周荡的忠实粉丝撑着，支持率一直都保持在 LPL 战队前几，至少能占据一到两个席位，TCG 只能保二争三。

AD 位基本是没悬念的，两个名额必然被余戈和陈逾征锁定。但出于众所周知的一些原因，虽然 TCG 和 ORG 在队粉的一片祝福声中，已经隐隐有化干戈为玉帛的趋势，但陈逾征和余戈的粉丝因为过往种种纠葛，非要争个高下。

余戈的粉丝至今还是觉得离谱至极，一时半会儿接受不了陈逾征成为他们的妹夫，甚至怀疑他有蹭余戈热度的嫌疑。

而陈逾征的粉丝虽然也觉得是自家高攀了，有些理亏，但一码归一码，说什么"蹭热度"，Conquer 现在粉丝也不比 Fish 的少。

于是两家都憋着火，铆足了劲儿投票，谁也不想被压一头。

这场没有硝烟的战争持续了一周，最后结果出来，余戈第一，陈逾征的票数紧追其后，位列第二。

两个人的票数只有几百之差，甩了其他人一大截。

别人基本只是他们的零头。

ORG 毫无悬念地拿了三个位置的名额，分别是阿文、Will、余戈。

WR 两个。

其他两个战队一队一个。

TCG 大部分的粉丝都在给陈逾征冲票，其余精力也只够勉强保住一个 Killer。

谁知道在投票通道关闭的最后两天，在自家名额已经稳了的情况下，ORG 的队粉突然帮忙抬了一手，在超话里帮奥特曼拉了一下票，压过 WR 的辅助，把他硬生生地送进了全明星。

TCG 最后也拿到三个名额。

这简直是史诗级的联谊。TCG 粉丝感动得眼泪汪汪，ORG 粉丝高冷地表示只是举手之劳。

TCG 超话里。

"兄弟们，把泪目打在公屏上。Conquer 这个大舅哥找得真是太对了，哥，太对了，哥太对。"

"原来这就是抱大腿的感觉吗？算了，抱就抱吧，我太爽了……"

"论有个强大的亲家队是个什么感受。"

TCG 基地里。

奥特曼十分动情地对着 Killer 说："下个赛季，我打算转会去 ORG

了，我觉得我现在就是 ORG 的人。"

Killer 嗑着瓜子。

奥特曼捧着手机，又检查了一遍官方发的名单，自己就卡在最后一个。他美滋滋地欣赏完，发觉自己跟陈逾征的票数差了十万八千里，又忍不住愤愤道："算了，我不转会了，下赛季我要转 AD，辅助这个位置真是吸不到粉！"

Killer 白了他一眼："AD 不 AD 的，也不重要，主要是 Fish 和 Conquer 帅啊，你要还是这张脸，指定是没戏。想吸粉，建议先去整个容。"

奥特曼丢下手机，过去掐他脖子："不会说话就别说。"

陈逾征跷着二郎腿，心情颇好地跟余诺发着消息，还不忘跟着开嘲讽："杀哥不过是说了句实话，你怎么还急眼了呢？"

奥特曼嘲笑道："话说，你这次投票又输给人家 Fish 了？"

他装模作样地惆怅了一番："唉，你到底是怎么回事儿啊？拿了冠军都没用，还是比不过别人，心疼。"

陈逾征长长地"啊"了一声，微笑："都是一家人了，还用得着计较这些？"

奥特曼："……"

12 月 18 日，LOL 全明星赛。

选出来的十个选手，要进行五对五的表演赛，随机排列。奥特曼、Killer 和余戈被分到蓝色方，而陈逾征和 ORG 的打野上单被分到红色方。

整场游戏下来十分欢乐，下路交火一如既往地激烈。

对彼此都太过了解，陈逾征每动一下，奥特曼都知道他要去哪儿。奥特曼预判几次，疯狂对着陈逾征甩钩，痛击队友，毫不留情，余戈的艾希精准狙击。机器人一声唢呐吹响，直接把陈逾征愉悦送走，拿到一血。

就这么接二连三地来了几次，阿文看情况，赶来下路支援。

"这一幕怎么看着这么喜感？"解说笑出声，"你说这个表演赛打完，TCG这下路会不会决裂？"

女解说："不得不说，奥特曼这个辅助当得太敬业了，不论是TCG的AD还是ORG的AD，他绝对不区别对待。"

比赛结束，蓝色方获得胜利，MVP给了奥特曼。

赛后，十个人全部上台接受采访。

主持人问奥特曼："你和Fish配合得这么默契，在下路打得这么欢快，有没有考虑过Conquer的感受？"

奥特曼思考了两秒，一本正经地说："Conquer是谁？别问了，真不熟。"

在场所有人哈哈大笑，连主持人都忍俊不禁。

陈逾征神色自若，隔着人群瞟了他一眼。

轮到Killer，他也神情认真："和鱼神打比赛的感觉确实挺好的，我和奥特曼刚刚商量了一下，考虑下个赛季转会ORG。"

"什么情况？TCG两员大将纷纷倒戈ORG。"主持人笑着问余戈，"Fish你怎么看？"

余戈淡淡道："欢迎他们。"

赛后采访的节目效果上升顶点。

阿文咳嗽了一声，接过话筒："我挺喜欢Conquer这种狂野的风格，和年轻人一起战斗，能激发打比赛的热情。"

主持人故意问："那你要不要考虑下个赛季转会TCG？"

阿文很配合，笑了笑："也不是不行。"

陈逾征顺着接话："欢迎你。"

直播间弹幕全是"哈哈哈"。

"不愧是亲家队！！！"

"有生之年还能看到ORG和TCG的选手这么互动？"

"Conquer队友的胳膊肘都快拐骨折了吧！"

"哈哈哈，TCG的人太搞笑了，Killer和奥特曼也是绝了。"

"TCG 中辅和 AD 鱼死网破，今晚就走！！！"

"ORG 和 TCG 锁死了。"

全明星的表演赛打完后，下一个环节是单挑王比赛，十个选手分成五组，两人一对一对打。一血或者一百刀，谁先拿到，谁获胜。

前几场打完，轮到最后一场的时候，男解说难掩兴奋："重头戏来了。"

女解说："什么重头戏？"

男解说："恩怨局，懂的都懂。"

正在进行赛前准备，冷不丁地，导播把镜头切给余戈。

他已经把耳机戴好，旁边工作人员弯腰跟他沟通着什么，余戈点了点头。

解说："Fish 这个表情好严肃。"

另一个人意味深长："是因为什么而心情不好？"

"也不是吧，他一直都这个表情。"男解说调侃，"入行以来，就没怎么见过鱼神笑。"

不管解说怎么点名，余戈都不抬眼，气场冰冷，保持着面瘫的冰山脸，表情匮乏，盯着面前的电脑屏幕。

于是镜头又切给正对面的人。

比赛都快开始了，Conquer 还没个正形，摊在椅子上，见镜头扫过来，懒懒地勾了勾唇，抬起手跟观众打了个招呼。

观众席上的粉丝开始尖叫。

解说："Conquer 选手看上去很放松，势在必得啊。"

比赛界面进入号哭深渊。

两人走到交战的区域，余戈待在草丛里，陈逾征点着地板，在塔下来回走动，操作得太快，导致人物都在抽搐。

解说感慨："Conquer 太调皮了。"

他们俩单挑的环节，让整个全明星赛事的收视率唰唰往上涨。

"官方太会搞了！！！"

"我有预感，Fish 要教 Conquer 做人了。"

开始还没两分钟，两人就打得难舍难分。

"两边开始 A 对方的远程兵，Fish 的 Q 技能没有角度。"

"Fish 的女警选择往前压，Conquer 则是往后靠了一点。不得不说，鱼神对线的压制力是实打实的啊，现在好像 Conquer 这边稍微处于下风？"

解说讲着讲着，陈逾征就在塔下漏了一个兵。

女解说："左边这个女警有点过分，Conquer 今天脾气怎么这么好？缩在塔下，不像他风格啊。"

直播间弹幕热议——

"赛场不是法外之地，面对大舅哥的暴打，该尿还是得尿。"

"要不是对面的人是 Fish，就按照 Conquer '枪抵后脑勺，该骚还得骚'的臭德行，高低要整几手绝活，可惜现在也是骚不动了。"

五分钟。

男解说突然拔高了声音："Fish 想硬来了，直接 Rush B^①，他冲上去了，打算硬刚 Conquer。Conquer 反身甩了一个 QE，Fish 被扫下半血，他还有一口治疗！继续往前追，挂点燃烧到 Conquer！！天哪，Fish 靠一拨爆发直接带走了 Conquer！！"

"啊，这局比赛结束得太快了！这就是高手过招吗？招招致命！"

忽然，台下的观众都叫起来。

就在游戏屏幕出现"游戏结束"的一瞬间，皮城女警一个收枪动作，对着死在泉水的陈逾征，"噗"的一下，亮出了两极无仪的图标。

这下，观众席连同解说纷纷笑了。直播间弹幕也刷疯了。

"伤害不高，侮辱性极强。"

"哈哈哈……我笑得想死，SOS！"

"鱼神居然也对 Conquer 亮标了！我感受到了，回来了，一切都回来了！"

---

① 游戏术语，源于游戏《反恐精英》，指粗暴直接的战术、无脑向前冲。

"所以，哥哥赢了，妹妹怎么说？"

"你们都以为自己在第五层，其实 Conquer 在太空层，输一场怎么了？能哄哄大舅哥，血赚不亏。"

最后一场结束，陈逾征和余戈两人站在台上接受采访。

主持人含笑："Conquer 今天输给鱼神了，有什么感想？"

陈逾征坦然自若："心服口服。"

主持人乐不可支："除了这个，就没别的了吗？"

陈逾征陷入短暂的沉默，似乎想了两秒，他说："哥，之前是我错了，咱以后都别亮标了。"

他这个吐字清晰的"哥"一喊出来，在场人倒吸一口凉气。

空气有了几秒的凝滞。紧着着，台下响起口哨和起哄的声音，反响很热烈，就连职业选手也开始鼓掌。

TCG 和 ORG 的几个人都笑到不行。

镜头转向余戈。他就像在上演一出静默的哑剧，表情接连变换。所有人都看得出来，余戈竭力控制着面部肌肉，才让自己的表情看起来没那么扭曲。

快乐都是短暂的，一片欢声笑语中，全明星赛告一段落。

后来，当初调侃他们的圈内人又出来爆料："全明星赛事结束后，有人看到 Fish 和 Conquer 一起去吃饭了……"

跨年那天，TCG 几个人组队，跑去了陈逾征的公寓一起过节，Van 还专门把女朋友也带了过来。

晚上，大家一起围在餐桌前吃火锅。

红白的鸳鸯汤咕噜噜冒着泡泡，青菜圆子、肥牛卷在滚汤里漂浮着，灯光晕黄温暖，腾腾热气散开。

女生胃口比较小，谷宜和余诺吃了一点就饱了，放下筷子。几个男的还在喝酒，奥特曼喝高了又开始四处找人划拳。

她们就坐在旁边小声聊着天。

聊了一会儿，谷宜去上厕所。余诺起身去厨房，切了一点水果端出来。

　　她把果盘放桌上，习惯性地拿起一块草莓准备喂给陈逾征，手伸出去一半，忽然发现不妥。

　　正打算把手缩回，陈逾征握着她的手，直接把草莓叼过来，眼睛斜上去看她："干吗，调戏我？"

　　余诺："……"

　　陈逾征慢悠悠道："不可以哦。"

　　他挑着眼尾，看向余诺的时候，眼角眉梢都似乎含着情，平添了几分不可言喻的旖旎。

　　表情空白了两秒，Killer抖了抖，起了一身的鸡皮疙瘩。

　　陈逾征问Killer："我和我女朋友调情，你看得这么认真干什么？"

　　Killer感到一阵反胃，问余诺："你有没有感觉？陈逾征他现在真的越来越会撒娇了，指定是瞒着大家伙偷偷跑去泰国做了变性手术。"

　　"杀哥，你也早点找个女朋友吧。"

　　陈逾征松开余诺的手，细嚼慢咽，把草莓吞下去，舔了舔唇角："不然总是这么无能狂怒，也不是个事儿啊。"

　　"你、他……"Killer说不过陈逾征，转头又冲着余诺嚷："你说，余诺，你说说！你来评评理，陈逾征才十九岁就这么欠揍，这合理吗？"

　　余诺笑。

　　陈逾征轻嗤："你看，他又破防了，单身人士的心理防线就是这么脆弱。"

　　Killer涨红了脸，骂了句脏话，撸起两边袖子："老子今天非撕烂你的嘴不可。"

　　奥特曼和Thomas在旁边大声吆喝着划拳。

　　余诺嘴角含笑，单手托着下巴，就这么专心地看着陈逾征和Killer吵闹。

　　过了一会儿，放在桌上的手机亮了亮，有几条微信消息提示。

　　余诺拿起来看。

Conquer："这么多人在呢！"

余诺："？"

Conquer："姐姐再这么看下去，我怕我忍不住亲上去。"

余诺抬头。

陈逾征一边跟 Killer 讲着话，一边风轻云淡地收起她的手机。

昨晚睡得太晚，余诺吃饱了有些犯困。她跟陈逾征说了一声，到沙发上盖着毯子小睡了一会儿。

不知道睡了多久，余诺睁开眼。

客厅里已经恢复了安静，陈逾征修长的双腿微微交叠，戴着耳机靠在沙发上，正打着游戏。

她坐起来一点，揉了揉眼睛："奥特曼他们人呢？"

陈逾征："回去了。"

余诺"哦"了一声："他们不跟我们一起跨年了吗？"

陈逾征："跟他们跨年有什么意思？"

余诺刚睡醒，有点口干，端起茶几上的水喝了一口："几点了？"

"十一点半。"陈逾征把游戏关掉，盯着她。

余诺放下水杯，嘴唇湿润，摸了摸自己的脸："干什么，我脸上睡出印子了吗？"

陈逾征挑眉："姐姐穿红毛衣真好看。"

钟表嘀嗒嘀嗒，一圈一圈地走，还有最后几分钟就到十二点。

他们坐在卧室的落地窗旁，看着窗外的夜景。

陈逾征幽幽地道："今年马上就过去了。"

余诺感慨："时间过得好快。"

玻璃上映着万家灯火，以及两人模糊的倒影。

他转过头，看着她，突然冒出一句话："流星雨果然没听见我的愿望。

"这玩意儿就是不靠谱。"

余诺不自在地动了动。

她一动，陈逾征立马翻身把她压住。

一只手不安分地钻进她的毛衣里，顺着腰往上摸，越来越过分。他声音沙哑，咬着余诺的耳朵："姐姐……"

余诺的手腕被人牢牢按在地上，想挣扎都动弹不得。她艰难地"嗯"了一声。

陈逾征俯身在她上方，瞳孔颜色浓得像深潭水，居高临下地看着她："知道我想干什么吗？"

她脸红得都快烧了起来。

见余诺不说话，陈逾征继续偏过头，自言自语："我想通了，求老天爷有什么用呢？"

天边一弯冷淡的月亮，楼下的商场聚集着一起跨年的年轻人，伴随着烟花升空绽放，和浓重的夜色交融，五彩的暗影交错。

其余的声音在耳旁统统消失。

柔软湿润的舌尖滑过她的耳垂，他气息微重："求人不如求己，凡事还得靠自己。

"姐姐，你说呢？"

29

陈逾征垂着头，仿似耐心地等着她的答案，手指却贴在她的皮肤上暧昧地摩挲，一圈一圈地打转。

余诺侧了侧头，把自己的手往外抽出来。

他的动作一顿。

她撑着上半身，挪了一下，稍微坐起来一点。余诺耳垂发红，忍着羞涩，尴尬地等了几十秒，他却不动了。

余诺以为陈逾征在等她主动，可她一点经验都没有……

陈逾征叹了口气："不可以吗？"

不知为何，她甚至听出了一点委屈的意味。余诺呆呆地看着陈逾征，点了点头："可以的……"

"嗯？可以什么？"

犹豫中，余诺伸手，把旁边的落地灯关掉，房间陷入一片漆黑，只剩模糊的月光和楼外丝缕的霓虹灯。

从很远的地方，人群兴奋的倒计时开始传来。

十、九、八、七……三、二——

一切都变得不真切。

她咬了一下唇，小声道："就是……流星雨没帮你完成的愿望……"

余诺顿了顿，把话说完："我帮你。"

陈逾征笑："行。"

余诺骨架小，又很瘦，腰窄得盈盈一握，他随手一捞就能抱个满怀。

陈逾征单手把她捞起，放在床上，随即欺身压上去。

他明明一直使力将她按着，却还要装模作样地温柔道："地上硬，怕姐姐疼。"

不知道是不是暖气开得太足，余诺觉得热，甚至呼吸困难。

她无所适从，被摁着的手微微蜷缩。细白的手指衬着一点光，莹润得像是夜间绽放的昙花。

两人一觉睡到第二天下午才醒。

余诺的眼睫微颤了一下，睁开眼。

卧室的窗帘拉得很紧，只有一丝丝光透进来，投在木质地板上。

她蜷缩着，双手交叠放在枕边，意识恢复后，昨夜的各种画面也随之而来。

余诺翻了个身，手脚发软。

陈逾征："醒了？"

两人四目相对，余诺表情一僵。

他居然没穿衣服。

昨晚夜里，彼此看不清倒还好，但现在是白天……余诺有点尴尬："嗯……"

她低头看了看自己身上松垮的衣服，陌生的蓝色 T 恤。

"你睡衣……"罕见地，陈逾征表情有些不自然，咳嗽了一声，"不能穿了，我就给你换了一件。"

余诺瞬间领悟其意。

"知道了，我、我去刷个牙。"

余诺推开浴室的门，用水洗了一把脸，刷完牙，她抬起头，看着镜子里的自己。

T 恤的领口很大，余诺稍微扯下来一点，颈边，肩膀处，甚至胸前……全是红色的瘀痕。

出神几秒，余诺脸又热了。

后面突然传来一阵低笑，余诺抬眼，镜子倒映出身后的人。

陈逾征随意套了条裤子，抱臂靠在浴室门口，神情慵懒："姐姐。"

余诺赶紧把衣服拉好。

"别拉了，该看的我都看了。"

余诺感到一阵难为情，忍不住反驳了一句："昨天，都没灯，你怎么看……"

"帮你洗澡的时候啊……"陈逾征没脸没皮，"浴室的灯，可亮了。"

余诺涨红着脸，不敢跟他对视，急急忙忙就出了浴室。

陈逾征跟在后头。

余诺开始给自己找事情干。她转了一圈，走进厨房，找了两袋麦片，又从冰箱里拿出鲜牛奶，倒进玻璃杯中，放进微波炉里加热。

她冲着麦片，陈逾征从背后搂住她。

余诺拿着热水壶的手一抖。

他把下巴搁在她肩上："姐姐，以后我就是你的人了，你要对我负责了。"

余诺心不在焉地应了一声："嗯。"

"'嗯'是什么意思？"

"知道了。"余诺把热水壶放在桌上，轻轻推了他一下，"你先出去。"

陈逾征咬了一下她的耳垂："爱吃鱼，我太受伤了，你怎么能翻脸不认人呢？"

"我……"余诺耳朵发烫，结巴，急道，"我哪里、哪里翻脸不认人？"

"你一起来就对我这么冷淡，我的心简直比哈尔滨的雪还冷。"

余诺脸上红晕未消："不是冷淡……"

她哪儿说得出口？

昨天晚上之后……她还没做好心理建设，根本不好意思面对他……

"我好忧郁。"陈逾征哼哼两声，"早知道姐姐会这么快厌倦我，我就不应该让姐姐这么早得到我。"

余诺："……"

"你别胡说了。"余诺歪着头，"我没有厌倦，就是……"

话戛然而止。

"就是什么？"

她在内心叹了口气。

突然发觉，Killer 他们说得没错，陈逾征有时候脸皮真是厚得出奇。

余诺嗫嚅："我就是，有点不好意思。"

"这样吗？"

余诺点了点头。

陈逾征无声地笑了。

跨年第一天，陈逾征发了一条微博——@TCG-Conquer：新年快乐。

同时晒了三张照片。

第一张是自己的文身。

第二张是在大慈寺，长发及腰的女孩踮着脚，把祈愿牌的红绳系在树梢。

第三张是一个护身符，上面写着："希望有一天，他们能被所有人看到。"

"你发的图片和新年快乐有什么关系？"

"回楼上，Conquer 单纯就是想秀个恩爱罢了。"

"@ 爱吃饭的鱼，进来看我老公。"

"'所以今天，我来实现她的愿望了'，你把她的愿望文在身上了……"此时屏幕前一位余姓男子表情逐渐扭曲。

和其他职业选手相比，陈逾征的微博画风简直称得上迥异。晚上六点，他又发了一条微博，配图里有一份莲藕排骨汤、一份鱼香豆腐，还有一份红烧肉。

评论区——

"看着好好吃！"

陈逾征回复："确实。"

"这个菜馆在哪儿，我也想吃，流口水。"

陈逾征回复："我女朋友做的。"

楼中楼一排排问号打出来。

"你还真不把我们当外人啊！"

"行了……求求你真的住手吧，全世界都知道你和 Fish 妹妹的绝美爱情了，不用再秀了……"

"我怀疑我关注了一个恋爱博主，陈逾征，你开微博以来发的都是些什么玩意儿？？"

"万万没想到 Conquer 居然是个恋爱脑，这反差也太大了，在赛场撑天撑地，结果私底下……算了，累了，毁灭吧。"

不管别人怎么说，陈逾征依旧把微博当成朋友圈，尽职尽责地往恋爱博主日常的方向走。

和他互关的 TCG 几个人眼不见心不烦，纷纷把他屏蔽了。

1 月 9 日，LPL 春季赛开幕式的那天，上海下起了初雪。

由 TCG 和 YLD 打开幕式。

付以冬和余诺来了现场。

比赛还未开始，主持人还在热场。

场馆内的热气开得很足，大家都把外套脱了。付以冬看清余诺穿的什么后，笑了笑。

她挥着 TCG 的应援棒，感叹了一下："唉，时间过得好快啊。"

余诺转头看她："怎么了？"

"去年我跟你来看 TCG 的比赛，现场全是 ORG 的粉丝。"

付以冬往周围扫了一圈，全是兴奋的年轻女孩在交头接耳，有的脸上还贴着 TCG 战队的标志。

她有些忧伤："现在我的主队终于被人发现了，一时间不知道该喜还是该忧。"

两人正说着，旁边的人全部像疯了一般叫了起来。

从左到右，Thomas、奥特曼、陈逾征几个人刚刚走到舞台中间。

"啊啊啊，Conquer！！！我爱你！！！"

"啊啊啊 TCG！！！"

几个选手全部落座，付以冬的吼声完全淹没在人群里。

比赛结束，TCG2：0击败YLD。赛后采访完，到了送礼物的环节。

上来的连着两个都是男生，长得人高马大的，用粗犷的嗓子在台上表白。

Killer 和 Thomas 站在他们旁边居然有点小鸟依人，两人表情皆是欲哭无泪。

奥特曼和旁边的人小声吐槽："能不能来个女生啊？"

主持人说："接下来这个粉丝……咦？"

原本 TCG 几个人互相说着话，陈逾征停了一下，转头看过去。

台阶的尽头，有个人慢慢从黑暗中走到光下。

熟悉的白色毛衣、深蓝色牛仔裤、黑色板鞋。余诺长发微卷，抱着一个礼物袋子，一步一步朝他们走来。

主持人立刻认出是谁，有点惊讶，特地看了眼陈逾征，还是笑着问："你好，你的礼物想送给谁呢？"

余诺走到台中间，接过工作人员递来的话筒："想送给 Conquer。"

主持人长长地"哦"了一声，假装才知道："原来是 Conquer 的女粉丝啊，有什么话想对他说吗？"

"希望 Conquer 能越打越好，注意休息，保持身体健康，春季赛加油，我……"

在场所有人的目光都落在她身上，余诺的胸腔里扑通扑通，心跳比以往都快。她尽力平静地说出最后一句话："我永远喜欢你。"

底下的人全在起哄，粉丝的尖叫声此起彼伏。

奥特曼和 Killer 会心一笑，也不顾及是不是还有摄像头在拍，轮流推搡着陈逾征。

主持人："你可以去跟喜欢的选手合照了。"

陈逾征专注地看着余诺，看着她朝他走过来，走到他跟前。

陈逾征勾唇，挑了挑眉，对她说："你好。"

一句话，让余诺眼眶立刻湿润，她笑了出来："你好。"

第一次见他，也是在这里。她认错了人，局促地站在他身边。

陈逾征一只手插在兜里，懒洋洋地没站直，灯光在地板上拉出一道长长的影子。他有点不耐烦，看向余诺的一瞬间，明明嘴角带着笑，却让人觉得很遥远。

那时候，余诺不知道自己会爱上他。

而这次，陈逾征在全场的尖叫声中，把手臂搭在她的肩上。

两人看向镜头，这一幕被相机永远定格。

余诺微微仰头，认真地看向他的侧脸。

她曾幻想过一个和他有关的故事。

这个故事很长，她就这么安静地看着他，从幕后到台前，一步一步地往前走，走到所有人面前，然后把她幻想的故事一点一点，亲手写出来。

他说，他会让所有人记住。

后来，他做到了。

但她知道，这不是故事的结局。

它才刚刚开始。

陈逾征也看向她："怎么了？"

余诺弯着眼，无声地做了一个口型："陈逾征，我很荣幸。"

——余诺终于成了你故事的一部分。

番　外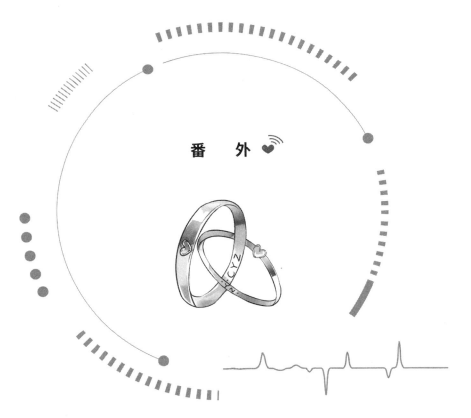

番外一　*LPL 三大人气王首聚*

周荡受邀参加了全明星活动。

晚宴上，主办方为了噱头，特地把陈逾征、周荡、余戈凑在一桌。这三人作为圈内人气最高的 AD，彼此之间都有些渊源。

周荡在退役前，光芒太盛，无论是成绩还是粉丝数量，处处都稳稳压着余戈一头，称他为"余戈的一生之敌"也不为过。

后来余戈熬到周荡退役，又迎头赶上来一个浪荡不羁的陈逾征，甚至隐隐有当年周荡的势头。最重要的是，陈逾征一点不知收敛，又跩又狂，出道就大胆骑脸余戈嘲讽，导致两家经常掐架，战火纷争，谁知后来居然横空杀了一个回马枪，把余戈的妹妹追到手，外人看他俩又多了几分耐人寻味。

奥特曼拨弄着碗筷，时不时就抬头，一会儿看看偶像，一会儿看坐在他旁边的女人。

她有一张很标准、很柔和的鹅蛋脸，穿着灰色的羊毛裙，黑色的长发半扎着，几缕碎发勾勒在耳侧，笑的时候也很温婉。

吵闹的环境里，两人很小声交谈，保持着距离，也没有太过亲密的举止，但奥特曼莫名就觉得传闻果真靠谱，周荡和他老婆不愧是电竞圈模范神仙眷侣。

他年少时期就是周荡忠实粉丝，可惜进圈晚，WR 几乎全员退役，江湖只剩下他们的传说。得知参加全明星活动能见到周荡本人，奥特曼激动得一晚上没睡好觉。

他还在胡思乱想，书佳忽然拉住路过的服务员，温柔地笑了一下："不好意思，请问有牛奶吗？"

服务员点点头："有的。"

书佳："好的，能麻烦拿一瓶吗？谢谢。"

她说完，瞥到对面有个男孩儿直愣愣地瞧着自己，书佳和他对上目光，隔空问："你也要吗？"

奥特曼突然被点名，手足无措地"啊"了一声，直起背，甚至有想起立的冲动。

"牛奶。"

见书佳跟他说话，周荡也看过来。

奥特曼结巴了一下，脸红得跟猴子屁股一样："可、可以啊。"

书佳转头又对服务员说："拿两瓶。"

很快，服务员拿着两瓶牛奶回来。

书佳递给奥特曼一瓶，打开另一瓶，倒进玻璃杯子里，递给旁边的男人。

Aaron 觉得好笑，"啧"了一声："阿荡，你怎么回事儿？这么大岁数了，在外面还喝奶。"

桌上有其他熟人也出声调侃。

书佳在桌底下拉住周荡的手，安抚了一下他的小脾气，笑着跟他们解释："他胃不好，喝不了酒。"

某个人突然说："对了书佳，我记得你挺能喝的吧？"

"嗯，"书佳点点头，"还行。"

Aaron："行了，你快别谦虚了，我就没见过酒量比你好的女的，能把我喝趴下。"

那人好奇："是吗？书佳酒量这么好？"

"这你就不知道了吧。"Aaron 回忆着往事，"当初我们才刚认识呢，周荡玩啥游戏输了，结果书佳一个妹子居然帮他喝酒。谁能想到，这一喝，就喝出了一段情！"

偷听八卦的奥特曼忍不住瞪大了双眼，忍不住又看了眼书佳。这么温柔的女生，居然还会喝酒，这反差也太大了……

陈逾征解着袖口的扣子，慢条斯理道："奥特曼，擦擦口水。"

奥特曼反射性地抬手，几秒后，意识到自己被耍了，恼火道："你有病？"

陈逾征："盯着别人老婆看这么久？"

"你说话能不能别这么难听？我这是善意的好奇，不抱任何杂念好吗？"奥特曼强调了一遍，又说，"再说了，你不色吗？全队最没下限的就是你，你装什么装？"

"我色啊。"陈逾征认得很坦诚，"但是呢，我没下限，也是分场合，分对象，懂？"

"什么场合？"

"这你也问？"陈逾征看了他一眼，"你还挺变态。"

"自己想想算了，这种事我怎么说得出口。"

陈逾征忽然"噢"了一声："不过，估计你也想不出来。"

他语气略带同情："你只需要知道，我很幸福就行了。"

奥特曼转头找 Killer："杀哥，我现在真的很无助，你说，这世上还有谁制得住陈逾征这个贱人？"

Killer："陈逾征右手边，顺着数四个，看到没？"

奥特曼一个一个数过去，目光落在某个男人身上。

余戈正好抬眼。

晚宴结束后是颁奖典礼，年度最佳新人的奖由周荡颁发。

有好几个提名的，但大家都心知肚明会是谁获奖。

大屏幕轮流播放他们的比赛片段，最后把其中一个小格单独切出来，主持人装模作样地惊讶了一下："恭喜 Conquer ！"

镜头转向台下的陈逾征，他正把西装外套慢悠悠地穿上。

身边的人都在鼓掌。

电竞选手平时很少穿正装，大部分选手年纪小，穿正装气质会有些违和。但意外的是，陈逾征穿西装竟意外地合身，一身规矩的白衬衫、西装裤，显得整个人高挑又英俊。

走上颁奖台红地毯的时候，倒真给人一种他是哪个剧组落跑的男明星的感觉。

大屏幕上，陈逾征侧脸很帅，正脸很帅，笑的时候很帅，全方位无死角地帅。

现场除了掌声又响起别的议论声。

就连奥特曼都放下偏见："Conquer 不愧是高中校草。"

周荡把奖杯递给他，陈逾征接过。

两个人并肩站在台上极其养眼。

主持人提醒陈逾征说获奖感言。

陈逾征拉过话筒，微微低了身子，语气轻飘飘的："拿到这个奖很感动，感谢主办方，感谢我的队友。"

主持人浅笑："我好像听说 Wan 神是你的偶像，今天他亲自颁奖给你，有被激励到吗？"

"有啊，我一直把他当成目标。"

主持人好奇："是吗？你的目标是什么？"

就当别人以为他会说出三年拿十个冠军之类的豪言壮语时，台下 TCG 几个人脸上的表情都难以言喻。

果然。

陈逾征："等我二十二岁，就跟女朋友求婚。"

这句话被麦克风传递到会场的每个角落。

——这是周荡和书佳在电竞圈广为人知的事情。

语出惊人，台下一片哗然。

连周荡都愣了一下。

有些无聊得正在玩手机的人也被震得抬头，"唰"的一下看向台上的人。大家反应过来，纷纷鼓掌起哄，还有人吹口哨。Killer 似乎觉得丢人，无力地捂着脸。Thomas 和 Van 则是一副懒得听他胡说八道的表情。

镜头特地转向观众席的余戈。

他嘴角抽了抽，极力克制着自己。

"致敬。"陈逾征勾唇，"争取向偶像看齐。"

周荡："……"

番外二 "三从四德"的男人

春季赛前半段告一段落，各个战队开始放假。TCG 几个人出去团聚，这次是家属局，没有领队和教练。

吃完饭，一行人去了 KTV。

奥特曼霸占着麦克风，连吼带唱地糟蹋了几首歌，直到 Killer 受不了他破锣一样的嗓子，把人赶下来。

等 Killer 唱完，下一首的前奏响起，却没人唱。

Killer 站在点歌台旁边说："《祝你爱我到天荒地老》？这什么破歌啊？？没人唱，我顶了。"

"顶什么顶？"陈逾征起身，把话筒拿过来，又分给余诺一个，"我俩的。"

他们唱了没两句，奥特曼嚷嚷："陈逾征，不然你别唱了，你有一句歌词是在调上的吗？让余诺自己唱得了。"

陈逾征也发现自己唱歌确实难听，摸了摸鼻梁，放下话筒。

他摊坐在沙发上，转过头，眼一眨也不眨地看着余诺。

她专心地看着屏幕："祝我专属拥有你的胸口，祝我一不小心掉进你温柔……"

听到这几句歌词，陈逾征嘴边含着笑，美滋滋的一张痴汉脸让人无法直视。

谷宜悄悄问 Van："Conquer 平时也这样吗？"

Van："什么？"

"我总觉得，他跟他女朋友待在一起，就像变了个人似的。"

还记得当初刚认识，她去 TCG 基地找 Van，后来他们一起出去吃饭，那是她第一次见到陈逾征。

他就坐在她正对面，话很少，一直低头看手机。直到上菜了，被奥特曼提醒，陈逾征才摘了耳机，抬起脸。

谷宜呼吸都停了一下，偷偷瞧了他几眼之后，压低声音问 Van："对面那个穿白色短袖的，也是你队友？"

Van 不以为意："是啊，我们队的 AD。"

谷宜有点震惊，不敢相信这么帅的人居然来当职业选手。

"你这个队友有没有女朋友？"

Van 有点吃醋了："你要干什么？"

谷宜连忙道："没什么，就想问问，给我闺密介绍啊。"

Van 想了想："应该没有吧。"

谷宜拿出手机，偷偷拍了一张陈逾征的照片发给自己闺密："怎么样，单身，追不追？"

闺密："你是不是太看得起我了？这种男的你觉得我能追上？"

那时候谷宜怎么也没想到，有生之年亲眼看到陈逾征谈起恋爱，居然是这个样子的……

Van 仿佛知道她在想什么："习惯就好，知人知面不知心。"

余诺唱完，其余人很给面子地鼓掌："好听！真好听！！"

她略有些不好意思，把话筒搁在桌上。

坐回沙发上后，旁边的人立刻凑上来。

余诺转头："干什么？"

"唱歌真好听。"

余诺抿着笑："谢谢。"

他指尖凉凉的，捏了捏她的腰："姐姐好软。"

说完，又去闻她的头发，无耻地道："身上也好香。"

余诺一滞，脸爆红。

他绝对是故意的，这些话……

见别人都看过来，余诺连忙去捂陈逾征的嘴。

前面半句声音小，后面半句 Thomas 倒是听清了，忍无可忍地扔了一件外套，"唰"的一下丢在陈逾征脑袋上，把他整个人罩住，警告道："陈逾征，算我求你了，别说话了。"

谁知道陈逾征的手动了动，把余诺往自己这边扯。

她一个不防，直接歪倒在他怀里。

随即，外套把她也盖住。

Killer 唱着情歌，听到起哄，转眼，注意到陈逾征那边的动静："你都如何回忆我……"

歌声断了一下，没忍住，一句"回忆我，我、我、去"响起。

两个人被笼罩在外套里，彻底隔绝了外界一切视线。

余诺眼前突然一片黑暗，脸颊被人用手指捏住。她瞪大眼睛，还没反应过来，嘟起的双唇被人一咬，再一舔。

陈逾征低低地笑了两声，退开。

KTV 里人多，陈逾征没做什么过分的事情，亲完就松开她，把外套掀开。

其余人自觉地移开目光。

幸好 KTV 的灯光调得很暗。

刚刚那一遭，余诺坐立难安了一会儿，时不时喝水，吃点爆米花，就是不敢和别人对视。

手机忽然亮了亮。

Conquer："走不？"

余诺看了他一眼，他正低着头打字。

很快，余诺手机又振了一下。

Conquer："说实话，刚刚没亲够，我现在很抑郁。"

余诺迟疑："这么多人，先走不太好吧？"

Conquer："有什么不好的，Van 和他女朋友都走了，反正这么多人，也不缺咱俩。"

余诺："不然……你吃点东西，或者唱几首歌，转移一下注意力？"

Conquer："我现在啥也不想干，就想跟你聊聊天。"

余诺："那我陪你聊，你想聊什么？"

Conquer："你觉得这个场地适合聊天吗？"

余诺："？"

Conquer："我这人比较认床，回到家看见床，我才有倾诉欲。"

陈逾征发完消息，起身，和他们打了个招呼："我和余诺先走了啊，你们玩。"

Killer"欸欸"两声，阻止他们："走什么走？等会儿还有下半场呢。"

陈逾征揽着余诺的肩："我们还有事儿。"

Killer："走了就不是兄弟。"

陈逾征拉开门，头也不回地说了一句："真有事。"

去停车场的路上，陈逾征收到奥特曼的消息："你有什么事？"

Coqnuer："希望你给我一点私人空间。"

车开到路上，手机接连振动，电话和微信轮流响。

余诺提醒他："有人给你发消息。"

陈逾征把手机拿起来，丢给余诺："他说什么？"

余诺知道他手机密码，直接解锁，点开微信。

有好几条几十秒的语音，她看了陈逾征一眼，用扬声器直接播放。

"陈逾征，有女朋友了不起？人范齐也有女朋友，怎么就没像你一样骄傲呢？

"也不知道有什么可骄傲的，就你天天上蹿下跳，就差拿个喇叭上街喊'我陈逾征有女朋友了'，生怕全世界还有谁不知道你脱单了一样。

"你就是个恋爱脑，我单身怎么了？我妨碍你了？我等着余诺甩你的那天，到时候你千万别来找我哭——"

耐着性子听到这儿，陈逾征一只手把着方向盘，另一只手把手机拿过来，强行中断了语音。

酝酿一会儿之后，他看着前方路况，回了一条过去："奥特曼，什么时候你的废话，能像你的恋爱经验一样少？"

对面秒回。

"呵呵，谢谢你的关心，我会一直当个骄傲的处男，为了我将来的老婆守身的。

"至于你，陈逾征，像你这种有了女朋友就嘚瑟的人，小心被甩了哭都哭不出来。"

坐在旁边的余诺听得一清二楚。

安静的车厢里，突然响起了轻微的扑哧声。余诺终于忍不住了，越笑越止不住。

陈逾征看她："你笑什么？"

"就是，听你们这么斗嘴，觉得还挺好笑的。"

陈逾征赞同："奥特曼确实挺可笑。"

余诺："你也是。"

"我哪儿好笑？"

余诺摇摇头，不肯再说。

开车回到家，两人从地下车库直接坐电梯。

等电梯的时候，余诺侧头，忽然问："你是不是很有经验？"

他没反应过来："我有什么经验？"

"就是……你跟奥特曼斗嘴的时候，听上去就一副很有经验的样子……"余诺终于问出了好奇很久的问题，"陈逾征，你到底交过几个女朋友啊？"

陈逾征表情变了变，一下说不出话来，沉默了。

余诺："很多吗？"

看他一副拉不下脸的样子，她飞快地道："那个，没事，我不是怪你，就是好奇问问，你不想说就算了。"

电梯"叮"的一声，门向两边滑开。

回到家，陈逾征忽然道："我就是装一下，我没谈过恋爱，你是我的初恋。"

余诺惊讶："初恋？"

陈逾征若无其事地说："看不出来吧？我长了一张这么帅气的渣男脸，其实比谁都纯情。"

纯情……

余诺默然，实在没法把这个词跟陈逾征本人联系起来。

他有点不服气，淡淡道："我从小到大没跟人表过白。你是第一个，也是最后一个。

"怎么，你不信？"

余诺回过神，心像泡在蜂蜜水里，弯着眼睛："信。"

陈逾征抱臂，斜倚在墙上，问她："那你还在等什么？"

"什么？"

他下巴抬了抬："过来，亲我。"

余诺听话地走过去，踮起脚，在他下巴上亲了亲。

亲完之后，她刚想退开，双手被人反剪。

陈逾征把她推到墙上，摁住，对准她的唇吻了上去。

"'三从四德'知道吗？"陈逾征气息紊乱，声音低得没法分辨："姐姐，你以后就知道了，陈逾征就是天底下最守德的人。"

番外三　移出群聊

春节前夕，在虞亦云的再三催促下，陈逾征终于向余诺提起跟他家里人一起吃顿饭的事情。

星期天下午，下了点小雨，陈逾征开车来接余诺。

她化了一个很清淡柔和的妆，穿着浅灰的羊绒呢大衣，米白色毛衣，暖色系的暗格长裙，整个人看上去温婉大方。

收了伞，上车。

余诺的鼻尖冻得通红，车里开了暖气，她耸了耸鼻子，把买的礼物放在车后座。系好安全带，坐定，拍了拍大衣上的水珠，拉开副驾驶的遮阳镜，用手指梳头发。

陈逾征一边倒车，一边看她。

弄完头发后，余诺从包里翻出一支唇釉，补了补。看了一会儿后，觉得颜色太浓，她又找出纸巾，擦淡了一点。

这个点儿路上有些堵，余诺全神贯注地翻着手机，在网上查看见家长的各项事宜和细节，越看眉头皱得越紧。陈逾征跟她说话，余诺就"嗯"了两声。

被人敷衍得太过明显，他开口喊："爱吃鱼。"

余诺又"嗯"了一声。

"爱吃鱼。"

余诺视线终于从手机上移开，转头："怎么了？"

"你现在对我怎么这么敷衍？"

余诺："我在看东西。"

"看什么？"

余诺心情沉重："你不要管我。"

他气笑了："爱吃鱼，你行啊你，把我追到手就这个态度？"

"……"

"你这个爱情骗子。"

"……"

"我觉得我上当了。"

"……"

"这上海的天，再冷又如何能冷过我的心？"

"……"

"行，没人理我，就这样吧，就让我一个人在冰天雪地里独自心碎。"

"……"

见旁边的人依旧没有任何回应，陈逾征幽幽地唱起来："爱得多的人总先掉眼泪，爱得少的人总先变虚伪……"

"我错了，别唱了。"余诺终于被他逗笑。

"良心受到谴责了吧？"陈逾征"哼"了一声，"跟你说，道歉没用，晚了。我就要唱，我要唱到你羞愧。"

余诺关了手机："我不羞愧。"

"那你为什么不许我唱？"

"因为有点难听。"余诺忍着笑，觉得偶尔欺负欺负他挺好玩，"我的良心还好，但我的耳朵确实受到了'谴责'。"

跟他插科打诨地笑闹几句，余诺的心情放松了一点。

吃饭的地方坐落于寸土寸金的繁华商业区，算是地标式的饭店。一进门就有服务员引路，余诺拿过陈逾征手上的礼盒："我自己来拿。"

坐电梯的时候，余诺又焦虑地开始整理头发，一会儿拨到胸前，一会儿拨到肩后，低头反复查看自己身上还有没有不妥的地方。

"你怎么这么紧张啊？"陈逾征看她这个样子有点好笑，揽着她的肩，"放心，我爸妈不吃人。"

余诺把他的手从肩上拉下来，往旁边站了一点，跟他保持距离。

陈逾征不满："干什么？"

余诺心事重重，小脸凝重："等会儿要见你爸妈……这样不好。"

"什么不好？"陈逾征纳闷。

"会显得，有点不稳重。"

陈逾征笑出声："看不出来，你这人还挺保守。"

余诺无心跟他玩笑。

电梯"叮"的一声，到达吃饭的楼层。

两人跟着服务员往前走，隔着老远，就有个女人在门口冲他们挥手："这里这里！"她旁边还站着一个穿西装的男人。

余诺暗暗调整着呼吸，跟陈逾征走过去。

靠在门边的女人头发微棕，卷成大波浪，穿着奶白色外套、高领毛衣，含着娇俏的笑，由内而外散发出优雅的感觉。

余诺有点愣神，问得很迟疑："这是……"

陈逾征："我爸妈。"

余诺反应过来，把手中的礼物递出去，连忙问好："叔叔……阿、阿姨好。"

陈柏长接过礼物，礼貌地说了一句谢谢，招呼她："进去坐吧。"

余诺应了一声好，偷偷地看向虞亦云。

女人保养得很好，皮肤细腻白净，一点岁月的痕迹都没留下，看上去连三十岁都没有，她刚刚还以为她是陈逾征哪个表姐，没想到居然是陈逾征的母亲……

虞亦云很热情地上前来，把陈逾征硬生生挤到一边，执起余诺的手："走，咱们进去，外面好冷呢。"

陈逾征一个人被留在原地，冲她们的背影喊了一句："妈，你抢我女朋友干吗？"

虞亦云完全没听到他的抱怨，一门心思都放在了余诺身上："之前总是听童童说你，多可爱多乖，今天终于见到了。"

余诺也顾不上落单的陈逾征，跟着虞亦云往里走，离得近，虞亦云身上有种很香很甜的味道传来。

虞亦云皱了皱眉，捏了捏她的指尖："宝贝，你手怎么这么凉？今天上海都下雨了，你该多穿点呀。"

热情地絮絮叨叨一会儿，看面前小姑娘还是愣愣地盯着她，虞亦云停了一下，问："怎么啦？我脸上有什么东西吗？"

"不是的。"余诺老老实实地说，"阿姨，您看上去太年轻了，我还以为是陈逾征的表姐……现在都有点回不过神。"

她的语气还带着点内疚，一点也不像是奉承，反而给人一种特别真诚的感觉。虞亦云被说得瞬间心花怒放，眉开眼笑："之前出去逛街，也有人说我跟征征像姐弟呢。"

陈逾征双手搁在桌上，玩着手里的车钥匙，闻言嗤笑一声："那人就是为了骗你买衣服，故意逗你开心。"

闻言，虞亦云气呼呼地瞪他一眼："征征，你现在越来越不讨喜了。你这个样子，女孩子怎么能受得了你？"

说完，虞亦云冲着余诺道："他以后要是惹你生气了，你该打就打，别手软。"

陈逾征笑了："不带您这样的！婚都没结呢，就先教我老婆家暴我？"

虞亦云："下次我带着小诺去逛街，不要你陪了。"

陈逾征："那谁帮你们刷卡？"

虞亦云觉得好笑："我有你爸的卡，还轮得到你？"

"那不行。"陈逾征把手搭在余诺椅子上，一副占有欲很强的姿态，"你可以用我爸的卡，但是我老婆的单得我亲自来买。"

余诺在底下扯了扯陈逾征的衣服，示意他别乱说话。

陈柏长坐在旁边，想插嘴也插不上，跟局外人一样。余诺注意到了，给他倒了杯水，站起来递过去："叔叔，您喝水。"

陈柏长颔首："谢谢。"

她观察了一会儿，发现陈逾征大部分外貌源自他爸爸，陈柏长得不像同龄中年男人那般臃肿和粗犷，面庞因为岁月的打磨而显得坚毅儒雅，眉眼依旧有年轻时候的英俊，就是话比较少，人看着也严肃。

但是总体来说，见家长这个事，比余诺想象中轻松愉快。

几个服务员安静地布菜。

虞亦云是苏州人，说起话来嗲嗲的，也不管陈逾征和余诺在场，就直接跟陈柏长撒娇。

她像个小孩一样，努了努嘴："哎呀，我不爱吃这个，你别给我夹。

"我要吃那个。

"啊，老公，这个菜好辣，把水递给我。"

陈柏长顶着一张不苟言笑的脸，却对虞亦云言听计从，把温水递给她后，还拍了拍她的背："小心点，别呛着了。"

他们的相处模式让余诺觉得新奇，陈逾征则一副习以为常的样子。

原生家庭的经历，让余诺从小对"亲人"都有些莫名的恐惧，童年和家人有关的片段全是分离、吵架、喋喋不休的纷争、恐惧的尖叫。陈逾征的父母仿佛替她打开了新世界的大门，也重新定义了"亲人"这个词，原来也可以这么温暖。

她凑过去跟陈逾征咬耳朵："叔叔对阿姨好好。"

"我们全家都这样，但我爸这人没我会来事儿，也没我懂情趣。"陈逾征低低地笑了，"青出于蓝胜于蓝，以后我对你更好。"

自从和陈逾征父母吃过饭后，虞亦云就和余诺加上了微信。

陈逾征的父母给余诺留下的印象太好，从只言片语和动作里，余诺也能拼凑出一个完整的、有温度的、幸福的家庭。她从小就渴望亲情，以至于后来几天，余诺总是缠着陈逾征，要他多跟她讲讲家里的事。

过了几天，虞亦云找余诺陪她出去逛街，余诺也很高兴地答应了。

和虞亦云相处的时候，余诺整个人都很轻松，一点压力都没有。

虞亦云给她的感觉和徐依童很像，虽然都是娇生惯养的富家小姐，吃穿用度皆是名牌，但是为人一点都不势利，也没距离感，反而对人十分真诚，偶尔有些娇气的小毛病也只会让人更想宠着她们。

逛完街，虞亦云带她去了一家泰国餐厅。

虞亦云发完朋友圈，想到一件事，对着余诺说："小诺，你让征征换个头像。"

余诺："嗯？换掉现在那个？"

虞亦云皱了皱鼻子："对，他那个头像乌漆墨黑的，我说了几次他都不理我，明明那么丑。大过年的，格外晦气。"

余诺忍着笑给陈逾征发消息。

余诺："你想不想换个头像？"

Conquer："我妈要你来的？"

虞亦云用余诺的手机，给他分享了一首歌：《听妈妈的话》。

Conquer："你已经开始跟我妈一起排挤我了？我这个头像从高中用到现在，有感情了，舍不得换。"

过了一会儿。

Conquer："也不是不能换。"

下午时分，TCG几个人私下拉的群突然响了响。

Conquer："有人在吗？"

无人回应。

Conquer："没人？"

无人回应。

Conquer："想听八卦吗？"

群提示："'Conquer'修改群名为'陈逾征全球粉丝后援会'。"

群里依旧一片死寂。

陈逾征发了几个红包，不到三秒就被抢光。

Conquer："你们真的挺不像人的。"

Van："这是什么破群名，你干什么？"

Conquer："我来通知你们一件事。"

奥特曼："有话快说。"

Conquer："少安毋躁，不知你们有没有发现，今天上海的天气，好像格外冷。"

奥特曼："……"

Thomas："你又犯的什么病？"

Conquer："Thomas，多穿点衣服，我担心你感冒。"

Thomas："……你有什么事？"

Conquer："@奥特曼，你这个头像，该换换了，有点老土。"

奥特曼："什么？？？"

Conquer："@Killer，来，杀哥，你来品品我这个头像，细品。"

Killer没品出来："很普通。"

Conquer："你的眼光确实一般。"

Conquer："@Van，来，齐哥，你来品品我这个头像，细品。"

终于，Van发了一条消息："咦，你这个头像，跟余诺配对的？"

Conquer："这里有个有心人。"

奥特曼："我有点语塞……"

Killer："大家散了吧。"

Thomas："陈逾征，真有你的，出走半生，归来仍是弱智。"

Conquer："行了，一群柠檬精，别酸了。"

Conquer："嫉妒，是心灵上的肿瘤——艾青。"

陈逾征刚发完鸡汤，群提示："Conquer已被移出群聊。"

番外四　最后的最后

① 关于可爱

自从 ORG 放起长假，余诺就被余戈扣在家里，晚上十点前必须回家。在陈逾征各种强烈要求下，余诺硬着头皮打电话跟余戈商量，表达出想在外面过夜的愿望，话还没说完，余戈便问："他人呢？"

余诺"嗯"了一声，偷偷去看旁边的男人，踌躇两秒："在我旁边。"

"电话给他。"

余诺"哦"了一声，默默把电话递过去。

陈逾征摸摸鼻子，接过来，清了清嗓子，喂了一声："哥？"

几分钟后，电话挂断。陈逾征瞅了眼余诺，把手机抛给她，叹息一声："我这职业打不打，也就那么回事儿。"

她抬头："又怎么了？"

"TCG 好不容易放假，谁想到 ORG 也跟着放？"陈逾征望天，又唉了两声，"一直跟你哥当同行，这日子我真是过不下去。"

越想越难以接受，陈逾征掏出自己的手机，念叨着："给我爸打个电话。"

余诺一惊，下意识地阻止他："你要找叔叔干什么？"

陈逾征语气抑郁："问问他，复读班给我联系上了没。"

夜幕降临，临到分别之际，陈逾征耍起无赖，蹲在路边，手上有一搭没一搭地转着车钥匙，就是不肯把余诺送回家。

余诺无奈，耐心地哄了陈逾征几句，看他像小孩儿一样，又觉得可爱，索性蹲在路边陪他。

路过的行人接连看向他们。没过一会儿，有个年轻女孩走上前，试探地问了一句："欸，你是 Conquer 吗？"

陈逾征想了几秒："Conquer 是谁啊？"

"欸？"女孩讶异，"你不是吗？"

陈逾征依旧一副诚恳的模样："不认识。"

"哦哦，对不起啊。"年轻女孩立马道歉，"看你长得挺像的，应该是我认错了。"

小姑娘道完歉后很快就走了，陈逾征又侧头问余诺："你呢，你认识 Conquer 吗？"

余诺忍笑："认识。"

"跟我长得很像？"

"比你帅一点吧。"

"比我都帅？"陈逾征挑眉，"你喜欢他？"

"喜欢啊。"余诺蹲在他旁边，双手托着下巴。

"多喜欢？"

"看到他……就忍不住想亲亲他、揉揉他的那种喜欢。"

陈逾征忍不住评价了一句："你跟谁学的？现在还挺没节操。"

余诺无端受到指责，无辜道："我怎么了？"

"你听听你说的都是些什么话。"

余诺疑惑："那还不是跟你学的？"

"算了，不追究了。毕竟我这么帅，对我有欲望也是人之常情，理解你。"陈逾征睨了她一眼，"我都等这么久了，你还不行动？"

"行动什么？"

"你说呢？"

余诺无辜："不知道。"

"搁这儿调戏我呢？"陈逾征"啧"了一声，"光说不练假把式，你还是个人吗？"

"这里人太多了。"余诺忍住笑意，看了看时间，"走吧，回家。"

陈逾征叹了口气："不然，跟你哥再商量商量呗？"

余诺佯装思索的模样："那我今天不回去了？"

"真的假的？别耍我啊。"

余诺笑吟吟地说："真的真的。"

"你不怕你哥生气？"

"我哥为什么要生气？"余诺疑惑。

"他刚刚不是不准你在外面过夜？"

余诺："他刚刚就是逗你玩呢。"

"他……"陈逾征表情很迷茫，指了指自己，"他逗我玩？你确定？余戈还会逗人玩？"

余诺一本正经："嗯，谁让你这么可爱。"

陈逾征脸色变了一下，咳嗽两声，颇不自在地说了句："行吧，走了。"

两人上车，陈逾征拿起一瓶水拧开："以后别在大庭广众下调戏我，刚刚说得我脸都红了。"

余诺反驳："那怎么叫调戏呢？"

"说一个男的可爱，像什么话？"

余诺眨了眨眼，凑过去，用指尖戳了戳他的手腕："那我回了家单独说给你听，好不？"

陈逾征手一抖，呛了一下，水顺着下巴流下来，咳嗽得前仰后合。

余诺吓了一跳，连忙拍背给他顺气："你没事吧？"

陈逾征转过头，用手背擦了擦嘴角，又咳了半天才勉强停下来，摆了摆手："没事。"

在回去的路上，陈逾征似乎觉得刚刚丢脸了，抿着唇，一句话都不说。余诺想笑又不敢笑，只能默默地转头，通过玻璃的反射看开车的某人。

其实在一起这么久，她早就发现了，有时候陈逾征一边说着调戏她的话，一边自己耳朵飘红。

到后来，反而是余诺没了顾忌。她和付以冬偶然说起，听得付以冬连连感叹。想不到那个在赛场上踮得不行的 Conquer，私底下居然是这个样子。

② 关于双排

自从全明星颁奖典礼后，陈逾征毫无顾忌，借着周荡，彻底坐实了自己和余诺的恋情。

自此之后，TCG 和 ORG 被戏称为圈内真正的亲家队，只要有陈逾征和余戈一齐出镜的地方，收视率必定暴涨。站鱼官方也很懂民意，挑了个风和日丽的好日子，让超管联系他们俩，借着两个战队的旗号，让陈逾征和余戈来一次历史性的"友好双排"。

当天晚上七点半，不仅在 LOL 区，两人的直播间力超《绝地求生》《反恐精英》等众多大型游戏的主播，热度一骑绝尘。

正式开始的时候，直播间的弹幕都刷疯了。

路人 A："666666。"

看热闹的群众："99999。"

陈逾征粉丝集体倒戈："Fish！！！鱼神！！！哥！舅哥！！！大舅哥。Conquer，对不起，脱粉一晚。"

余戈的房管："友情提示，来串门的小可爱注意别刷屏哦，请勿带节奏，不然一律封 IP。"

黑粉："这世道真是变了，不是当初 Fish 粉丝说 Conquer 碰瓷的时候了？"

下一秒，该 ID 被禁言到明年。

两个直播间的弹幕不停飘过各种没节操的发言，房管禁言都禁不过来，坚持了没多久，余戈向来表情稀少的脸也出现了点裂痕，咳嗽两声，在险些绷不住之前把摄像头关了。

而陈逾征倒是无所谓，他脸皮向来就厚，在外人面前格外没下限，是可以用来研制防弹衣的程度。他任由弹幕调侃，除了偶尔点烟的时候挡挡摄像头，其余时候全程开着。

进入游戏界面，开始选英雄前，陈逾征："欸，鱼神，你玩什么啊？"

余戈："随意。"

陈逾征主动让出 AD 位："那你走下路吧，我走中路？"

余戈："嗯。"

只要玩过《英雄联盟》的都知道，补兵对一个 AD 玩家来说是多么重要。想当初，奥特曼不小心吃到陈逾征一点经济，被他直接喷到自闭。然而和余戈的这场游戏中，时常会出现以下场景——

余戈清完下路线，直接去中路游走，陈逾征忍不住"啧"了一声："欸，我的法拉利炮车……"

余戈声音淡淡："怎么？"

陈逾征顿了一下："没事儿啊，不就是炮车吗？鱼神，你好好发育。"

"这还是 Conquer？吓得我赶紧看了眼 ID。"

"奥特曼：终究是我错付了。"

整局下来，陈逾征一改往日猛吃三路经济的队霸风格，吃草挤奶，伤害自己打，人头余戈拿。

只要一声令下，陈逾征直接肉身往上冲，刷满伤害，剩下的人头给余戈收割，一个世界冠军 AD 活生生变成了陪玩。

陈逾征的粉丝表示：没办法，谁让自家逆子看上人家 Fish 的妹妹了，这种小委屈就受着吧。

③关于"妻管严"

自从公布恋情后，陈逾征的画风越走越偏，时不时就拉踩队友，给自己立一些三贞九烈的人设。

可怜的余诺无形之中也背了口黑锅，大家都以为她看着温柔如水，实际上强势得很，把陈逾征管得多严。鉴于她是余戈的妹妹，娘家太强大，粉丝不敢轻易挑起争端。

以至于余诺微博时不时收到一些陈逾征粉丝的私信，语气还小心翼翼的。

"嫂子，看看你都把 Conquer 逼成什么样了，给彼此一点空间吧。"

"姐妹，听我一句劝，要适当给男人一点自由，越管他，越束缚他，他说不定越叛逆，尤其是这种长得帅的，他玩够了自然会收心的。"

余诺每每翻到这些私信都哭笑不得，大致看完后，又反思了一下自己，发觉最近她和陈逾征待在一起的时间确实是太多了。陈逾征平时都在 TCG 集训，假期来之不易，所以只要放假几乎都和她黏一起。

反思完之后，余诺问旁边看电视的人："那个，你最近心情怎么样？"

陈逾征摊在沙发上，摁着遥控器："我心情很好啊。"

余诺继续试探："那，你……有没有觉得，跟我待在一起的时间太多了？"

陈逾征一下就转过头："什么意思？"

"没，就是……要是你觉得，我让你感觉自己很……"余诺想了想那个词，"很束缚的话，你就跟我说，我改改。"

陈逾征表面上不动声色，挑了挑眉："怎么，你嫌我烦了？"

余诺勉强道："不是不是，就是你粉丝又来微博找我了，让我给你点空间。"

她仔细想了想："我好像也没管你这么严吧……"

陈逾征心里暗暗松了口气，顺杆子往上爬："那你怎么不管管我呢？"

陈逾征把人抱到怀里，下巴搁在她肩窝上："所以，把我骗到手了，就厌倦了，不想管了。到头来，原来我才是陷得深的那个，杀哥说得没错，女人都是爱情骗子。"

眼见着他越说越偏，余诺有些无奈，把他推开了一点："跟你正经说话呢，你别跟我开玩笑了。"

"谁跟你开玩笑？多少玩笑隐藏在真心话里。"陈逾征指了指自己，"看，你仔细看。"

余诺迷茫："看什么？"

"我眼里的心碎，看见了吗？"

余诺本来有点想笑，但看他的表情似乎真的掺杂着几分受伤，便改了口："你喜欢被我管着吗？"

陈逾征："怎么会有你心这么大的人？有个这么帅的男朋友，也不说定时查查手机？你知道现在每天有多少人私信跟我表白吗？你知道每天有多少不明异性想加我微信吗？你就没点危机感？"

余诺被他一连串的质问弄得一头雾水，蒙了几秒后，迟疑道："嗯……那我……那我以后定时查查你手机？"

陈逾征满意地点点头，把没设密码的手机甩给她："既然你这么没安全感，那我勉为其难让你查查吧。"

后来的某天，Killer 正在直播，后面陈逾征端着水飘过，停在他旁边看了一会儿。

"杀哥啊……"某人悠悠地喊了句。

Killer 专心游戏，懒得理。

陈逾征："有件事，我得跟你说说。"

Killer 头也没抬，不耐道："有话就说。"

"正经事。"

"你倒是说啊。"

陈逾征："你以后微信别动不动就给我发某些少儿不宜的东西。"

"欸欸欸？开着直播呢，乱说什么？！"Killer 赶忙看了眼弹幕，"你是不是有病？"

"唉。"陈逾征装模作样地叹了口气，一脸煞有介事的样子，语速很慢，"你有所不知，我媳妇最近开始定时查我手机了，你发的那些东西，给她看到了也不好，你说是不？"

Killer："……"

"行，我说完了。"陈逾征拍了拍 Killer 的肩膀，"你继续吧。"说完他端着水杯又飘走了。

又被秀了一脸的 Killer 呆滞在原地，反应几秒后，怒砸键盘。

④ 最后的最后

四月十六日是陈逾征的生日。

自从夺冠后，陈逾征的人气也是日益高涨，每年生日都有很多粉丝应援。但是他本人一向不太上心，顶多是私下跟朋友聚聚。

但这次不知道为什么要兴师动众，约了几乎所有的朋友，专门包了个地方来庆生，办得比十八岁成人礼还夸张。

奥特曼到了地方后，表情佩服："瞧瞧这阵仗，这就是富二代吗？有钱真好。"

徐依童带了几个闺密来赴约。

前两天她得知余戈也会来，兴奋得一晚上都没睡好觉，挑衣服和包都花了一个下午。

闺密几个也是从小看着陈逾征长大的，见到他后，轮番上前调戏了几句。徐依童则踮着脚四处搜寻余戈的身影，找了半天也没找到，拉过陈逾征问："Fish 人呢？你不是说他今天会来？"

陈逾征皱眉："他到了，不知道去哪儿了。"

徐依童上下打量他一番。

今天陈逾征特地打扮了一番，身高挺拔，肩线顺畅，穿着熨帖的衬衫西裤，人模狗样的，额前的刘海梳上去，乍一看，真有了成年男人的影子。

徐依童拍着他的肩感叹："长大了。"

陈逾征耸耸肩膀，挥开她的手，敷衍道："自己玩吧，我还有点事。"

"等等。"徐依童拉着他，挤眉弄眼，"你搞成这样，等会儿不会打算求婚吧？"

陈逾征轻笑："在这儿求婚？"

徐依童嘴巴张开："真的假的？"

"我没那么浮夸。"

徐依童也懒得管他，锁定余戈后，平复了一下心情，往那边慢慢靠拢。

作为不输给陈逾征和周荡的 LPL 大热选手之一，余戈在赛场之外却不太讲究。今天只穿了普通宽松的白 T 恤、牛仔裤，柔软的黑发，俊秀的眉眼显得格外年轻。

他靠在一根柱子上，颔首听别人说话，旁边围了几个年轻男人，不知道是粉丝还是朋友。

徐依童等了半天，终于等来余戈一瞥。她眼睛一亮，又踌躇着不敢上前，就举起手挥了挥。

余戈点点头，算是打了个招呼，便转开了视线。

闺密在旁边小声叫唤："欸欸，疼疼疼，童童你激动就激动，别抓我手。"

徐依童恍然回神："啊？哦。"

她嘿嘿痴笑了一下："好幸福啊，怎么会见到一个人就这么幸福呢？"

闺密一脸无语的表情，奇怪地道："你长这么大，是没见过男人吗？"

"懒得跟你说。"

徐依童掏出手机，打开微信，找到余戈的对话框点进去。

聊天界面还停留在一个月前，她给他比赛加油，余戈回了一个"谢谢"。

徐依童措辞半天，找了个僻静角落的沙发，在暗处观察余戈半天，终于发了一条消息过去："偶像，等会儿有空吗？"

她等回复等得坐立难安，一两分钟后，终于看到余戈拿起手机。

他低着头，单手打字。

几乎是同一时间，徐依童的手机振动了一下。

Fish："什么事？"

徐依童："今天有个我认识的调酒师来了，调的一款酒超级好喝，等会请你一杯，可以吗？"

消息发出去后，徐依童屏住呼吸，感觉查高考成绩的时候都没这么紧张。

半分钟后。

Fish："可以。"

这次办生日宴的地方是一栋靠海的别墅。

年轻人一玩起来就全都疯了，陈逾征被灌了不少酒。余诺平时作息规律，坚持到凌晨，实在熬不住，趴在沙发上睡了一会儿。

不知道过了多久，脸被人戳了戳，余诺睁开眼睛。

眼前从模糊，到慢慢清晰。陈逾征蹲在沙发旁边，眼皮薄薄的，睫毛低垂，眼瞳颜色干净清澈，就这么看着她。

他应该是刚洗了个澡，额头光洁，发梢滴着水，换了身衣服，还有点沐浴露的清香。

余诺坐起来一点，迷迷糊糊地往四处看了看。

这里开了一盏小灯，原本热闹的场地已经恢复安静，大多数人上二楼客房睡觉去了。

"你们玩完了？"

他"嗯"了一声。

"几点了？"

"四点多了。"

"刚刚是不是喝了不少？"余诺叹了口气，"要不要去给你熬点粥？"

"不用，你睡吧，上楼去？"

"没事，睡了一会儿，不困了。"余诺摸了摸他的手，有点凉。

"那我们出去走走？"陈逾征也站起来，"这里好闷。"

初夏的晚上气温很低，陈逾征给余诺拿了一条毯子披上。两人走出别墅区，沿着外面的公路溜达。

这里离海近，能隐隐约约听到海浪声，在夜晚显得格外安宁。

陈逾征："认不认识这个地方？"

余诺笑了笑："这是我们第一次来看日出的地方。"

"还记得啊？"

怎么可能不记得？

就是在这个海边，那天耀眼的日出，簌簌的海浪，浪漫微凉的风，还有陈逾征懒散的笑，所有的一切，统统一起撞进了余诺的心里。

余诺拉了拉他的手："我想去沙滩上走走。"

她把鞋脱下来，放在一边，脚踩上细软的白沙。陈逾征双手插兜，跟在她旁边。

海风把发丝带得飞扬，余诺又往前走了一步，已经到了海的边际，脚下的沙子也变得湿润。

她有点胆怯，又向往，忍不住往前了一步，冰凉的浪潮冲刷过脚腕，又缓慢退去。陈逾征握住她的手臂，余诺稳了稳身子，望着眼前隐隐起伏的浪花，不知看了多久，一扭头，发现陈逾征正专注地盯着她。

余诺有点不好意思："你看什么？"

他好笑地瞧着她："这儿除了姐姐，还能看什么？"

两人并排坐在沙滩上，等着日出。余诺有点累了，脑袋靠着陈逾征的肩，和他十指相扣，喃喃道："时间过得好快啊……感觉还没认识你多久呢。"

"我怎么觉得过得这么慢？"

"啊？"

陈逾征低声道："等了好久。"

余诺看了他一会儿，忽然说："陈逾征，生日快乐。"

他笑："我生日已经过了。"

"还要说一遍，要单独跟你说一遍。"余诺仰起脸，"陈逾征，生日快乐。"

"嗯。"

他们就这么坐到了天际微亮，朝阳从海平面升起，余诺裹紧了身上的披肩，站起来，拍了拍身上的沙子："走吧，回去吧。"

陈逾征跟着起身。

余诺走了两步，脚踩上一个有些棱角的东西，她低头，隐约看到是个小盒子。她弯腰把东西捡起来，有些疑惑："这个东西……是不是你掉的？"

陈逾征稍顿一下："之前是我的。不过现在，是你的。"

"我的？"

"你的。"

余诺慢慢把盒子打开。

在她发愣的目光中，陈逾征单膝跪在地上："结婚吗？"

天边那温柔的、金色和蓝色的光，混合着倒映在陈逾征眼里，几乎模糊了他的面容："我等好久了。"

余诺鼻子一酸，脑袋一片空白，却那么清晰地听到自己的心跳，有力地搏动的声音。在声音出来之前，眼泪就先掉了下来，她笑着点头："好啊。"

2021年3月刚过，下了一场雨，有人中了彩票，有人分手，也有人刚刚谈了一场美好的恋爱。某个体育馆结束了一场对大多数人来说无关紧要的常规赛。

陈逾征收拾好外设，走到舞台正中央接受采访。

场内的粉丝都走得七七八八，队友们低声讨论着刚刚比赛的细节，灯光把舞台照得很亮。

陈逾征一只手插在兜里，懒洋洋地没站直。

连着两个粉丝上台后，Killer忍不住小声嘀咕："怎么回事？今天都是男的。"

就在这时，主持人笑着说："你好，请问你的礼物是想给谁呢？"

旁边的人杵了杵陈逾征的胳膊，他慢悠悠地望过去。

女孩温暾的声音传来："我……是Conquer的粉丝。"

那个女孩穿了件白色毛衣，稚嫩得像个高中生。

有一束很亮的光斜射下来，陈逾征无动于衷地站在那儿，看她朝自己慢慢走来。

故事的开端，是一个名为Conquer的ID。

所有的一切从这里开始。

在最后的最后，那个叫余诺的女孩，终于替它画上了句号。

番外五　怕梦太短

很久之前，余诺问过余戈："你会喜欢童童姐吗？"

他沉默了许久，给出答案："Fish 和余戈是两个人，退役以后，属于职业选手 Fish 的光环会消散，我只是一个普通人。"

大年三十，外面雨夹小雪，余诺和余戈早早起来，把前段时间剪好的红色窗花贴在玻璃上。

一大早，给余戈拜年的消息就没断过，他大都是看几眼就放下，偶尔回两条。两人中午去给奶奶扫墓，回到家洗澡，随便对付着吃了一点。

往年过除夕，只有兄妹两人在家守岁，今年却有点不同——陈逾征父母邀请他们一起去家里吃年夜饭。

距离陈逾征和余诺确定关系也有几年了，余诺对自己家里的事情并没有隐瞒，所以双方正式见面的时候，只有余戈作为家长去跟陈柏长他们吃饭。不知道是不是陈逾征提前打过招呼，虞亦云虽然对他们热情又好奇，但对他们家里的事情从没多问过。

去别人家过年，对余戈来说还是头一次。他的性格向来不太合群，也不喜欢应付热闹的场合。原本他就打算自己在家看个春节联欢晚会，奈何虞亦云接连几个电话打来，嘱咐他和余诺一起前往。

对怀有善意的长辈，冷淡如余戈也无法拒绝。

车子按照导航抵达陈逾征家，这一片住宅区树木茂盛，枝头挂了点白雪。往里看，隐隐约约只能看到个大概，一栋白色的独栋小楼，风格偏西式，门檐已经贴了喜庆的福娃，灯笼摇曳，温馨又有年味。

两人下车，余戈打开后备厢搬出带来的年货。车库外面徘徊了几个小孩儿，探头探脑地盯着面生的大哥哥和姐姐。余诺在旁边帮忙拎起几袋水果。

"姐姐。"

余诺应声回头。

大冷的冬天，陈逾征就穿了件短袖。

余诺："你怎么穿这么少？"

陈逾征打了个哈欠："家里有暖气。"

余诺推他："那你快进去，外面冷。"

"不冷，哪儿冷？见到你，心都热了，不信你摸摸。"说着陈逾征就把余诺的手抓起来往心口放。

余戈瞥过来一眼，余诺赶紧把手抽回来。

陈逾征浑然不知尴尬的模样，把余诺手里拎的东西接过来，冲着余戈笑嘻嘻地喊了一声："哥。"

余戈"嗯"了一声，不易察觉地皱了皱眉。虽然过了这么久，他还是不太习惯听到陈逾征这么喊他。

走出车库，几个小孩见到熟悉的人，终于敢围上来。一个胖乎乎的小男孩扯了扯陈逾征的衣角，眼睛一直往余戈和余诺身上瞧，好奇道："小叔，这两个哥哥姐姐是你朋友吗？"

"你搁这儿喊什么哥哥姐姐？"陈逾征用空着的手掐了掐小胖子的脸，"这是你小叔的哥哥姐姐，你该喊什么？"

旁边一个扎着羊角辫的女孩扑闪着圆乎乎的大眼睛，冲着小胖子嘟囔："陈子然，你好笨啊，这个姐姐我们都见过好几次啦，你怎么还是记不住？这是我们小婶婶，小叔的老婆！"

"哦哦……"陈子然委屈地嘀咕，"明明上次见到的不是这个姐姐……"

"你别瞎说啊。"陈逾征立马拍了他后脑勺一下，"我说你年纪轻轻的怎么眼神这么不好使啊？让你妈赶紧去给你配副眼镜。"

余诺连忙制止他："欸，你别打小孩。"

几个人吵吵闹闹地往里面走，余戈始终保持缄默。忽然衣角被人拽了拽，他目视着前方，毫无反应。

一个奶声奶气的声音喊了一下："大哥哥。"

余戈眼神向下。

徐心宜抿了一下嘴："大哥哥。"

陈逾征纠正她："喊大叔叔。"

徐心宜："大叔叔。"

余戈没有跟小孩打交道的经验，咳了一声，不太自然地说："怎么了？"

徐心宜有点不确定："你就是我姑姑房间里贴的那个明星吗？"

"不是。"

"不是吗？"徐心宜不甘心，仰着头仔仔细细看他，嘟囔道，"你明明就是啊……长得简直一模一样……"

刚刚的小胖子趁机反击："徐心宜，你也是个大笨蛋，你也认错人了。"

"我才不是笨蛋。"

两个小孩吵吵闹闹地跟着他们进屋。

虞亦云立马就迎了上来，惊喜地喊了一声："小诺、小戈，你们来啦。"

余戈点了点头："阿姨新年好。"

虞亦云上前挽着余诺，一边走一边说："好久没看到小诺了，每次想让你出来玩，陈逾征都拦着不让，说没时间。"

余诺："我……我有时间的。"

虞亦云瞪了一眼陈逾征："你天天骗人。"

"哪里骗了？是没时间啊，我没时间。"陈逾征一只手搭上余诺的肩，理所当然道，"我每次放假就那么几天，你还来当电灯泡，存心不让你儿子好好谈恋爱？"

虞亦云："订婚了就是大人了，还贫嘴。"

距离晚饭还有一段时间，虞亦云带着他们去客厅休息。

没过一会儿，就陆陆续续来了不少人。虞亦云满脸骄傲地拉着余戈和余诺介绍给来人，亲生儿子反倒被冷落在一边。

上到老，下到小的女性，无一例外，天生对话少又年轻内向的俊小伙有种异样的热情，七大姑八大姨围着余戈说了一会儿，知道他没女朋友后，立马提出要给他介绍对象。

余戈："不用了，我工作比较忙。"

"工作忙归忙，男人总要有个家的嘛，事业爱情两手抓。"

阿姨们虽然不太了解电竞这个行业，但知道他和陈逾征是同行，纷纷说："是啊是啊，你看你长得这么俊，比咱们征征也不差，怎么会没有女朋友呢？是不是眼光太高了呀？"

大家你一言我一语的，余戈完全应付不过来，但碍于都是长辈，只能坐在那里，神情间罕见地有些狼狈。

陈逾征有一搭没一搭地在旁边凑热闹，时不时附和两句，看着余戈浑身不自在又无法逃离的样子，默默举起手机，偷偷拍了一张发在TCG的八卦群里。

奥特曼："这是 Fish？这居然是 Fish？这真的是 Fish?"

Killer："鱼神脸上居然有这种表情，他跑你那儿合家欢了？"

陈逾征对着这几张照片乐了半天，噼里啪啦打字。

Conquer："说真的，想发微博。"

Van："消停点吧哥。"

Conquer："都是一家亲啊。"

奥特曼："时间过得好快啊，上一次被 ORG 粉丝骂，好像都是上辈子的事了呢，居然有点怀念当初腥风血雨的日子。"

Killer："是我记错？去年 Fish 拿了 S 冠的 FMVP，他的粉丝和Conquer 的粉丝不是为了谁才是 LPL 第一 AD 这事儿又吵起来了吗？

在超话讨论了好几个月，连带我们这些无辜的人也被骂。"

Conquer："我和我大舅子感情要好哦，并不在意网上的风风雨雨啦。"

奥特曼："犯病了？不好好说话的人给老子滚出去。"

Thomas："+1。"

Killer："到底是什么让陈逾征好好的一个少年变成这样？是余诺的错吗？TCG 不过是想有一个正常的 AD 罢了，这很过分吗？"

Thomas："认识余诺前还好好的……认识余诺后……"

Van："余诺，你欠 TCG 的用什么还？！"

说了一会儿话，虞亦云拉着余诺去厨房包饺子。继陈逾征后，姑姑婶婶终于有了新的目标。

等围在身边的人终于散去，余戈脖子都热出了汗，还没来得及擦擦，身边又响起奶声奶气的呼喊："姑姑，这里。"

他闻声转头。

徐依童穿着一件宽松的毛衣，被徐心宜拉着下摆，面上表情稍显不自然，抬手跟余戈"嗨"了一声，整个人都显得很局促。

余戈点头示意。

"姑姑，你看啊，他就是你房间贴的大叔叔对不对？你床上的娃娃也是——"

一只手迅速捂住了徐心宜的嘴。

徐依童朝着余戈讪讪地笑了一下："家里小孩不懂事……"

徐心宜呜呜了两声，挣扎着想摆脱自家姑姑的手。

"你……"余戈刚开口说了一个字，徐依童便急匆匆把小孩儿拖离现场。

他的视线停留在她背影上，过了会儿才挪开。

陈逾征在旁边看完热闹，把手机收起来，慢吞吞地开口："哥。"

余戈："什么事？"

"你打算什么时候找对象啊？"

余戈："退役之后。"

"为什么？"

"没有为什么。"

陈逾征叹了口气："那你喜欢什么样的姑娘啊？你看我姐还有机会吗？"

余戈沉默。

陈逾征："算了，我不问了，你们的事情自己解决。"

这几年徐依童对余戈的喜欢，大家都看在眼里。最开始的时候，陈逾征都是看热闹，并不打算插手。毕竟徐依童自己就爱玩，交的男朋友没哪个能超过三个月的。

陈逾征对她再了解不过，他和余诺可不是玩玩就算了，就算有时候玩笑居多，但余戈确确实实是他认下的哥。如果余戈被他姐要了，他以后还怎么有脸面对余诺？往后大家见面也尴尬，所以徐依童找他帮忙，陈逾征都是东支西吾。

后来，他偶尔从徐依童的闺密团那里听到一些边角料，比如她自己窝在家玩 LOL，有时候一玩就是一个通宵，又不会玩，经常被队友用各种脏话骂。

闺密想起来这些事都唏嘘："高考之后，就没看见童童那么努力过。"

后来不知道发生了什么，徐依童没有那么执着了，行事作风也比从前低调了很多。只是余戈的比赛她场场不落，去年 S 赛，他在韩国夺冠，她连发了十条朋友圈，泪洒釜山。

从来没吃过苦、受过磋磨的大小姐，唯独在对待余戈这件事上，心性坚韧得让人大跌眼镜。

晚饭之后，余戈跟陈柏长聊了一会儿，跟几个长辈打完招呼，找到防风外套穿上，去院中抽了根烟。

上海天寒地冻的，随便哈口气都是雾。

不远处，穿着小棉袄、戴着耳罩的小朋友们围在一起挥仙女棒，火花一簇一簇，碎碎的，亮晶晶。

余戈把烟灭了，随便找个地方坐下，盯着某个地方出神，连旁边来人了都不知道。

直到徐依童拍了拍他的肩膀："嘿，余戈，你在看什么？"

不知道什么时候起，她不再喊他鱼神，或者用圈内人的、粉丝的叫法，而是直接喊他的名字，余戈。

余戈歪了歪头，用下巴示意了一下小孩们的方向。

徐依童在他旁边坐下。

安静了一会儿，她开口："感觉好奇怪啊。"

余戈："什么？"

"也不知道为什么，你总是给我一种心事很多的样子。"徐依童探究地望了他一眼，"好像没看你笑过，一点都不快乐。"

余戈："……"

徐依童："开心很难吗？"

"还好。"

徐依童撇了撇嘴。

沉默了一会儿，余戈加了一句："可能是有点。"

两人相顾无言。

徐依童忽然站起来："你等我一会儿。"

还没等余戈应声，她径自跑向那群小孩。

余戈坐在原地。

远远地，他听不清她在说什么。

徐依童指手画脚了半天，那几个小孩皱着脸，尤其是中间的小胖子，一副欲哭无泪的小表情，偷偷往余戈这边看了好几眼。

从小朋友那儿搜刮了一堆仙女棒，徐依童兴奋地跑过来："有打火机吗？"

余戈从口袋摸出打火机，递过去。

徐依童脸缩在围巾里，露出的一双眼睛像刚刚冰过的紫葡萄，忽闪忽闪的，她眯眼笑着，把点燃的仙女棒分了余戈一半。

他看了看手里的东西，又看了看徐依童。

她退开两步，上下挥着仙女棒："你像我这样啊，动一动。"

余戈跟着她挥了两下。

几根仙女棒很快就燃尽。

徐依童站在原地跺了跺脚，眯着眼，搓了搓手："好冷哦。"

"嗯。"

徐依童左顾右盼："你看早上才下的雪，现在都化了。那边的腊梅好美，那还是我小时候和陈逾征种的，现在都长这么大啦。你别说，还挺香，空气也挺清新的。"

徐依童瞧着他，眼底有亮的光，像刚刚燃烧的烟火碎光，又像是月亮的倒影，或者，眼泪。

她就自顾自地说，似乎也不需要他回应什么。说完，徐依童深深吸了口气，笑着说："在外面有点冷，进去吧。"

余戈站起来。

她看着他的背影，忽然说："我喜欢你。"

余戈脚步顿住。

徐依童笑了笑："新年快乐啊，余戈。"

"新年快乐。"

ORG拿下世界冠军的第二年，余戈宣布退役。

在凌晨时分，他留下一条微博——"Fish announced retirement.（Fish宣布退役）"。

没有煽情的片段，没有感想，没有提及任何人，只有最简单的一句话，干脆利落地告别了他曾经光芒万丈的职业生涯。

因为没有消息提前透出，粉丝没有一点准备，含着泪，把他这条微博看了无数遍。

LPL 圈内堪称大地震，贴吧和论坛一夜之间发疯。

第二天，后援会发了一份众多粉丝声明——

"这么多年，在最黑暗的时候，你都没说过苦，但我们知道，你真的累了。对粉丝来说，能在这个赛场遇到你，就是最大的幸运。无论什么时候，我们都支持你做的任何决定。感谢你曾经带我们看过顶点的风景，Fish，江湖再见。"

两年后，LPL 夏季赛揭幕仪式现场。

又是 ORG 和 TCG 两支队伍的命运对决——这似乎已经成了传统，粉丝爱打架互撑，官方也乐意搞气氛，每到重要日子，都派上他们俩打擂台。

台下 Conquer 的灯牌连成一片，自从余戈退役，陈逾征当之无愧跃升为 LPL 的人气王。

TCG 队员上场的时候，陈逾征的呼声几乎是压倒性的。

导播开始切场下粉丝的镜头，扫到某处的时候，忽然停住。

场中屏幕上出现了几个人，其中一个戴着鸭舌帽的黑衣男人正在低头玩手机。

全场渐渐安静。

似乎感觉不对，男人抬起头。

看清他脸的一瞬间，现场气氛直接白热化，尖叫声甚至比刚刚的还要热烈。

就连已经戴上耳机的 TCG 众人都能隐隐约约听到动静，Killer "啦"了一声，纳闷道："奇了怪了，我怎么听见有人喊 Fish？是我幻听了？"

奥特曼："你怕是当初被 Fish 杀穿了，对 ORG 留下阴影了。"

陈逾征慢悠悠地"欸"了一声："你说话严谨点儿，我和 Fish 对线没输过。"

"你没输过？"

陈逾征硬气地回答："没输过。"

"你打得过 Fish，还至于偷家？"

陈逾征："……"

镜头硬生生地停在余戈身上一分钟之久，他只好打个招呼，用手势示意导播转开镜头。

坐在他旁边的女孩，立马举起灯牌，上面明晃晃的"Love Fish"一晃而过。

——这是在场唯一关于他的灯牌。

镜头识相地切回选手席，又正正好好停在陈逾征身上。不知道TCG众人说了什么，他一个人在冷笑。

台下。

余戈周围的人都炸了。

自从余戈宣布退役之后，就直接消失在大众视野里，谁都没了他的动向。

谁也没想到，退役即退圈，说完再见，再也不见。

无论什么颁奖典礼、解说活动，余戈全部婉拒，粉丝的心简直碎成了一片一片。

这位神隐许久的人忽然现身，就算不是粉丝的人都激动了。

后面有好几个哥们儿直接起身，围上来要签名。眼见着过来的人越来越多，连现场保安都不得不来维持秩序。

旁边的女孩戴着同款鸭舌帽，噘着嘴，等人散了之后，她才气哼哼地说："都这么久了，你怎么还有这么多粉丝？"

余戈眼底有无奈的温柔，把她怀里的灯牌拿过来，正反翻着看了看："你带这个干什么？"

"嘿嘿，怕你看到弟弟现在人气这么高，落差太大。"徐依童扬着下巴，拍了拍胸，"但你别怕，我徐依童永远都坚定地站在 Fish 身后！"

余戈："……"

徐依童激动地扯了扯他的手："欸欸，比赛开始了。"

某年某月，余诺问起徐依童："你以前有多喜欢我哥？"

徐依童笑着："做梦都想见到的人，你说多喜欢？"

"那他退役之后，你感觉有什么变化吗？"

"当然有。"

以前总是怕梦太短，现在却怕梦太长。

偶尔夜里苏醒，梦醒时见到他，恍惚间，徐依童都怀疑自己出现了幻觉。

看着看着，她就在心里偷偷许愿。佛祖啊，我也不知道眼前是不是真的，但是，就这样过一辈子吧。

如果是假的，就让余戈成为徐依童永远永远都不会醒来的一场美梦。